邊荒傳說

黃易◎著

〈卷五〉

新人間148

邊荒傳說

【卷五◆目錄】

〈卷五〉

第一章◆雄才偉略

第一章 雄才偉略

謝玄領劉裕進入書齋，坐下後，謝玄道：「安叔去後第三天，司馬曜以司馬道子領揚州刺史，負責全國軍事。在名義上，軍政大權便由司馬道子獨攬。爲了令此事不那麼礙人眼目，司馬曜同時任命三叔爲衛國大將軍，等於國家的最高統帥。」三叔是謝石，亦即謝安的親弟，淝水之戰時謝石是名義上的統帥。

劉裕先是心中錯愕，旋又釋去心中疑慮。建康實質的軍政大權早落入司馬道子手上，現在擢升他爲揚州刺史，只是確認既成的事實，也以此安司馬道子之心。曼妙爲司馬曜想出來的「平衡之計」是經過深思熟慮的，絕非魯莽行事。

謝玄續道：「一天司馬道子當權，石叔的衛國將軍只是個虛位，何況自安叔去後，石叔因傷心過度，一直臥榻不起，如此封賜，只是個笑話。」

劉裕深切感受著南晉頭號世族的謝家，由淝水之戰的鼎盛期，忽然滑下陡坡的轉變，謝氏的風流軼事，隨謝安、謝玄之去，轉眼將變爲明日黃花。在書齋坐下之後，他一直克制對王淡眞的掛念和擔心。正如謝玄對他的訓誨，成大事者必須在個人方面作出種種犧牲。他的犧牲表面不露絲毫痕跡，實際卻痛苦得幾乎難以承受。

足音響起，一名年紀與劉裕差不多的年輕軍官大步進入書齋，向謝玄致軍禮，卻不望劉裕半眼。此人身材高大結實，長相不算英俊，卻是神采奕奕，充滿活力。劉裕並不以他對自己的冷淡為異，因來人是謝玄親兵之首的何無忌，乃劉牢之的外甥，與他同為副將級的年輕軍官。大概受到劉牢之的影響，對謝玄看重他劉裕頗不以為然。謝玄淡淡道：「請我們的客人來吧！」何無忌施禮告退。

劉裕記起謝玄說過要為他引見一個人，心忖謝玄口中的客人肯定是此人，奇怪的是謝玄並沒有指名道姓，而何無忌卻一聽便明白是誰，益發顯出事情的神秘感，不由也生出好奇心，不過只是非常淡薄的情緒。他的人雖坐在這裏，一顆心卻早飛到王淡真處，深切體會到神不守舍的滋味。

忽然謝玄的聲音傳入他耳中道：「你覺得無忌這個人如何呢？」

劉裕嚇了一跳，道：「小裕不敢評論，事實上我與他並不熟稔。」

謝玄微笑道：「小裕認為我們還有很多機會像現在這般交談嗎？」

劉裕虎軀一震，醒悟過來，曉得謝玄並不是隨意閒聊以打發時間，而是近乎「交代後事」，故沒有一句話不真深意，雖然此刻他完全掌握不到他說這話背後的用意。沉吟道：「他的劍法相當不錯，辦事能幹，且對玄帥的事守口如瓶，休想從他身上打聽玄帥的意向。」

謝玄道：「這是當親兵的必然條件，沒啥出奇。他是我從淝水之戰有功勞者中提拔的人之一。之所以看中他，一來因他不但心存理想，且絕不會感情用事，更因他與牢之的關係。」

劉裕一震朝謝玄瞧去，迎上謝玄銳利的目光，心中明白過來，謝玄是因他劉裕而重用何無忌。何無忌可以變成劉裕和劉牢之間的緩衝和橋樑，所以謝玄提醒他，更暗示他該拉攏何無忌。謝玄不僅是戰場上的無敵統帥，更是權力鬥爭的高手，在這方面的能耐不亞於謝安。如非命不久矣，環顧當今天下，即使桓玄以至乎孫恩、慕容垂之輩，恐怕沒有人是他的對手。此著確是厲害至極，影響深遠。問題在如何令何無忌服他劉裕呢？

謝玄道：「你明白了！」劉裕點頭應是。

謝玄嘆道：「二叔既去，三叔病情又殊不樂觀，我則時日無多，淝水之戰我謝家的功臣，只剩下琰弟一人。琰弟是怎樣的一個人，你當比我有更深的感受。未來的路不會是好走的，我會為你盡力作出安排，小裕你千萬不要讓我失望。」

劉裕熱血沸騰，在這一刻，他忘掉了王淡眞，雙目淚湧，下跪道：「小裕於此立誓，絕不辜負玄帥對我的期望。」足音響起。神秘的客人終於到達。

百多騎在星空下穿林過野，全速奔馳，迅若旋風。慕容戰一馬當先奔上一座小丘，朝西望去，潁水在三里外蜿蜒而過，三艘風帆比他們落後近兩里，只是三點光芒，有點像三個深夜才鑽出來活動會發亮的精靈。

慕容戰哈哈笑道：「看慕容垂你如何逃出我們的掌心。各位！我們何不小休片刻，待慕容垂趕上來後，方一口氣朝蜂鳴峽奔去。」拓跋儀來到他另一邊，聞言笑道：「好主意！」朝後方做出手勢。接著兩人交換個眼色，心中均生出異樣的感覺，想到的是將來雙方難免為敵，此刻卻是合作無間。

屠奉三、燕飛策騎來到他們倆旁，目光自然往敵艦投去。後方百多名拓跋鮮卑族戰士，紛紛馳上山丘，散立四人身後，士氣昂揚。他們心目中的英雄燕飛死而復生，對他們是最大的鼓舞和激勵。

燕飛全神貫注的凝望敵船，忽地虎軀一顫，雙目神光俱盛。屠奉三、拓跋儀和慕容戰訝然朝他瞧來，旋又釋然，猜到他是感應到紀千千。只有燕飛自己心中明白，他不單感應到紀千千，還與紀千千的心靈再次建立神妙的聯繫，「看到」北方最令人驚懼的慕容垂。

紀千千醒轉過來，首先想到的是燕飛，就在這一刻，她清楚感覺到燕飛的心靈與她的結合在一起，且燕飛非常接近。她「呵」的一聲擁被坐起來，睜開美目，映入眼簾是慕容垂威武的身形。

慕容垂立在艙窗旁，目光朝穎水東岸望去，神情從容卻帶點冷漠，聞聲朝紀千千瞧過來，微笑道：「小姐的臉色好看多了，我已解開小姐身上的禁制，小姐將不會再出現先前的情況。」紀千千一顆心卻在忐忑跳動，慕容垂銳利的眼神，彷似看穿她和燕飛的心靈聯繫，暗吃一驚下，「心內的燕飛」立時雲散煙消，沒法把他留住。

慕容垂訝道：「小姐因何事忽然變得緊張呢？慕容垂是絕不會傷害小姐和小詩姑娘的。小姐做客北方，我必會躬盡地主之誼，令小姐有賓至如歸的感覺。」

紀千千勉強壓下波動的心情，避開他懾人的目光，垂首輕輕道：「你不正在傷害我嗎？千千根本不想到北方去。」

慕容垂緩移腳步，到她床邊坐下，細審近在咫尺紀千千的如花玉容，鼻中充滿她青春健康的芳香氣息。柔聲道：「情非得已，請小姐見諒。我已安排好豐盛的節目招呼小姐，包管小姐不虛此行，第一站將是位於洛水平原的偉大都會。」

紀千千嬌軀一顫，抬眼朝他望去，失聲道：「洛陽？」

慕容垂微笑點頭道：「正是洛陽。」接著長身而起，負手回到窗旁，目光掃視右岸遠近，續道：「征服邊荒集只是我軍事行動的起點，雖然過程比我預想的困難，但一切仍在我的掌握中。小姐也不要對你邊荒集的戰友有任何不切實際的期待，對我慕容垂來說，他們根本不夠道行，只是戰場上的小毛頭。」

紀千千對他產生高深莫測的感覺，隱隱感到慕容垂強擄自己北返的行動，並非如表面般的簡單。一時說不出話來。燕飛！你在哪裏呢？就在這一刻，她再次感覺到燕飛。雖然體力因禁制被解而大有好轉，可是精神仍感疲弱。

慕容垂淡淡道：「你的戰友若要救你，唯一方法是在前面的蜂鳴峽伏擊船隊，那是由此到泗水最佳的偷襲地點。」

紀千千登時色變，心神被他的話硬扯回來，終斷了與燕飛心靈的聯結，瞪著慕容垂道：「你在說甚麼？」

慕容垂沒有別過頭來看她，仰望深黑的夜空，輕鬆的道：「隨我來的七千戰士，此時該改變行軍路線，離開潁水穿過邊荒直撲洛水平原。這支部隊將是洛陽之戰的奇兵，在敵人最意想不到的情況下突然出現。」

紀千千心神劇震，明白過來。整個行軍行動是個陷阱，而中途改攜自己乘船北上更是計中之計，一切盡在慕容垂算計中。

慕容垂旋風般轉過身來，哈哈笑道：「小姐明白了！」

紀千千心湖內波濤洶湧，首次生出絕望的情緒。慕容垂實在太厲害了！難怪他敢視邊荒集諸雄如無物。天下間是否有人鬥得過他呢？

慕容垂從容道：「洛陽將是我爭霸天下的踏腳石，趁此關中大亂之時，洛陽只是孤城一座，難以堅持。」

紀千千呼吸急促起來，關心的不是洛陽，而是燕飛和邊荒集的兄弟。道：「你是故意讓他們猜到我在船上，對嗎？」

慕容垂欣然道：「和小姐說話確是人生樂事，不用費無謂的唇舌。只要不是瘋子，誰都不敢正面攻擊我們北返的部隊，只能採取於某點突襲的戰略，人數則貴精不貴多。如此確實防不勝防，因爲潁水西岸河灘崖岸處處均是埋伏藏身的好處所，故我索性讓他們有明顯的目標，有更佳的伏擊點，當他們以爲智謀在握之際，豈知正落入我的掌握裏。」

紀千千色變道：「你狡猾！」

慕容垂啞然失笑道：「小姐此言差矣！所謂兵不厭詐，此乃戰場上的常規。來救小姐的肯定是荒人中最有本領的人，只要將他們收拾了，荒人將失去平反敗局的機會。唉！若不是小姐正處於與我對立的情況，也不會責我用詐，還會爲我的奇謀妙計鼓掌喝采。不過終有一天小姐會改變過來。」

紀千千肯定地搖頭道：「你不要枉費心機，不如乾脆殺了我吧！紀千千是永遠不會改變立場的。」

她忽然感到打心底湧起的疲倦。

慕容垂哈哈一笑，道：「小姐尚未復元，好好睡一覺吧！小姐離開建康，不是要經歷多姿多采的刺激生活嗎？隨我慕容垂征北闖南，看著我統一天下，不正是人生快事嗎？小姐很快會把邊荒集拋諸腦後，比起洛陽、長安，邊荒集算甚麼呢！」言罷推門去了。

看著慕容垂輕輕爲她關上艙門，一陣強烈的勞累襲上心頭。紀千千心中高呼千萬不要睡去，偏是力不從心，挨到床頭。現在十萬火急之事，是把慕容垂的陰謀傳送給燕飛，可惜心力實在損耗過鉅，眼皮子重若千斤，頹然閉上雙目。眞想爬起來穿窗投進潁水去，可是想起膽小脆弱的詩詩，轉瞬打消此意。燕郎啊！你聽到我心裏的話嗎？倏忽間，燕飛又在她內心深處出現。「蜂鳴峽是個陷阱。」傳出這句話後，眼前一黑，昏睡過去。

人人摸不著頭腦地盯著燕飛，如非燕飛數次打手勢阻止他們發問，他們定會問個清楚明白。燕飛臉色忽晴忽暗，眉頭深鎖。忽然嘆道：「我們中了慕容垂的奸計。」屠奉三、慕容戰和拓跋儀無不是智謀過人之士，卻也聽得一頭霧水，不明他沉默良久後，爲何忽然有這麼一句話。

慕容戰道：「是否再感應不到千千在船上？」

燕飛有點不知該從何說起的感覺，直到此刻，他仍不願讓人曉得自己和紀千千有心靈相通的異能，尤其是屠奉三或慕容戰這些愛慕紀千千的人。不知是否因距離接近的關係，他和紀千千的以心傳心比之以前任何一次心靈的接觸更要立體和清晰。他不單「看」到慕容垂，還聽到他說的話。雖是時斷時續，但已讓他把零碎的話語砌出完整的意思，同時看破慕容垂超凡的手段。若沒有紀千千作神奇的探子，肯定結果會是他們一敗塗地，不過現在或仍有挽回敗局的少許機會。

屠奉三緊張的道：「慕容當家說對了嗎？」

燕飛收攝心神，答道：「千千仍在船上。」

拓跋儀也忍不住問道：「問題究竟出在甚麼地方？你怎會忽然知道？」

燕飛面對最難解釋的問題，卻又不能不說清楚，否則沒法說服他們三人。深吸一口氣後道：「這或許叫福至心靈。盛名之下無虛士，慕容垂能縱橫北方從未遇上敵手，當然有他的一套本領。看！這三艘船燈火刻意亮著，隔數里仍可清楚看見，擺明是要引起我們的注意，懷疑千千確實在船上。撇開我的奇妙感應不談，因爲慕容垂不知道也不會相信我有此能耐，換作是你們，會怎麼辦呢？」

慕容戰點頭道：「當然不理是否空船計，總之絕不容這三艘船離開邊荒。」

屠奉三神色凝重地點頭道：「燕兄所言有理。我們根本無戰船可用，唯一方法是在狹窄險急的蜂鳴峽攔截這三條船，只要慕容垂先一步在蜂鳴峽兩岸布下伏兵，可將我們一網打盡。」

拓跋儀一震道：「此計既毒又絕，我剛才還在想既有充裕時間，何不盡用三千二百戰士，就更十拿九穩，可操勝券。」

慕容戰皺眉道：「可是慕容垂七千大軍遠遠落在後方，黃河幫的人又要守衛邊荒集和兩座木寨，憑甚麼來對付我們最精銳的荒人聯軍呢？」

燕飛一字一字緩緩道：「若我所料不差，在那裏等候我們的將是由慕容寶率領數以萬計的部隊。」三人爲之色變。

屠奉三倒抽一口涼氣道：「豈非殺雞用牛刀嗎？」

燕飛嘆道：「我有一個非常奇怪的直覺，攻打邊荒集只是慕容垂征服北方的起步，下一個目標將是洛陽。這三艘船是引開我們主力大軍的手段，在潁水西岸行軍的部隊，現在應已改變方向，從邊荒直撲洛陽。」

慕容戰劇震道：「糟糕，若慕容垂在邊荒秘密行軍，到兵臨城下，洛陽的守將方會知道。」三人均明白他震駭的原因，苻堅早已日暮途窮，關中將成爲慕容戰族人和姚萇的天下，慕容垂的行動擺明是衝著他們而來，一旦讓慕容垂攻佔洛陽，關中危矣。

拓跋儀沉聲道：「我們該怎麼辦？」

燕飛暗幸沒有人懷疑自己的「直覺」，答道：「當務之急，是如何在蜂鳴峽前把千千救回來，其他的救回千千後再作打算。」三人聽得你看我我看你，明瞭沒有地理形勢的配合，這根本是不可能的事。

劉裕呆看著何無忌帶進來的客人，完全猜不到對方是誰，其身形卻有點似曾相識的感覺。劉裕敢肯定和對方並不稔熟，否則雖是從頭到腳被斗篷寬袍包裹遮蔽，以他北府兵首席斥候的眼力，仍可從此人的步姿認出對方來。

神秘的客人向謝玄施禮，其目光似在斗篷深暗處注視站起來迎客的劉裕，但沒有說話。謝玄的親兵頭子何無忌正要告退，安坐主位的謝玄輕描淡寫的道：「無忌留下！坐！」何無忌露出錯愕的神色，與客人坐到劉裕對面的太師椅，居客人下首。只從坐姿便可看出謝玄和謝安的分別，後者仍保持高門大族推崇的跪坐，而謝玄卻接納胡風的坐法，顯示出他革新的精神和務實的作風。

謝玄向客人道：「這裏全是自己人，文清不用有顧忌。」劉裕從「文清」聯想到大江幫江海流的愛女江文清的一刻，對方正拉下斗篷，如雲秀髮寫意地披散下來，露出如花玉容。

劉裕失聲道：「宋孟齊！」

江文清美目深注地瞧著他，平靜地道：「劉兄你好！」何無忌應是首次得睹她的眞面目，看得目不轉睛，爲她的美麗震懾。

謝玄道：「文清一向愛作男裝打扮，且有一套扮作男兒的功法，小裕給文清騙倒，絕不稀奇。」

江文清歉然道：「劉兄請見諒。」

劉裕明白過來，謝玄是從江文清處得悉自己的事，所以再不責難他。忍不住問道：「令尊……」

江文清神情一黯，垂首輕輕道：「先父已於五天前辭世。」

劉裕嘆道：「是否聶天還做的？」江文清微微點頭。

謝玄道：「文清今早到廣陵找我，使我弄清楚邊荒集失陷前後的情況。小裕的報告太粗疏了！為何不把以身犯險，故意引屠奉三一夥人追殺你的計謀說出來。當遇上江幫主時，小裕曾力勸江幫主棄舟登陸，奇襲孫恩，只是不被採納。如此關鍵的過程，小裕亦隻字不提，令我誤以為小裕是貪生怕死之徒。告訴我！究竟是怎麼一回事？」

劉裕聽得百感交集，慘然道：「比起燕飛他們誓死力抗南北大軍的夾攻，這些算得上甚麼？唉！玄帥明鑑，我一直為離開邊荒集致不能與邊荒集的兄弟共生死而內疚，所以不願提起這些事。」他沒說出來的是王淡眞對他的影響，令他心灰意冷，失去生趣，故自暴自棄。

江文清朝劉裕瞧來，道：「誰會認為劉兄是懦夫呢？只可惜被屠奉三看破劉兄的計謀，故採借刀殺人之計，把消息洩露給孫恩。孫恩遂利用這消息慫恿任遙出手，乘機除去任遙。」

劉裕愕然道：「文清小姐怎會如此清楚此事的來龍去脈？」

江文清露出一絲苦澀的笑意，道：「因為屠奉三的副手陰奇一直與我並肩在河上與黃河幫纏戰，直至黃河幫決水灌邊荒集，我們借水勢欲重返邊荒集，豈知黃河幫又截斷水流，我們只好驅船回南方。」

劉裕問道：「陰奇究竟是生是死？」

江文清道：「陰奇與我在抵達潁口前分手，他潛回邊荒去探查屠奉三的生死，我則趕回去見爹，看看可否反攻邊荒集。唉！幸好如此，方見到爹的最後一面。」接著又道：「三天前，我已與陰奇重新建立聯繫。」

謝玄道：「文清正爲此來見我，小裕你明白嗎？」

劉裕心中塡滿熾熱的情緒，對王淡眞的愁思擔心大幅減輕，又感到何無忌正不住打量他。點頭道：「小裕明白。」

謝玄沉聲道：「我們今天在這裏說的話，絕不可以傳入第五人的耳裏。」

何無忌一震朝謝玄瞧去。謝玄目光落在他身上，道：「無忌若認爲沒法守秘密，可以立即離開。」

何無忌往前跪倒，斷然道：「無忌誓死爲玄帥守口如瓶。」

謝玄滿意道：「起來！我沒有看錯你。」何無忌回到座位，顯然對謝玄視他爲心腹非常感動。

劉裕暗呼厲害，謝玄這一著耍得很漂亮，輕描淡寫下已令何無忌受寵若驚，也令他生出與自己同一陣線的感覺。原本與何無忌疏離和帶點敵意的關係，忽然變得密切起來，因他們將共享同一個秘密。雖然劉裕仍不曉得謝玄接著會說出甚麼須保密的事來。

謝玄向江文清微一點頭，劉裕和何無忌曉得她即將發言，目光都投注她身上。在何無忌眼中，江文清雖然身分特殊，且是位美麗的異性，感受卻遠沒有劉裕般深刻，因爲劉裕曾領教她扮作宋孟齊時的靈奇變化，而直至此刻他仍有些兒沒法將兩者視作同一個人。此時此刻的江文清神色平靜，劉裕卻清楚從她一對清澈的眸神看到她內心隱藏著不爲人知的痛苦。書齋內的氣氛沉著凝重，每個人都是心事重重。對劉裕來說，更是一生中最難捱的一夜。不過江文清的出現，的確令他不由自主有所反省。比對起江文清的幫破家亡，自己的苦難確實不算甚麼。事實上直到此刻，他仍有點懷疑王淡眞對他的愛，沒法弄清楚她鍾情自己究竟有多少是因爲對謝玄的崇慕，或因紀千千遠赴邊荒集的行爲所引發，又或是爲逃避家族買賣式的婚姻，故而不顧一切投入他這位救星的懷抱裏。

江文清道：「這次邊荒集之戰，我們大江幫傷亡慘重，元氣大傷，沒法保持一向的業務，所以我已下令暫時偃旗息鼓，避過兩湖幫的追擊。」

何無忌和劉裕你看我我看你，到江文清說出此番話，方曉得大江幫受挫如此深重，甚至無力與兩湖幫正面對抗。

謝玄點頭道：「這不失爲目前最佳策略，大江幫因邊荒集之失而覆亡，亦可因邊荒集而再次興盛。」

劉裕和何無忌明白過來，江文清來找謝玄，不但是要向謝玄投誠，更要借謝玄之力重奪邊荒集。而邊荒集已成大江幫唯一的避難所，大江再沒有他們容身之所。

何無忌道：「南郡公怎肯坐視兩湖幫擴張勢力呢？」

江文清沉聲道：「此正是文清這次來拜見玄帥的主要原因，聶天還已與桓玄秘密結盟，由兩湖幫取代我幫。」何無忌和劉裕聽得面面相覷，桓玄與兩湖幫一向勢如水火，兩不相容。而現在最不可能的事，竟已發生。

謝玄嘆道：「孫恩低估了聶天還，我則是低估了桓玄。此著對桓聶二人均是有利無害，聶天還可趁此方便接收大江幫的業務，桓玄則可以放任聶天還以削弱揚州的經濟和貿易。」荊州佔有大江上游之利，等於控制著建康最主要水運的命脈，桓玄不用出手，便可以影響建康，朝廷問罪時可把一切問題推在聶天還身上。本來的均衡已被摧毀。

何無忌色變道：「竟有此事？」

謝玄朝劉裕瞧來，道：「小裕對此事有甚麼看法？」

劉裕苦笑道：「桓玄下一步將是從孫恩手中奪取邊荒集的控制權，且不用親自出手，只須全力支持聶天還便成。」

謝玄欣然道：「小裕的看法與文清不謀而合。荊揚之爭，不但在乎大江的控制權，還須看邊荒集落在誰的手上。如若聶天還成功，建康危矣！」

劉裕感到江文清和何無忌均朝他打量，曉得他們在驚異他思想的敏捷和獨到，心中卻沒有絲毫喜意。沉聲道：「聶天還能在急流裏勇退，已狠狠打擊了孫恩造反的大計，且陷入進退兩難之局。」聶天還投靠桓玄，只是權宜之計，以對抗恨其入骨的孫恩。又向江文清道：「桓玄的頭號手下屠奉三已成邊荒集聯軍的一分子，令小姐的形勢更爲不利。」

江文清淡然道：「幸好事情並不如想像中般惡劣，聶天還與桓玄結盟的事正是由陰奇通知我。他肯告知我此事，當然是有目的，劉兄可猜到屠奉三的心事嗎？」

劉裕知她在考量自己的才智，道：「屠奉三對桓玄拉攏聶天還顯然非常不滿，更有被削權的感覺。更重要的是屠奉三比任何人都要清楚荒人對聶天還的仇視，若他引入聶天還，辛辛苦苦與荒人建立的關係會一朝喪盡。問題在他仍未到公開反對桓玄的時候，只好暗中請小姐想辦法，務要聶天還永不能踏足邊荒集。」何無忌瞪大眼睛直望劉裕，好像到此刻方第一次認識劉裕的模樣。

江文清點頭道：「劉兄看得很透徹。」

謝玄怡然道：「屠奉三對桓玄應該不是死心塌地，箇中原由異常微妙，照我和文清的猜測，他應是如海流叔般，對大司馬桓大將軍的忽然病歿，產生懷疑。」

何無忌失聲道：「甚麼？」

劉裕開始明白謝玄為何先要各人對會上說過的話守口如瓶，因為若傳了出去，將會引起軒然大波。

問道：「朝廷方面有甚麼動靜呢？」

謝玄露出不屑的表情，冷然哂道：「司馬道子和王國寶還以為找到立威的好機會，把邊荒集全攬到身上去，透過皇上警告我不得插手。哼！以司馬道子的好大喜功，此刻必是摩拳擦掌，準備大舉進攻邊荒集。」

劉裕搖頭道：「孫恩怎會容他放肆呢？」

何無忌皺眉道：「一天有玄帥在，哪輪得到孫恩放肆？」

謝玄苦笑道：「若孫恩還把我放在眼裏，就不敢沾邊荒集半點邊兒。不過我會教他因邊荒集而付出最慘痛的代價，且更會因邊荒集而輸得一塌糊塗。」轉向何無忌道：「無忌你現在該明白我為何挑劉裕作繼承人，因他比我更優勝處是他並沒有高門大族的沉重枷鎖，像荒人般放縱和狠辣大膽。告訴我，北府兵內尚有何人及得上他？安公是絕不會看錯人的。他看中燕飛和劉裕，正因他們是南方未來的希望。所以我要你全力協助他，以完成統一天下的大業。但若你有絲毫懷疑，可以坦白說出來，我絕不會逼你去做不情願的事。」

江文清一對美眸立即亮起來，曉得謝玄已成竹在胸，擬定好收復邊荒集的全盤策略，所以逼何無忌表態。心中不由湧起對偉人般的崇敬，而劉裕正是謝玄手上最厲害的一著。

何無忌雙目神光電射，先毫不猶豫迎上謝玄銳利如鷹隼的眼神，接著朝劉裕投去，肅容道：「劉大人是我記憶中首位能和玄帥暢談軍事的人。其他人總要請玄帥反覆解說，方才明白，令人感到不夠痛快。可是剛才我聽你們閒聊般的對答，卻大感爽脆。劉大人的才智，無忌確是自愧不如。」接著向謝玄下跪道：「玄帥的吩咐，就是我頭上的聖旨。更曉得玄帥是愛護無忌，指點無忌一條明路。無忌願誓死效忠玄帥所指定的任何人。」劉裕和江文清均曉得這是必然的結果，自淝水之戰後，北府兵已將謝玄當成神而不是凡人。

謝玄朝劉裕微一點頭，暗示他該說幾句話安撫何無忌，建立初步的關係。劉裕搶前扶起何無忌道：「你這麼看得起我劉裕，我眞是受之有愧。大家以後就是兄弟，你的事也是我的事。」

何無忌見他給足自己面子，大感受落，欣然道：「請劉大人多多提攜。」

二人重新坐好後，謝玄向江文清道：「文清有沒有聽到我受傷休養的消息？」

江文清點頭道：「外面傳得很厲害，據聞謠言是由天師道散播的。」

謝玄微笑道：「文清爲何指這是謠言而非事實？」

江文清大吃一驚道：「可是我沒法從玄帥身上察覺到半丁點兒傷勢。」

謝玄向何無忌道：「這方面無忌知道得最清楚。」

何無忌露出不解的神色，道：「玄帥自今午開始，卻像大有起色，令我們人人暗中歡喜，只是不敢說出來。咦！劉大人的面色爲何變得如此難看？」江文清早注意到劉裕神情古怪，好像羞慚得無地自容、悔疚交集的樣子。只是以她的慧黠，仍無法明白背後的原因。

謝玄嘆道：「小裕將來的成就，必不在我謝玄之下。」江文清和何無忌一頭霧水地瞪著兩人。謝玄微笑道：「小裕不用自責，此事與你並沒有直接的關係，而是整個形勢的變化，令我不得不走上這條路。我謝玄縱是死，也要死得有意義。」這次輪到江文清和何無忌聽出不妥當處，且清楚與謝玄的生死有關，無不心神劇震。

謝玄盯著口唇顫動卻沒法說出半句話來的劉裕，思索道：「我似乎從未告訴過你，我從佛門處得傳一種能摧發生命潛力的秘術，可將任何傷勢壓下，佛門名之為『普渡』，渡己以渡人。」

劉裕慘然道：「玄帥的確沒告訴過我，我是從玄帥可忽然預知自己命不過百天之數，又忽然回復昔日的神采，而產生懷疑。」

江文清和何無忌臉色大變，明白過來。他們怎都沒想到謝玄的傷勢嚴重至如此地步。謝玄若去，肯定南方大亂，而謝玄現在正是安排後事。不知是誰先起立跪倒，眨眼間三人全跪在謝玄膝前，非如此不足以表達對謝玄的敬慕和宣洩心中的震撼悲憤。

謝玄長笑道：「生生死死，我謝玄絲毫不放在心上。唯一放不下的，就是家族的擔子。我謝家為南朝衣冠之首，也使我們在任何亂事中首當其衝，避無可避。」

劉裕熱淚盈眶道：「只要我劉裕有一口氣在，必全力維護謝家。」

謝玄搖頭道：「這是另一件讓我擔心的事，一天小裕未成北府兵之首，絕不可插手管我謝家的事，否則必遭橫禍。現在眼前當務之急，是收復邊荒集。我暫時停止你在軍中所有職務，讓你回復自由之身，好與文清全力合作，並將此安排知會北府所有將領。同時我會親自送二叔遺體回建康安葬，以此鎮著司馬道子、桓玄、孫恩和聶天還之輩。當邊荒集成為你的後援，你將變得有本錢與任何人周旋。一切要看你本身的奮發和努力，而無忌將會在軍中作你的呼應。在我大去之前，謝某會盡力為你鋪好前路。去吧！」劉裕重重向謝玄叩三個響頭，偕江文清毫不猶豫地離開。

燕飛、屠奉三、拓跋儀和慕容戰四人立在潁水東岸一處較高的崖岸，靜待慕容垂的船隊。急趕個把時辰後，始覓得此處較爲理想的伏擊點。不過他們只有一次伏擊的機會，因爲上游五里處便是蜂鳴峽，再沒有時間安排另一次的襲擊，且再沒有出奇制勝的優勢。明刀明槍下，他們是絕無機會的。燕飛等雖是邊荒集最頂尖的高手，可是慕容垂的親兵團名著北方，特別是被稱爲「八傑」的親兵頭領們，均是慕容垂族內一等一的高手，更別說坐陣的是與孫恩、竺法慶等齊名的慕容垂。

慕容戰嘆道：「慕容垂的確狡猾，到北寨前，船隊靠東岸行駛，擺明猜到我們埋伏於西岸。從北寨開出後，卻靠西岸而行，完全掌握到我們追趕他們的路線。」

拓跋儀審視河道點頭道：「這截潁水寬達三十多丈，若沒有輔助，沒有人能飛越如此遠的距離，只是這一關，已很難克服。」

慕容戰苦笑道：「這仍非最大的問題，最危險是對方燈火通明，只要敵人提起精神，瞪大眼睛，定可發覺我們從天而降，只要彎弓射箭，即可置我們於死地，不但偷襲不成，還成爲敵人的靶子。」

屠奉三沉吟道：「從水裏進攻又如何？只要有人在水裏托我一把，對方艦身又不高，我有把握竄到甲板上去。」

慕容戰道：「若對方有高手在船頭監視水面的情況，肯定可先一步發現我們埋伏在水底，那比在空中更難抵擋敵人的強弓勁箭。」

屠奉三斷然道：「既然沒法偷襲，我們便來個明攻，立即趕製木筏，於河道彎位處偷襲，看看誰的刀子夠快。」

眾人目光落在燕飛身上，看他是否同意。燕飛沉聲道：「我們最大的優勢，是曉得慕容垂把千千藏在那一艘船上，而我更有把握可於登船後察覺千千主婢二人的位置。假設我們的行動能快若驚雷，且有人爲我牽制慕容垂，我有信心帶千千和詩詩安全登上西岸，若有接應，肯定可逃離慕容垂的魔掌。」

屠奉三欣然道：「聽燕兄的語氣，便知燕兄對突襲之法成竹在胸，請燕兄指點。」

此時手下來報，在上游里許處發現敵人的前哨陣地。拓跋儀暗抹一把冷汗道：「幸好小飛像能未卜先知似的，先一步料到蜂鳴峽是個陷阱，否則我們必然是全軍覆沒的結局。」

慕容戰憂心忡忡的道：「如此說慕容垂下一步將是進攻洛陽，我要立即派人飛騎知會關中的族人。」

屠奉三道：「通知了又如何？你的族人正與苻堅作最後的鬥爭，根本無力理會關外的事。何況洛陽仍在苻堅手上，若我是苻堅派守洛陽的人，見大勢已去，明智選擇便是開城投降，或許還可以在新燕國當上一官半職，風風光光的活下去。」

拓跋儀道：「在我們來說，唯一抗衡慕容垂的方法，是光復邊荒集，斷去他的財資糧路。」

慕容戰重重嘆一口氣，朝燕飛瞧去，沉聲道：「我們該如何行動？」

風帆從廣陵開出，逆水西上。江文清領劉裕坐上的並非易被認出的雙頭船，而是一艘式樣普通的客貨船。不過劉裕卻看出其外形只是爲掩人耳目，實際上此船性能極佳，操舟的十多名漢子均是水道的高手，且人人武功高強，顯示大江幫雖受重挫，仍有反擊之力。他並不是單從這十多人的強弱如此判斷，而是從眾人沉著和不屈的眼神，看出大江幫矢志復興的精神。就像他劉裕，在謝玄置生死榮辱於度外的感染下，已回復雄心壯志，暫且撇下兒女私情，全心全意投入收復邊荒集的重任中去。謝玄此招極爲高明，等於改變了他的北府兵身分，成爲大江幫的一分子。如若成功奪回邊荒集，大江幫將變成他的夥伴，假設他能進一步登上北府兵統領之位，大江幫會爲他賣命，因爲江文清將不可能有更佳的選擇。

江文清來到他身旁，低聲道：「你的好朋友燕飛挑戰孫恩，一去無蹤，應是凶多吉少，不過玄帥卻持相反的看法。」

劉裕朝她瞧去，從側面的角度看，她的輪廓清楚分明，有如刀削，確令人生出百看不厭的感覺，充滿英氣。特別是她烏黑的眸珠閃閃有神，像在黑夜閃亮的珍奇寶石，散射出智慧的光芒，非常動人。他幾乎脫口說出任青媞告訴他的事實，幸好懸崖勒馬，否則便不知該如何解釋。深思後道：「我曾和燕飛並肩作戰，出生入死。他是福大命大的奇人，所以我同意玄帥的看法，而絕不是一廂情願的主觀願望。」

江文清嘆道：「我也希望燕飛吉人天相，失去了他，對我們是大損失。」

劉裕曉得她認定燕飛已死，岔開話題問道：「我們邊荒集眾兄弟情況如何呢？」

江文清道：「在戰爭開始前，千千先令過客旅人和老弱婦孺離開邊荒集，然後又把大批婦女送往小谷，直接投入戰鬥的荒人只在萬許之數。邊荒集失陷之際，約四千多荒人突圍逃去，而千千仍苦守夜窩子至天明，方率餘下的六千多人投降，並施展出她舉世無雙的外交手腕，說服敵方不殺一人。」接著聲音提高少許地道：「紀千千早爲各人定下種種應變之計，所以當那四千多人逃出去後，依約定遁往巫女丘原，在那裏重整陣腳。屠奉三、慕容戰、拓跋儀三人沒有受傷外，其他領袖如呼雷方等都受傷頗重，令他們不敢妄動。幸好慕容垂和孫恩均沒有空暇於邊荒集逗留，所以她派陰奇來聯絡我，聯手反攻。」

劉裕沉吟片刻，道：「他們該不會同意你來找我們北府兵。」

江文清坦然道：「這個當然，玄帥亦清楚此點，故只派你來助我，而你劉裕更是荒人唯一可以接受的北府兵，因為你是燕飛、紀千千和高彥的朋友。」

劉裕道：「我可以在那一方面幫上小姐的忙呢？」

江文清莞爾道：「我以為該由你告訴我才對！我還以為你會有一隊北府兵的精銳隨行，怎想到竟只是你單槍匹馬？」

劉裕心想原來如此，自己當然不能丟了謝玄智帥的威名。道：「小姐可知有一條秘道，可讓高手神不知鬼不覺地潛入邊荒集去？」

江文清動容道：「此事有多少人曉得？」

劉裕道：「此為高彥往來邊荒集的秘密通道，後來燕飛領我由此道進入邊荒集，所以聯軍若要反攻邊荒集，不是沒有可能的。照我估計，慕容垂一方對秘道並不知情。」

江文清苦笑道：「高彥也像燕飛般失蹤了。」

劉裕愕然道：「甚麼？」

江文清把高彥一去無蹤的事扼要說清，然後道：「縱然慕容垂和孫恩各自率師離開，兩方仍會留下重兵鎮守千辛萬苦奪回來的邊荒集，以應付聯軍和南北諸勢力的反擊。劉兄是北府兵最出色的斥候，我想請劉兄親走一趟邊荒集，當清楚掌握形勢後，我們便可以部署反攻。」

劉裕搖頭道：「兵貴神速，我不用到邊荒去，也可以猜到整個形勢，現在只想先弄清楚貴方的確實情況。」

江文清皺眉細看他半晌，道：「好吧！不過你先告訴我你心中猜想的情況？」

劉裕道：「便由邊荒集開始，慕容垂和孫恩不殺投降的荒人，固是因千千的手段，更主要是曉得荒人乃邊荒集興盛的關鍵，苻堅當日便是因屠殺拓跋族的人，致令荒人離心。所以我敢保證投降的荒人雖不准離開邊荒集，卻會得到善待。」

江文清點頭道：「這的確是陰奇告訴我的情況，劉兄看得很準。」

劉裕聽她雖然口頭上讚許，但語調平淡，顯然並不認爲猜中與否算得了什麼，心忖若不顯點手段，對方絕不會當自己是個人物。謝玄派自己協助江文清收復邊荒集，可說是對他劉裕的一個考驗，不單代表謝玄對大江幫的支持，更予自己機會與大江幫建立緊密的夥伴關係。將來若能成功掌北府兵的兵權，大江幫將成爲他有力的臂助。事實上江文清是別無選擇，只好信任謝玄的眼光和他死前百天爲劉裕所作的安排。除非像孫恩或聶天還般公然造反，否則任何幫會都要依附官方的某一勢力。大江幫以大江爲生計，更需有勢力人士的支持，以前是荊州桓家，現在則是謝玄的繼承人劉裕。即使強如聶天還，爲了接收大江幫的業務，也不得不和桓玄妥協，互相利用。邊荒集是大江幫最後的希望，失去邊荒集，大江幫再沒有翻身的機會。

劉裕發覺自己愈來愈少想起王淡眞，卻弄不清楚他是愛她不夠深，還是因肩負重任，無暇分神。從容道：「現在邊荒集的敵人最擔心的是邊荒聯軍的反擊，他們憂慮的不是求之不得的正面硬撼，而是害怕荒人採游擊戰術，截斷他們北方的糧道。」

江文清點頭同意。司馬道子一方雖力不足以遠征邊荒集，可是截斷邊荒集南方的水陸交通卻是遊刃有餘，如此北方的水陸交通將成爲邊荒集敵人駐軍的命脈。由此看去，一天邊荒聯軍在，邊荒集休想回復繁榮興盛。於此可見紀千千命荒人突圍逃生的一著，影響深遠，且令勝負未分。

劉裕續道：「邊荒集一役裏，我們邊荒聯軍的艦隊全軍覆沒，再沒法控制河道的交通，這正是聯軍不得不向小姐求援的理由。可以這麼說，誰能控制潁水，誰便是最終的贏家。」

江文清定神打量他好一會，道：「我現在開始明白玄帥爲何挑選你作繼承人，我在得悉邊荒集的形勢後，反覆推研，方得出劉兄剛才說出的結論。而劉兄卻是雙目一轉，便有答案。眼前情況清楚明白，即使敵人把邊荒集變成洛陽、長安、建康般的堅城，仍只是一座孤城，沒有荒人頻密的交易，邊荒集只像一個逐漸乾涸的池塘，最後沒有魚兒能生存。不過敵人從邊荒掠奪大批牲口和糧食，足可以支持幾個月，但我們卻不能長時間等待下去，劉兄有甚麼好提議呢？」

劉裕微笑道：「所以我說要先弄清楚小姐手中的實力。」

江文清沉默片刻，道：「先父爲人謹愼，似早預見有今天的情況出現，五年前於淮水的支流新娘河的偏僻河灣設立秘密基地，由我二叔江海文主持，也成爲我們建造雙頭船的秘密基地。二叔是設計戰船的出色巧匠，如非這些年來他不斷改良戰船，我們大江幫肯定沒有今天的成就。」

劉裕欣然道：「令尊的確是高瞻遠矚的水道大豪，不知可動用的戰船有多少？又有多少人可用呢？」

江文清道：「可以立即開赴戰場的雙頭船有十二艘，戰士一千三百人。這是我們僅餘的力量，如若戰敗，幾年內休想回復元氣。」

劉裕喜道：「如此實力，可教任何人料想不到。只要我們能突破司馬道子在潁口的封鎖線，便可以驅船直撲邊荒集。」

江文清皺眉道：「我並不把建康水師放在眼裏，不過邊荒集的敵人會以檑木、鐵索或木柵一類布置封鎖河道，配合黃河幫的戰船，我們極難應付。」此時風帆轉入左方支河，望南而下，速度大增。離天明尚有個許時辰，對劉裕來說，今夜特別漫長。

劉裕思索道：「潁水離邊荒集六十多里處有一道往西的支流，通往一個小湖，可作為我們隱藏船隊的秘密基地。照我估計，水道若有障礙，也該在離邊荒集數里的範圍內，否則便難以與邊荒集互相呼應。只要我們轉入該處，不但可避敵人耳目，且進可攻退可守。」

江文清道：「竟然有這麼一處好地方，爲何沒聽祝老大提起過呢？」

劉裕道：「這條河道起始的一段狹窄至僅容一船通過，河床淺窄，只有當河水漲時方可進入。不過在此段後河道轉爲深闊，舟行方面再沒有任何問題。」

江文清用心打量他，沒有說話。劉裕嘆道：「小姐是否心中在想，劉裕這小子因急於立功，故虛構出這麼一個好地方，哄我到邊荒集去。到時再沒法回頭，只好孤注一擲陪他到邊荒集冒險。對嗎？」

江文清「噗哧」嬌笑，橫他一眼道：「原來你是個有趣的人。」她顯露出女性嬌美的一面，看得劉裕眼前一亮，益發忘掉她「宋孟齊」的形象。

江文清續道：「我腦中確實閃過你所說的念頭，不過最後想到你不但是玄帥千挑萬選的人，更是燕飛的生死之交，若連你都不能信任，還可以相信誰呢？」

劉裕知她仍未盡信自己，正容道：「若我有一字虛言，教我不得好死。」

江文清微嗔道：「好啦！我就相信你吧！問題在只有水漲時，方可以駛入此隱蔽的支流，水淺時怎麼辦？又或進入後始水退，我們豈非困死在那裏？」

劉裕仰望夜空，信心十足的道：「論觀天之術，我極可能是北府第一人。現在正值雨季來臨，看天色數天內必有一場大雨，只要我們立即起程，說不定可趁大雨闖過潁口。至於如何在暴雨中逆急流而上，便要看小姐的本領。」

江文清傲然道：「我們的雙頭船是天下性能最佳的戰船，我們辦不到的，別人也休想辦得到。」

劉裕道：「如此我們將大有勝算。當藏身小湖後，我們可密切監視潁水的動靜。最好是讓司馬道子或聶天還打頭陣，我們則在旁撿便宜。」

江文清精神大振道：「劉兄幾句話解決了令我們憂慮的眾多問題，更明白你所謂兵貴神速的意思。只要我們再和邊荒聯軍取得聯繫，便可以讓敵人嘗到南北夾攻的滋味。」

劉裕道：「我唯一擔心的是桓玄，不單因他是玄帥最顧忌的人，更因他與屠奉三的關係。屠奉三雖然不滿他，但仍未到敢公然背叛他的地步，屠奉三更不得不為在荊州的親族著想。以桓玄的為人，絕不肯放過取得邊荒集的機會。」

江文清道：「必要時我們只好先下手為強，除去屠奉三。」

劉裕點頭道：「只好如此。」風帆轉過河彎，眼前景象豁然開闊，前方出現一座大湖，湖岸泊滿大小船艦和漁舟。劉裕心中立志，他將會從大江幫此秘密基地，展開他統一天下的大業，以報答謝玄知遇之恩。其他一切再不重要。想到這裏，內心最深處泛起王淡真的花容。

燕飛對自己的靈覺有進一步的了解。對紀千千的感應，大概可分為肉身的感應和精神的感應。前者近乎一種靈銳的觸感，受到距離的限制，就像犬隻可憑氣味尋人，他則憑異乎常人的觸感察覺到紀千千肉身的所在。奇怪的是這種觸感只對紀千千有效，例如他便沒法在這時刻，感應到慕容垂或任何其他人的位置。可能因爲他和紀千千的熱戀，令他們之間建立起微妙的聯繫。精神的聯繫雖然會因距離遠近而遞減或增加，基本上並不受距離的限制，那是心靈的連結，受到雙方精神狀態直接的影響，且非常損耗心力。以心傳心是有代價的。

燕飛金丹大法全面展開，精氣神不住提升，凝視在下游逐漸清晰的三點光芒。慕容戰、屠奉三和拓跋儀亦蓄勢以待，靜候敵人經過腳下河道的關鍵時刻。假若一擊不中，他們不單要坐看慕容垂帶紀千千主婢離開邊荒，可能還要賠上性命。百多名拓跋族的戰士伏在岸旁彎弓搭箭，準備對敵艦迎頭痛擊。在燕飛四人身後十多步處有四名戰士，每人手上提著一截粗如手臂、長約兩尺的樹幹，擺出投擲的姿態。此時三艘敵艦已清晰可見，借風力和槳力迅速接近。敵船靠貼西岸行駛，如此縱然駛過伏擊點，最近的距離也在三十丈開外。以燕飛的本領，即使從高處躍下，橫跨十多丈的空間已非常了不起，三十多丈是想都不用想。幸好他們有御空而行的飛行工具，就是燕飛沒辦法可想下想出來的「飛木」。他們經過反覆練習，在手力身法各方面加以改良，證實是可行之計。

屠奉三向身後四名持「飛木」的戰士打出手勢，著他們運功蓄勢。任何錯失，其後果都是他們負擔不起的。敵艦迅速接近，四人同時蹲下身子，防範在船上燈火照耀下，被敵人先一步察覺他們的存在。他們最大的優勢，是慕容垂肯定猜不到於蜂鳴峽布下的天羅地網被看破，伏擊是在蜂鳴峽前進行。敵艦不住接近。

燕飛沉聲道：「仍是中間那條船。」

慕容戰深吸一口氣道：「登船後隨機應變，燕飛你甚麼都不用理會，只管救人。」

拓跋儀插話道：「即使我們有人被殺，也不要理會。」

屠奉三雙目精芒閃爍，道：「我們會在最短的時間內，造成對方重大的傷亡。」

慕容戰冷然道：「來了！」

領頭的船駛至眼前。拓跋儀打出手勢。四人同時彈起，後方戰士運力擲出木幹，準確無誤地橫飛至四人腳下，他們齊探右足，踏上飛木，像仙人乘雲般移離崖岸，往位於中間正逆水駛上來的敵艦騰空而去，快如流星。眾戰士百多支勁箭投空射去，將三艘船籠罩其中，目標不是敵人，而是對方掛遍全船的風燈。燕飛一方面提氣輕身，另一方面把眞氣輸入飛木去，登時超前而出，領頭往目標敵艦投去。瞬息間他們橫過二十多丈的空間，駕臨敵艦右舷上方七、八丈處。燈火倏滅。風燈紛被射中，光芒驟滅。敵人未及反擊，第二輪勁箭已往三艘敵艦射去，目標再不是燈火而是人。燕飛一聲長嘯，腳下用勁，飛木變成暗器，朝正驚覺抬頭朝自己瞧來的敵人沒頭沒腦的撞去。「鏗！」蝶戀花出鞘，化作芒團，遊走全身地往甲板上的敵人投去。慕容戰等三人先後射出飛木，追在燕飛身後落向敵艦。成功失敗，將在眨眼間的高速內決定。各人均全力出手，毫不留情。

「錚錚鏦鏦」，兵器交擊聲不絕於耳，燕飛落在船首處，硬把三敵震開，還重創對方一人。心中大懍，慕容垂親兵團的強橫實力大大出乎他意料之外，他本以爲可令三人全體受傷，卻讓對方兩人險險擋格，只能創傷其中之一。燕飛毫不停留，一個翻騰，來到敵艦艙房的上方，同時掌握到整個形勢。過百敵人正從四處趕來，對付他們四個入侵者。屠奉三、慕容戰和拓跋儀各自爲戰，大開殺戒，力圖爲他製造混亂的有利形勢。不過敵方人人武功高強，且戰鬥經驗豐富，又有組織，縱是如此猝然受襲，仍能奮起頑抗。己方戰士仍箭如雨下，射往頭尾兩艘船，以牽制敵人，射出的全是十字頭的火箭。「何方小兒！竟敢來惹我慕容垂！」漫空精芒，往正落下的燕飛射來。天地倏生變化，一切像緩慢下來，任何一個簡單的動作，均要付出比先前多上數倍的眞氣，方能保持流暢和連續。慕容垂的北霸槍已將他燕飛鎖定，不愧爲胡族的第一高手，縱然在如此混亂的形勢裏，仍能絲毫無誤地掌握他們突襲救人的戰略，看破是由燕飛入艙救人，使他們擬定由屠奉三緊纏慕容垂的計畫落空。慕容垂的一槍是不能不擋，可是如若被慕容垂纏上，慕容垂的親衛高手一旦守穩陣腳，他們將沒有人能生離潁水。唯一成功的方法，是以雷霆萬鈞之勢，一舉劫人逃走。

無數精芒，暴雨般從船尾方向衝擊而來，威武如天神的慕容垂頭上黑髮根根豎舞，額上鋼箍閃閃生光，全身衣衫飄揚，確有力拔山河的懾人氣勢。隨著他迅速的接近，壓力愈是沉重。若換過金丹大法初成之前，能否招架得住他如此毫無保留的全力一擊，仍是未知之數。蝶戀花化作一道彩虹般的異芒，劍嘯聲塡滿船上的空間，破空向北霸槍迎去。暴喝聲有如驚雷般在槍劍交擊前於左舷處響起，屠奉三斜標而起，左肩和右足正淌著鮮血，顯示他是拚著受傷從敵人的重圍脫身，以攔截慕容垂，從而也可見戰況的激烈和凶險。果然燕飛感到壓力大減，以慕容垂之能，也不得不留下幾分餘力，應付屠奉三的奪命劍。四周叱喝連聲，數道人影竄上半空，分別追擊燕飛和屠奉三，不過都慢了一線，看身手該是八傑級的親衛高手。潁水殺氣彌漫，戰火遍處。前後兩艘船均多處起火，三艘艦船仍繼續行駛，力圖遠離岸上箭矢的嚴重威脅。一切迅快至沒人有餘暇去思索。

「噹！」蝶戀花變化三次，成功砍中北霸槍槍鋒。一股強大至使人撕心裂肺的勁氣沿劍入侵，燕飛暗叫僥倖，如非屠奉三拚死從旁截擊，讓功力不在孫恩之下的慕容垂用足全力，肯定可把自己震返船頭，而他們的救人大計將告冰消瓦解。「颼！颼！」兩枝長槍從船頭方向往他擲來，勁道十足，直取他背心要害，時間拿捏得無懈可擊，只要他被慕容垂一槍擊得往後拋退，兩槍將同時貫背而入。若在平時情況下，燕飛肯定有足夠實力化解慕容垂入侵的氣勁，只須循勢後退，再運功化解，落地前可回復過來。現在的形勢卻絕不容許他這麼做，在他澄如明鏡的靈台更出現救千千主婢的唯一契機，錯過了將永遠沒有機會。燕飛猛地噴出口鮮血，體內眞氣與慕容垂入侵的眞氣在體內經脈硬拚一記，雖強把慕容垂的氣功硬排出體外，其震盪力亦令他立即負傷。同時他不往後移，反往下墜，蝶戀花施出精妙絕倫的劍式，挑上刺空的兩把長槍，帶得兩槍加速改向往被震退的慕容垂投去。足著艙頂時，燕飛整個人撲附過去，然後似游魚般滑至艙頂邊緣處，幾乎是貼著船艙的外壁滑下去，投往他感應到千千所在處的艙窗。

仍在凌空當兒的慕容垂看得雙目差些兒噴火，卻是無從攔截，因爲前方不單有兩槍破空刺來，最要命是屠奉三正人劍合一，不顧生死的狂攻而至。即使在一對一的情況下，要應付屠奉三凌厲老辣的劍法已不是易事，何況剛與燕飛全力硬拚，體內血氣未復，更要應付燕飛借飛槍施襲的奇招。慕容垂狂喝一聲，使個千斤墜，往下方驟降數尺，方一槍朝屠奉三捅去。屠奉三橫劍擋格，迎上對方含怒出手的一槍，同時發出尖嘯，通知慕容戰和拓跋儀功成身退。慕容戰和拓跋儀均陷入苦戰之局，敵方不但身手高強，更進退有序，於站穩陣腳後，發揮出聯戰的組織精神和高效率，壓力不住增加。處處都是刀光劍影、盾擋矛擊，十多個照面下來，兩人已多處負傷，再捱不了多久。慕容垂的親兵團確實名不虛傳。此時聞得屠奉三的撤退訊號，齊叫來得及時，又齊往右舷方向殺去。「噹！」屠奉三給慕容垂掃得整隻握劍的手，從指尖痠痲至胳膀，暗叫厲害，借勢往東面河面投去。慕容垂亦被屠奉三功力十足的反震之力，震得落往船尾方向，空有蓋世神功，卻沒法及時阻截燕飛。

「砰！」燕飛破窗而入，毫不猶豫一把抄起昏睡在床上的紀千千。兩名敵人破門而入，手上馬刀兜頭照臉朝他砍來。燕飛知道時機稍縱即逝，哪敢猶豫，蝶戀花化作重重劍芒，一手挾著紀千千，破入兩敵間刀光中唯一空隙破綻處。兩敵向房門濺血拋擲，在走廊欲衝進來的敵人駭然下避往兩旁。燕飛人劍合一地踏著敵人屍體衝出，兩旁盡是如狼似虎的敵人，兵器齊往他身上招呼，幸好全慢了一線。「砰！」燕飛撞破對面的房門。房內空無一人，燕飛心中叫苦。小詩究竟給關在哪個房間呢？三、四名敵人搶進房內。燕飛暗嘆一口氣，摟著紀千千穿窗而去。

屠奉三是第一個脫離險境的人，向著十多丈的高空往河面投去。岸上的己方戰士早蓄勢以待，立即擲出另一根飛木，旋轉著飛至屠奉三的降落點。屠奉三心叫來得好，足尖點中飛木，就那麼借力投返東岸。接著慕容戰和拓跋儀從船舷拔身而起，追在屠奉三後方，兩塊飛木從崖上投下，讓他們踏足借力，一切配合得天衣無縫。窗框碎裂，燕飛挾著紀千千，活像從艙壁鑽出來般，炮彈似的勁射出來。崖上戰士齊聲歡呼。倏地「嘩啦」水響，歡呼變為驚叫。慕容垂帶著漫空水珠從河水裏射出來，手持北霸槍攔在燕飛前方。一槍刺出，大有一夫當關，無人可越雷池半步氣吞河嶽的威勢。屠奉三此時剛立足崖岸，以他的老練和冷靜，一時也看得目瞪口呆。慕容垂竟能於失勢的一刻，立即判斷出燕飛能救出紀千千，並猜到燕飛的逃走路線，故由船的另一邊投水，再從船底潛到這邊來，將燕飛截個正著，並施盡渾身解數，要把輸去的連本帶利贏回來。沒有人能對燕飛施援，在這情況下，也沒有人可以插手，更不敢向任何一方發箭，因怕誤傷自己人。此事發生得實在太突然和迅快，沒有人來得及作適當的反應。誰都確信燕飛已全然落在下風。燕飛卻是唯一預知慕容垂會從水裏鑽出來突襲的人。在破窗而出前，他感覺到水內有一股熟悉的殺氣，清楚掌握到慕容垂正依附在下方的船底處，蓄勢待發。

紀千千的嬌軀微顫一下，似是正在回醒。燕飛一個動作，紀千千依附到他背上，穿窗平射而去。所以當慕容垂在前方離水面丈許處持槍攔截，燕飛是唯一曉得慕容垂將徒勞無功的人。燕飛哈哈一笑，單掌拍出，勁氣擊打水面，就那麼借力改向，疾升四、五丈高。慕容垂一槍刺空，眞氣不繼，氣得雙目噴火的沉回水裏去，激起漫空水花。拿著飛木的戰士由大驚變爲大喜，手中飛木脫手擲出，直奔開始回落的燕飛腳下。慕容戰和拓跋儀已落在崖上，齊聲叱喝吶喊爲燕飛打氣。成功失敗，就看這剎那間的功夫。燕飛一手反摟背上的紀千千，回復頭上腳下的姿勢，右足伸探，準確無誤地點在己方擲來的飛木上，崖上爆起另一陣的喝采歡呼。「呵！」紀千千終於醒來，睜開美眸，不能置信地發覺自己正在燕飛背上，而燕飛則在艦隊和崖岸中間的高空，穎水便在下方由北而南地滾流過邊荒。

燕飛的聲音在她耳邊道：「小詩在哪裏？」

紀千千嬌軀劇顫，完全清醒過來，一手摟著燕飛的熊腰，急道：「在後面那艘船上。」

燕飛道：「我先把你送回岸上去。」足尖點在飛木處，內力新生，眞氣送入紀千千體內。

紀千千曉得他要把自己擲回崖岸，再去救詩詩，不知是驚是喜時，岸上驚呼四起，屠奉三的聲音大喝道：「小心下方！」

燕飛也大吃一驚，就在慕容垂沒入處，一股水柱捲旋而起，速度驚人至極點，後發先至地朝他踏飛木的腳斜衝而來。這次輪到敵方發出震盪整個河岸上空的喝采聲。燕飛別無選擇，不但無法依計先把紀千千送回岸上，再去救人，且稍有失誤，勢將落往河水裏，猛一咬牙，腳下用勁，飛木急旋而下，迎上慕容垂貫滿眞勁的水柱。「蓬！」飛木旋轉著撞上水柱，登時水花四濺，長達尺許的飛木不停的因破碎而減少，卻成功破壞水柱，蔚爲奇觀。燕飛同時背著紀千千一個翻騰，往崖岸投去，不過誰都看出他因要分出力道應付慕容垂的水擊，故力道不足，落點離岸崖尚差七、八丈。慕容戰一手搶過身旁戰士的飛木，往水面擲去。燕飛往下斜飛，於離水面半丈許處，點中慕容戰投來的飛木，正要發力，慕容垂從水中標射而出，北霸槍直擊飛木。岸上船上鴉雀無聲，人人呼吸頓止，只能頭皮發麻地看著兩大頂尖高手在河上爲爭奪紀千千交鋒。

燕飛人急智生，蝶戀花下掃，先慕容垂一步擊中飛木。飛木應劍改向朝慕容垂面門猛撞過去，而燕飛則借劍劈飛木的些許震力，帶著紀千千往崖岸下的石灘橫掠而去。慕容垂一聲長笑，張口吹出一股勁氣，撞得飛木側飛開去，如影隨形的追在燕飛後方半丈許處，與燕飛一先一後的投往崖岸下的水邊亂石。屠奉三、慕容戰和拓跋儀莫不蓄勢以待，只要燕飛能抵達石灘，立即撲下施援，最理想當然是借圍攻之力，殺死慕容垂。三艘敵艦借槳力往東岸靠近，艦上敵兵齊彎弓搭箭，以防止慕容戰等投往下方石灘。形勢緊張至極點。燕飛心中暗嘆，感到慕容垂速度正不住增加，北霸槍已將他鎖定，在氣機感應下，若自己只一意逃走，肯定無望踏足實地。忙使個千斤墜，落在河中冒出來的一塊大石處，離石灘尚有三丈多的距離。「噹！」燕飛反手一劍，重重砍在慕容垂槍頭處。慕容垂借力橫飛，投往上游丈許處另一方從水裏冒出來的巨石上，槍尖遙指燕飛。一時成對峙之局。

仍然沒有人能插手戰局。燕飛雙足穩立石上，另一手摟著紀千千，讓她站好。決戰一觸即發，沒有人敢發出半點聲息。紀千千別頭瞥一眼載著小詩那艘戰船，俏臉現出堅決的神情，嬌呼道：「不要打了！」人人爲之愕然，只有慕容垂和燕飛明白她這句話的含意。

慕容垂臉上露出羞慚之色，把北霸槍收到背後，嘆道：「以這樣的方式令小姐留下，實是情非得已，希望小姐體諒戰爭從來都是不擇手段，勝者爲王。」

慕容戰等明白過來，知道問題出在小詩身上。燕飛的蝶戀花無力地下垂，他呆瞧著紀千千，嘴唇顫動，卻說不出話來。紀千千露出淒然欲絕的神色，湊到燕飛耳旁輕輕道：「不論你們誰勝誰負，對千千均是難以承受的打擊。你死了，千千不能獨活，可是若死的是慕容垂，他的手下定會殺詩詩洩憤。詩詩現在肯定給嚇死了！只有我回去才能保護她。」

燕飛平復下來，木然點頭。紀千千續道：「先收復邊荒集，再來救我。若天下間有一個人能擊敗慕容垂，那個人就是你燕飛，因爲我是你最佳的探子。我們的身體雖然分開，可是我們的心卻永遠親密地連接起來。燕郎，你千萬要振作起來，那我們將來還有相見之日，千千去了！」說罷騰身而起，投往只在三丈許外最接近的戰艦。

慕容垂收回投向紀千千背影的目光，點頭道：「燕飛你不負邊荒集第一劍手的威名，希望將來還有領教尊駕劍術的機會。」一聲長嘯，追在紀千千身後去了。

〈卷五〉

第二章◆邊荒行動

第二章　邊荒行動

巫女丘原的邊緣區域，在黎明前的暗黑裏，以燕飛、屠奉三等爲首的百多名邊荒戰士，終於勒馬停下，讓馬兒好好休息喝水。眾戰士人人無精打采，士氣低落至極點。劫走紀千千主婢的是北方實力最強大的霸主慕容垂，誰都禁不住生出永遠失去紀千千的無奈和窩囊感覺；也更崇拜紀千千，被她爲小婢自我犧牲的偉大行爲，深深打動，但也因而更添失去她的沮喪。即使以屠奉三的沉狠，也有一種被慕容垂壓下去的失意。對慕容垂來說，邊荒之戰只是統一天下的大規模軍事行動的起點，下一個目標是洛陽。這是多麼了不起的構想。事實上他們一直被慕容垂的驚人手段牽著鼻子走。如非燕飛福至心靈地識破慕容垂的毒計，他們將沒有一個人能活著回到巫女丘原來。

燕飛領著屠奉三、慕容戰和拓跋儀走上一座小丘，遠眺北方。燕飛道：「我定會從慕容垂手上，救回千千，否則永不罷休。諸位不一定要陪我去冒險，剛才各位親睹慕容垂的絕世奇功，也試出他的親兵團名不虛傳，當明白我說的乃肺腑之言。」

慕容戰斷然道：「爲了千千，生死再無關痛癢。我決定陪燕兄與慕容垂周旋到底。」

屠奉三淡淡道：「慕容垂可不單是一個人，而是一支能征服天下的大軍。要救回千千，必須擊垮他的無敵兵團。個人的力量在這樣的情況下，是微不足道的匹夫之勇。所以我們須先收復邊荒集，建立起一支邊荒勁旅，方有挑戰慕容垂的資格。」

拓跋儀接道：「這根本不是肯不肯陪你去冒險的問題，而是別無選擇。千千已成我們邊荒集的精神領袖，慕容垂把她劫走，便是我們的公敵。且一天我們不擊垮慕容垂，我們休想有好日子過。我完全贊同屠當家的說法，先收復邊荒集，抹掉慕容垂征服天下踏出來的第一步。」他表面雖沒有一字提及拓跋族，但燕飛卻清楚掌握到拓跋儀傳達的訊息。與慕容垂的公開衝突是無法避免的，此關係到拓跋族的生死存亡。而目前他們唯一可辦到的事，就是收復邊荒集。

拓跋儀又道：「救回紀千千再不是個人的事，而是代表著邊荒集的榮辱。失去紀千千的邊荒集，再不是邊荒集。」

燕飛欣然道：「好！就讓我們先把邊荒集奪回來。」

慕容戰道：「現在我們可供戰鬥的勇士有三千二百五十餘人，經過十多天的養息，傷者該已痊癒。支持我們的荒人或散布東西兩邊，或邊荒集失陷時成為俘虜，如我們能好好利用，實力應足以摧毀駐守邊荒集的敵人。」轉向屠奉三道：「你不是說過心中已擬定收復邊荒集的全盤大計嗎？」

屠奉三道：「我們現在最大的弱點，是失去潁水的控制權，所以沒法截斷邊荒集的糧道。幸好我們已與大江幫建立聯繫，只要他們的艦隊開至，且有我們在陸上呼應，應可重奪潁水的控制權。」

拓跋儀道：「邊荒集以鐵士心、徐道覆等為首的敵人有過萬之眾，鐵士心等更非省油的燈，縱然有大江幫來援，敵人實力仍在我們之上。」

眾人都同意他的說法，慕容垂既去，孫恩的離開也是早晚的事。慕容垂帶走七千戰士，留下來的黃河幫眾和燕國戰士在五千至七千人間。可以推想天師軍留在邊荒集的軍隊亦是同樣的人數，以保持共同管治的均衡。如此邊荒集敵軍的勢力約在一萬人到一萬四千人間。以三千多的新敗之軍去硬撼萬多人的敵軍，如沒有高明戰略的配合，無疑是自尋死路。

屠奉三胸有成竹的道：「我們可以利用邊荒集孤懸於邊荒核心處的特點打擊敵人，南方的水道肯定已被建康水師封鎖，且因聶天還背叛孫恩，使邊荒集的天師軍成為失去支援的孤軍。所以只要我們能奪下敵人北站的兩座木寨，等於截斷北方的水運，你道敵人會如何反應呢？」

慕容戰點頭道：「若我是他們，會不惜一切把北站奪回來。哼！那時我們的機會便來了！」

拓跋儀道：「此計的確可行，當敵人傾巢而來，我們可以通過秘道把武器和兵員送入邊荒集，然後與邊荒集的兄弟裏應外合，肯定可光復邊荒集。」

燕飛問道：「兩座木寨內有多少敵人？誰在主持木寨？」

屠奉三道：「主持木寨的是黃河幫的副幫主酈志川，兵員應不過二千之數。」

燕飛苦笑道：「兩座木寨遙相呼應，而我們又沒有足夠實力同時攻打兩座木寨，一旦陷於久攻不下的苦戰，敵人卻可從水道迅速運送兵員支援，我們可以堅持多久呢？何況我們再沒法承擔戰士的折損。」屠奉三等沉默下來，燕飛的憂慮他們不是沒有想過，而是根本想不到更好的辦法。慕容垂設立北站木寨，確是高明的策略，盡顯他洞燭機先的軍事才華。所以他可以安心離開。

燕飛道：「我還有另一個憂慮，就是當我們能僥倖地在折損不大下攻陷兩座木寨，以鐵士心一向的心狠手辣和天師軍對敵人殘忍不仁的作風，說不定會盡屠我們集內的兄弟，那我們將變得孤立無援。一旦再被敵人重重圍困，到糧絕之日，便是全軍覆沒之時。」

屠奉三色變道：「這招確實毒辣，但非常有效，還可大幅減少糧食的消耗。」

慕容戰道：「照燕飛的說法，一旦我們構成威脅，敵人會屠戮我們邊荒的兄弟，以去心腹之患。」

拓跋儀駭然道：「如此我們豈非陷入進退兩難的局面？」

燕飛道：「收復邊荒集宜速不宜遲，否則如讓敵人在沒有選擇下行此一著，我們將後悔莫及。」接著目光投往屠奉三，道：「我更怕貴上派兵前來攻打邊荒集，令形勢更趨複雜。」

屠奉三嘆了一口氣，道：「燕兄有甚麼可行之計？」

燕飛目光移往邊荒集的方向，道：「我這招是三管齊下。首先我們把武器從秘道偷運進邊荒集內，讓我們的兄弟武裝起來。完成第一步後，我們派出一千戰士，於敵人北站東岸木寨附近高地設立堅強陣壘，擺出強攻木寨的威勢，引敵來攻。而不論敵人是否中計，我們都要從集內發動反攻，只要策略正確，我有必勝的把握。」

慕容戰精神大振道：「既有秘道可供出入邊荒集，要摸清楚敵人在集內的情況該是易如反掌的事。然後針對敵人布置，從容定計，我才不相信集我們多人的才智，想不出奏效的戰略來。」

屠奉三道：「黃河幫和天師軍間肯定矛盾重重，一旦有事發生必各自爲戰，只要我們能以迅雷不及掩耳的威勢弄垮其中一方，另一方將不戰而潰。所謂擒賊先擒王，我辦的刺客館對各位有甚麼啓示呢？」

拓跋儀一震道：「刺殺鐵士心！」

慕容戰喜道：「鐵士心若忽然橫死，黃河幫將立即崩潰，屠兄想得很絕。」接著大力猛拍燕飛肩頭，大笑道：「忽然間我對救回千千一事充滿希望，且恨不得立即潛回集內，好弄清楚集內一切事。」

屠奉三道：「秘道已成邊荒集之戰成敗的關鍵，我們何不分頭進行。我和拓跋兄回丘原召集人馬，準備反攻邊荒集。燕兄和慕容當家則潛返邊荒集去。然後我們在邊荒集和丘原間建立起快速通訊的驛站，以便消息往來。」

拓跋儀道：「當務之急，是要在神不知鬼不覺下，把足夠六千人用的武器箭矢偷運進集內去。這可不是十天半月可以辦到的事，且我們哪來這數量的武備？」

燕飛微笑道：「從敵人手上搶奪武器又如何呢？敵人攻陷邊荒集時得到的大批武器，定會儲存起來，只要我們尋得藏處，這方面該沒有問題，要多少有多少。」

屠奉三點頭道：「如此當然更理想。」

慕容戰道：「我還有一個提議，爲令敵人沒法安頓下來，我們可派出數隊高手，採取游擊戰術，專事偷襲伏擊敵人在集外巡邏或作探子的兵員，使敵人感到集外危機四伏，我們行事時會方便得多。」

屠奉三點頭道：「此不失爲可行之計，敵人出集來反擊，我們便遠颺數十里，又或打打逃逃，令敵人疲於奔命，把注意力放在集外，豈知我們的大計卻是在集內進行。」

拓跋儀道：「大江幫方面的助力我們該如何運用呢？」

屠奉三向燕飛道：「燕兄尚未清楚大江幫方面的情況，在邊荒集的爭奪戰裏，他們所受打擊最重。由幫主江海流率領的船隊，在來邊荒集途中被孫恩和聶天還聯手前後夾擊於潁水，幾近全軍覆沒。江海流負重傷逃脫，捱了數天終告不治。現在幫務由他女兒江文清繼承，勢力已大不如前。」

慕容戰接口道：「你道江文清是誰呢？原來宋孟齊便是江文清，我們所有人都看走眼呢。」

燕飛愕然道：「竟有此事！」又往屠奉三打量，皺眉道：「我有一事想向屠兄請教，嘿……」

屠奉三苦笑道：「實不相瞞，我奉命到邊荒集來打天下，是有取漢幫而代之的計畫，只是因情勢急劇的變化，對立竟變成合作。」稍頓又嘆道：「六天前，我派往荊州的手下帶回一個令我吃驚的消息，就是南郡公已與聶天還秘密結盟，意圖借聶天還之力，封鎖建康上游，逼司馬曜把皇位禪讓給他。」

拓跋儀冷哼道：「他是看準謝玄命不久矣，才敢如此囂張。」

燕飛訝道：「南郡公的野心，屠兄不是今天才清楚吧？」

屠奉三雙目神光閃閃，沉聲道：「對司馬王朝我沒有絲毫好感，一天由司馬氏主宰南朝，遲早是亡國滅族之恨。不過聶天還與我向爲死敵，現在南郡公在沒有徵求我意向下私自與聶天還締結密盟，就是不把我放在心上，亦表明他認爲聶天還的用處比我大。你道我屠奉三還應不應對他忠心如昔？」

眾人中以慕容戰較明白屠奉三與桓玄的關係，道：「只要屠兄在邊荒集確立根基，桓玄豈敢再忽視你呢？」

屠奉三有感而發道：「我們現在是並肩作戰的兄弟，所以我不想隱瞞各位。這十多天來，是我屠奉三最痛快的日子，大家都不用防範對方，更清楚各位是最可靠的戰友。只有在邊荒，我才感覺到自己有血有肉地活著，而不是某人手上戰爭和殺戮的工具。」

燕飛點頭道：「明白了！不過貴上加上聶天還，可怕處實遠超過天師軍，屠兄萬勿意氣用事，與貴上保持微妙關係對邊荒集將有利無害。」

屠奉三點頭道：「這個我明白。」

拓跋儀道：「在桓玄和聶天還大軍到前，我們必須先光復邊荒集。」

屠奉三道：「只有大江幫才可以制衡聶天還，我們可以請賭仙親走一趟，讓江文清明白我們的情況，大家才可以好好配合。」

慕容戰道：「屠兄是否準備與大江幫分享收復邊荒集的成果呢？」

屠奉三笑道：「這個是當然的事。我現在的目標，就是救回千千，其他都為次要。」

燕飛凝望邊荒集的方向，一字一句緩緩道：「邊荒集確實是天下間最奇妙的地方，在那裏生活過的人都懂得珍惜它。現在讓我們定下奪回邊荒集的期限，在十天內，千千設計的旗幟會取代燕國和天師道的旗幟，飄揚於鐘樓頂上，邊荒集亦會再次成為天下最自由和公義的城集。」

離日落尚有小半個時辰，燕飛和慕容戰藏在潁水東岸一處樹叢內，對岸下游是邊荒集。

慕容戰訝道：「十多天的變化竟這麼大，除城牆損毀嚴重，房舍均已修復，我們被俘的兄弟肯定被逼得只剩下半條人命，像畜牲般在鞭子下做苦力。」

燕飛目光不住搜索，欣然道：「東門殘樓竟沒有被洪水沖倒，教人意想不到。」

慕容戰道：「洪水來時聲勢駭人，幸好龐義督建的防水牆發揮作用，頂住了洪水的沖擊。那時形勢不知多麼緊張，敵人從其他三面狂攻我們夜窩子的最後防線，我們則敲響洪水沖至的警號，把守潁水的弟兄們發了瘋似的從地壘撤退，走遲半步的全給洪水沖走。接著慕容垂一萬養精蓄銳的生力軍，越過抽乾河水的河床，以無可抗禦之勢，硬撼我們能防水防敵的東面戰線，我當時的感覺有如陷身永遠醒不過來的噩夢似的。」

燕飛幾乎可在腦海裏重演當時的情況，不由想起紀千千。在過去的一天，他曾多次與紀千千建立心靈的短暫連接，有點像紀千千在向他報平安，不過或因紀千千不想他分神，每次傳遞的只是簡單的訊息。隨著距離的增加，他們的以心傳心變得困難、吃力和模糊。

慕容戰的聲音傳入耳中道：「我們本打定主意死守至最後一兵一卒，千千卻下令突圍逃走。唉！我們給千千耍了一著，以爲先由我們以火畜陣破敵突圍，然後她再領其他人趁亂逃走，豈知她不單不走，還領軍固守夜窩子至天明方投降。不過沒有人怪她，反更添景慕之心。若非她牽制敵人，我們將沒法逃過敵人的追殺，有現在的一半人逃到巫女丘原已很了不起。」

燕飛可以想像敵人在當時做好趕盡殺絕的預備工夫，於各制高點布下伏兵，封鎖他們突圍逃走的路線。而紀千千正是有見及此，故以奇謀妙策，牽制敵人。

慕容戰嘆道：「我本堅持留在千千身旁，卻被她以死相脅，不得不加入突圍軍行列。離開之時，心情之惡劣，是我這輩子從未有過的。」

天色逐漸暗沉下來。一隊十多人組成的燕兵騎隊，在對岸馳過。潁水兩岸建起多座高達十丈的哨樓，監視遠近情況。一個不小心，便會被敵人發現。燕飛默默聽著，慕容戰因重睹邊荒集而滿懷感觸，是可以理解的。他何嘗不因紀千千而感到椎心的痛楚，只好化悲憤爲力量，做好眼前可以辦到的事。

兩人心現警兆，目光齊往對岸看去。一道人影從上游叢林閃出來，跳下岸臯，藏身在水邊的草叢中。燕飛看不清楚對方面目，卻直覺是高彥，道：「是高彥那小子。」

慕容戰點頭道：「難怪有熟悉的感覺。」

燕飛道：「我們過去與他會合如何？」慕容戰以行動答他，匍匐而前，無聲無息滑入水中去，燕飛緊隨其後。片刻後，三人在對岸聚首。

曉得紀千千主婢仍在慕容垂手上，高彥當然大感失望，幸好他生性樂觀，弄清楚先收復邊荒集再拯救千千主婢的偉大計畫，又興奮起來。道：「我雖找不到我們邊荒集的聯軍，不過卻非沒有收穫。你道我找著誰呢？」

慕容戰喜道：「是否姬別？」

高彥大奇道：「你怎會一猜即中？」

慕容戰道：「突圍那晚我瞧著他被宗政良那兔崽子射中一箭，接著便和他在集外失散，以後沒見過他。」

燕飛心中暗念宗政良的名字，下決心不放過此人。就在此刻，燕飛知道自己的命運，已與邊荒集結合起來，從此更不可像以前般懶散地生活，必須借助群體的力量，把紀千千救回來。要擊敗慕容垂，他可倚靠的不是邊荒集的任何人，而是與他親如兄弟的摯友拓跋珪。若要在天下間找出一個能在戰場上擊敗慕容垂的人，那個人肯定是拓跋珪，其他人都辦不到。只要有拓跋珪作戰友，他燕飛則透過紀千千，鉅細靡遺地掌握慕容垂的狀況和戰略，此戰肯定必勝無疑。可是要實行此必勝之策卻有個近乎死結的困難。邊荒集代表著南北各大小勢力的利益，怎會容拓跋珪借與慕容垂的衝突鬥爭，從邊荒集趁勢崛起，脫穎而出？拓跋族的冒起興盛，正代表其他胡族的沒落。如此一想，與拓跋珪聯手的時機尚未成熟，否則邊荒集將四分五裂。

高彥道：「宗政良那一箭射得姬別很慘，他十多名忠心的手下拚死帶他逃離戰場，躲在西北二十里外一座密林療傷。姬別的傷勢時好時壞，應是傷及臟腑，我找到他時老姬正陷入昏迷，病得不成人形。」

燕飛道：「入集辦事後，我們去看他，或許我有辦法治他的箭傷。」

高彥訝道：「你何時當起大夫來呢？」

慕容戰道：「不要小看燕飛，南北最可怕的兩個人都與他眞刀眞槍的硬拚過，孫恩殺不死他，慕容垂施盡渾身解數，與他仍是平分秋色的局面。最厲害是小飛的靈機妙算，事事像未卜先知似的，否則我們肯定沒法活著在此和你說話。」

燕飛心叫慚愧，道：「入集吧！」

三人先後鑽出渠道，冒出水面。廢宅靜悄悄的，一切如舊。

燕飛在破爛的大門旁牆角處，找到卓狂生留下的暗記，問道：「現在是甚麼時候？」

慕容戰在他身旁蹲下，細看暗記的符號，答道：「應介乎酉時和戌時之間，卓名士在暗記說他會於每晚戌時初到這裏來探消息，我們耐心點等他如何呢？」

高彥在門的另一邊挨牆坐下，目光穿過對面的破窗望向夜空，道：「你們想知道集內的情況，何不問我這個大行家？」

兩人學他般挨牆坐地。慕容戰道：「他們把我們的兄弟關在何處？」

高彥道：「就在我們隔鄰的小建康內，由黃河幫和燕兵負責外圍的防禦，天師軍則負責小建康內的秩序。唉！我看不用人看守他們也沒法逃走。」

慕容戰道：「敵人施了甚麼厲害手段呢？」

高彥道：「做就做個半死，吃的僅可以餬口，我們的兄弟每晚回到小建康內時，人人筋疲力盡，舉起手腳都有困難，試問如何逃走呢？」

慕容戰爲之色變，往燕飛瞧去。燕飛當然明白他的憂慮，假如集內被俘的兄弟人人疲不能興，如何造反？問道：「開始築城牆了嗎？」

高彥道：「現在仍在收拾殘局，重建或修補於大戰時損毀的房舍和街道。敵人下了走一個殺十個的嚴令，所以龐義、小軻等雖然曉得秘道的存在，卻沒有人敢隨我離開。」

燕飛向慕容戰道：「只要我們擺出進攻的姿態，肯定敵人會把我們的兄弟趕回小建康內，他們便可以爭取到休息的機會。」

慕容戰點頭：「確是可行之計，但吃不飽又如何有力作戰呢？」

高彥道：「這方面反而不用擔心，羌幫的冬赫顯說在小建康他們有個秘密糧倉，仍未被敵人發現。需要時可以秘密取出藏糧，吃飽肚子。不過由於人數太多，頂多四、五頓就會把糧食吃個精光。」

慕容戰道：「最怕是他們之中有人被敵人收買，如洩露消息，我們的反攻大計立告完蛋。」

高彥笑道：「這個你更可以放心，荒人的團結在被俘後進一步加強。人人均是老江湖，猜到建起城牆後，敵人會一個不留地把所有兄弟殺掉，所以個個在等待我們的好消息，希望能回復以前歡樂寫意的好時光。」又道：「千千對他們的影響力更是龐大，在離開邊荒集前，千千親口向他們保證你們會在短期內反攻邊荒集，又指小飛沒有死。現在她的話已一一兌現。」

燕飛道：「他們把所有人囚禁在小建康內，雖是易於管理監督，卻並不聰明，只要他們手上有武器，可輕而易舉佔領小建康。」

慕容戰道：「敵人是別無良策，不得不這麼做，他們的兵力只是俘虜的一倍，若分開囚禁，一有事發生，哪還有餘力應付來自集外的攻擊。」

高彥道：「他們連棍子也沒一根，光只是對方在小建康各處哨樓的箭手，就可以殺得他們沒有還手之力。」

燕飛道：「你知不知道敵人把搶來的兵器弓矢藏在哪裏呢？」

高彥嘆道：「你休想打這方面的主意，鐵士心和徐道覆把戰利品瓜分後，分別藏在集內十多處不同的地點，均爲敵人重兵駐紮的地方，例如北門驛站、東門的舊漢幫總舵，正是爲防我們的兄弟搶武器造反。」

慕容戰和燕飛聽得面面相覷，他們想到的，敵人均已先一步想到，由此可見敵人主帥的高明。若只憑三千多人的實力，在沒有內應下強攻邊荒集，眞的是自尋死路，以卵擊石。

燕飛忽道：「老卓來了！」慕容戰定神細聽，果然聽到輕微的破風聲，訝異地瞪燕飛一眼，不得不心中佩服。

高彥發出一陣鳥鳴。卓狂生鬼魅般閃進來，喜道：「是否救回千千了？」見到三人呆頭呆腦，頹然蹲下，嘆道：「慕容垂贏啦！」

到卓狂生聽畢整個拯救行動的情況，目光閃閃地打量燕飛，道：「小飛竟能與慕容垂戰個難分難解，已足可爲我們邊荒集挽回失去的面子。千千說得對，先收復邊荒集，然後我們再從慕容垂的魔爪裏把千千主婢救回來。哼！荒人豈是好欺負的。」

慕容戰道：「情況如何？」

卓狂生道：「費二撇仍在我說書館的密室養傷，已大有起色。龐義和方總現在成了被俘兄弟的領袖，大家知道燕飛大難不死，立即士氣大振，人人摩拳擦掌，等待反攻的好日子來臨。」

高彥苦笑道：「萬事俱備，只欠武器。」

燕飛道：「武器由我們想辦法，你們不用擔心。高彥你留在這裏，負責建立起一個最龐大的情報網，借眾兄弟在集內各處做苦工之便，掌握敵人的所有布置和行動。我特別想弄清楚鐵士心的行藏，只要幹掉他，我們便成功了一半。」

卓狂生點頭道：「只有宰掉鐵士心，方可一吐我們被慕容垂擄走千千的悶氣。」又道：「孫恩極可能已離開邊荒集返回南方。黃昏後天師軍盧循旗下的人開始收拾行裝，照我猜盧循會領部分人撤走。」

慕容戰向高彥道：「你有問題嗎？」

高彥道：「當然沒有問題，老子是邊荒集的首席風媒，這方面的事不由我擔當由誰擔當呢？」

燕飛道：「小心點！若你給人抓起來，我們的反攻大計立即完蛋。」

高彥傲然道：「我又不用出面，只須把收回來的情報加以分析，保證萬無一失。」

卓狂生道：「我會看著他的！」

慕容戰道：「每晚戌亥之交，我們會派人從秘道進來與你們在此交換消息。」

高彥道：「你們待會須去找姬別，他藏在西潮山南面山腳的密林裏，只要你們發出夜窩族的鳥鳴訊號，會有人出來帶你們去見姬別。」

四人將諸般細節商量妥當後，分頭離開。

兩人依高彥之言，在西潮山附近的密林內找到姬別，守護他的手下共十七人，均為姬別的傷勢沮喪。姬別比高彥所說的更嚴重，臉上沒有半點血色，神志不清，不時胡言亂語。燕飛面向姬別盤膝坐下，右掌覆在他額上，另一手以拇指按著他的天靈穴。

慕容戰在燕飛身旁蹲下，訝道：「如此療傷法我還是首次見到，是否你燕飛獨家的秘傳？」以李順良爲首的一眾姬別親隨高手，團團圍著三人坐下，兩支火把插在樹幹處，燃亮這在密林開闢出來三丈許的空間。

燕飛道：「坦白說，這只是我臨時想出來的治療方法，至於是否有用，試過才知。」李順良等本來充滿期待的眼神，立即換上失望的神色。事實上他們已用盡辦法，仍沒法令主子有起色。

慕容戰苦笑道：「原來你並沒有獨門秘法的。」

燕飛眞氣從左手拇指輸進姬別的天靈穴內，從容道：「我曾接過宗政良一箭，對他的眞氣有一定的體會和認識，那是一種非常霸道的眞氣，專門攻擊頭部的經脈，所以我由姬少的頭頂入手。」眾人聽得精神一振，雖然對燕飛能否治癒姬別仍抱懷疑，不過只要燕飛不是盲目施救，便有一線希望。

燕飛閉上眼睛，金丹大法全力運行，半刻不到已失去對身體的感覺，而姬別經脈的情況，宛如一幅山川地勢圖般展現在他心靈之眼的前方，沒有遺漏。他感到眞氣到處，姬別的經脈立即暢通無阻，生機勃現。覆蓋姬別額頭的右掌，不是要雙管齊下醫治姬別受創的經脈，而是要保著姬別脆弱的心脈，使血液流通，呼吸暢順。燕飛並不明白自己的眞氣怎會神奇至此，但他既然可以自療孫恩差點要了他小命的嚴重內傷，當然可以用同樣方法救姬別一命。林中只有火把燃燒的聲音和呼吸聲，人人睜大眼睛，看著姬別全身不住抖震，聽著姬別的呼吸逐漸加強，再不像先前般氣若游絲。

「呵！」姬別張開眼睛。眾人大喜歡呼。燕飛笑道：「感覺如何？我正在消融你後腦一塊巴掌般大的瘀血。」

姬別一震道：「燕飛！你竟然沒死？」

慕容戰道：「我們不但活得好好的，還要反攻邊荒集，所以你千萬要振作。」

燕飛道：「我打通你所有閉塞的經脈，又清掉瘀血，你至少還要躺上三、四天，方可復元。」

姬別呻吟道：「只要死不了便成，邊荒集情況如何？」

慕容戰道：「現在萬事俱備，只欠點東西，這方面的事由我們去憂心，你最要緊養好身體。」

李順良也勸道：「大少不要說話，燕爺在為你療傷呢！」

姬別堅持道：「缺的是甚麼？」

燕飛心中一動道：「缺的是可供六千多人用的箭矢兵器，你是兵器大王，該比我們有辦法。」

姬別嘆道：「若是在邊荒集，你要多少我給多少。只可惜邊荒集已落入敵人手中。」

燕飛和慕容戰同時動容。姬別苦笑道：「在我工廠下有一個秘密武器庫，若不是捨不得此庫，我早溜之大吉。」燕飛和慕容戰交換個眼色，齊聲怪叫。

黃昏。天上烏雲疾走，暴雨將至。十二艘代表著大江幫剩餘戰力的雙頭船，載著一千三百名戰士，藏在離潁口只有數里處的淮水上游，耐心靜候。江文清和劉裕在帥艦的指揮台上仰觀天色變化。在劉裕的堅持下，他們苦候半天，終於得到老天爺善意的回應。豆大的雨點打在他們臉上，接著大雨嘩啦啦的灑下來，轉密轉急。兩人任由風吹雨打，大感痛快，盡洩心中悒鬱。戰船隊解索啓航，朝潁口推進。

江文清嘆道：「我現在開始相信玄帥的話。」

劉裕朝她望去，戰衣盡濕下，尤顯露出她胴體動人的曲線，不過劉裕卻沒有異樣的感覺。不知是因王淡眞而令他對情場生出怯意，還是根本不把她視作女兒家。訝道：「甚麼話？」

江文清道：「玄帥說你是個有運道的人。像這場大雨，不但來得及時，沒損你觀天能者的名聲，且是近月來最狂暴的風雨，會使河水暴漲，建康水師不得不躲進河彎裏去。即使有攔河鐵索，也會因水漲失去效用。」

劉裕微笑道：「或許是因小姐和我並肩作戰，方得老天爺眷顧，誰說得定呢？將來如我劉裕有成，必保大江幫的興旺。」又岔開道：「有沒有聶天還的消息？」

江文清道：「我們最後知道的，是聶天還親自率領由二十五艘船組成的艦隊，已駛離兩湖。照我估計，最遲明早他們將到達潁口。」

此時雨勢更趨狂暴，天色轉黑，從指揮台往前瞧去，船首只是隱約可見。十二艘雙頭艦在船尾掛上風燈，一艘跟一艘的在洶湧起伏的河道上行走。從左右船舷伸出的船槳，整齊有力地划行，不但顯示出櫓手的訓練有素，更以行動表明大江幫戰士復幫的決心和毅力。

劉裕沉吟道：「如此說，桓玄的荊州軍亦應在進軍邊荒集的途中，只要問屠奉三，當可以弄清楚荊州軍行軍的路線。」

江文清皺眉道：「劉大人是要偷襲荊州軍嗎？」

劉裕道：「聰明人出口，笨人出手，當我們掌握到荊州軍的行軍路線，便可以設法讓邊荒集的敵人知道，由他們出手。從現在開始，小姐千萬不要以官職稱呼小弟，此爲荒人的大忌。」

江文清欣然道：「我早有此意，不過卻沒有劉兄想得那麼周詳。最好是在荊州軍和兩湖幫進攻邊荒集，雙方堅持不下的時刻，我們一舉挫敗所有敵人，如此短期內邊荒集將不會受到威脅。」

劉裕道：「這須考驗掌握時機的能力。」船隊此時抵達潁口，水流湍急凶險，河面波濤洶湧，四周大雨茫茫，加上黑夜的降臨，站在船尾已看不清楚船首，更遑論陸岸。而大江幫黑夜暴雨下的操舟奇技，亦叫他嘆為觀止。

江文清道：「這叫天助我也，我們現在等於一支隱形的船隊，再加上劉兄的藏身小湖，我們將成為兵家夢寐難求的奇兵。也只有以奇制勝，才可補我們實力上的不足處。」

劉裕道：「事實上玄帥在多年前，已看到邊荒在南北戰場上起的關鍵作用。」

江文清接口道：「而劉兄卻是北府兵探察邊荒本領最高強的斥候，我們現在並肩作戰，配合精銳和空前團結的荒人，結果將會令孫恩、聶天還和桓玄大吃一驚。」

船隊破浪逆流，暢通無阻的駛入潁水，這條關係到邊荒集榮辱、流經邊荒最著名的長河。

大江幫船隊過潁口後第七天的黃昏，邊荒集東南的鎮荒崗上，燕飛、屠奉三、呼雷方、慕容戰、拓跋儀精神煥發地遠眺邊荒集。光復邊荒集的大戰即將開始，人人一洗頹唐之氣，更把紀千千被擄走的恥辱暫擱一旁，全心全意展開計畫周密的軍事大計——「邊荒行動」。

慕容戰沉聲道：「由楊佺期率領的一萬荊州騎軍將於今晚三更時分到達此崗，情報來自江文清，是由劉裕親作探子，所以該絕對準確。敢問屠兄，楊佺期究竟是何等人物？」

拓跋儀接下去道：「據劉裕所說，敵人士氣昂揚，雖日夜不停的趕路，卻沒有絲毫疲態，隊形整齊，肯定是荊州軍的精銳。」

呼雷方啞然失笑道：「我有點歷史重演的古怪感覺，只不過我們換成鐵士心、宗政良、徐道覆等人，天師軍則換上荊州軍，唯一沒變的角色是聶天還。」

慕容戰道：「但此時的情況，卻與我們曾面對的有個很大的差異，他們並不須應付南北夾攻，該比我們輕鬆得多。」

屠奉三淡淡道：「輕鬆不了多少。我和楊佺期可算是談得來的朋友，此人智勇雙全，是荊州最出色將領之一。而聶天還能大破大江幫，擊殺江海流，更絕不可小覷。我和聶天還長期交鋒，從來佔不到他任何便宜。孫恩也沒討到好處。」

燕飛道：「若依我們的計畫進行，屠兄等於背叛貴主，希望屠兄有考慮到這點。」

屠奉三微笑道：「我只是在執行南郡公派下來的任務罷了！只要我能在邊荒集立足，他可以分享邊荒集的利益，如此何背叛之有呢？」

呼雷方坦白道：「假設我們必須和楊佺期作生死決戰，屠兄若仍站在我們一方，貴主不認爲這是背叛才怪。」

人人屏息靜氣，聽屠奉三如何回答此切中要害的問題。此戰是准勝不准敗，敗了將永無翻身的機會，所以必須弄清楚屠奉三的立場，以免因此落敗。

屠奉三道：「有一個解決的辦法，就是我們製造出一種令楊佺期感到事不可爲的形勢，屆時我再去向他痛陳利害，避過雙方硬拚的可能性。」

慕容戰欣然道：「我們是不會令你爲難的，現在一切均在我們掌握裏，要甚麼形勢有甚麼形勢！對嗎？」

燕飛感覺到慕容戰與屠奉三已建立起深厚的友情，所以毫無保留地支持他。同時也想到收復邊荒集後的諸般問題。爲了邊荒集，爲了大家的生死存亡，邊荒集從一盤散沙變得團結一致。可是收復邊荒集後，情況會如何呢？是否每個人對拯救紀千千仍是那麼熱心？

拓跋儀道：「如何可以製造出那樣的形勢呢？」

忽然間，人人朝燕飛瞧來。燕飛愕然道：「爲甚麼都瞧著我呢？你們不會動腦筋嗎？」

呼雷方笑道：「小飛不用謙讓了！我們如何絞盡腦汁，都難及得上你如有神助的靈機妙算。若不是你老哥通靈如神，我們早中了慕容垂的奸計。」

屠奉三道：「我很少佩服人，不過對燕兄卻是口服心服，誰能如你般若似有未卜先知的本領。」燕飛心中叫苦，又不敢把與紀千千心靈相通的特異情況說出來。

慕容戰道：「據高彥的情報，鐵士心和徐道覆爲了糧食和財貨的分配問題，鬧得很不愉快，兩軍貌合神離，恐難齊心應付荊州軍和兩湖幫。」

拓跋儀道：「若事實如此，確實是我們反攻的好時機。不過現在形勢有變，楊佺期和聶天還忽然殺至，我們如何才可坐收漁人之利呢？」眾人目光又往燕飛瞧去。

形勢因此變化而轉趨複雜，幸好主動權絕對地掌握在邊荒聯軍手中，不過因有屠奉三與荊州軍的微妙關係牽涉在內，他們既要奪回邊荒集，又不可與楊佺期正面衝突，當然難度大增。一個不好，讓楊佺期和聶天還攻陷邊荒集，又或被鐵士心和徐道覆擊退，他們將陷入進退兩難之局。

屠奉三道：「我們在集內的兄弟會被迫助守，甚至被推上戰場送死，所以隔山觀虎鬥這妙計並不可行。」

拓跋儀嘆道：「小飛，輪到你說話了！」

燕飛隱隱感到拓跋儀爲自己推波助瀾，使自己成爲邊荒聯軍發號施令的領袖。而爲了紀千千，他亦是當仁不讓，沒法拒絕。暗嘆一口氣，道：「淝水苻堅之敗，敗在朱序臨陣倒戈，鐵士心和徐道覆有前車之鑑，該不敢逼我們的兄弟上戰場，只會要他們在集內助攻。」

呼雷方同意道：「應是如此。」

燕飛道：「集內兄弟的安全爲我們須考慮的先決條件。當荊湖聯軍兵臨邊荒集的緊張時刻，集內敵人的注意力會被分散，我們便把武庫的兵器秘密運往小建康，只要把集內兄弟武裝起來，我們可立於不敗之地。」

拓跋儀點頭道：「我們該有足夠時間辦妥此事，攻守兩方的勝負不會於數天內見分明，我們有充裕的時間。」

燕飛道：「我們要製造出楊佺期不得不退兵的形勢，須完成兩大軍事目標，首先是要擊垮聶天還的船隊，然後是刺殺鐵士心。」

屠奉三精神一振道：「燕兄想出來的戰略果然精采，我大可把擊退聶天還的事，完全推在兩湖幫的死敵大江幫身上。」

慕容戰道：「失去兩湖幫的支持，楊佺期將變成孤軍作戰。不過聶天還並非庸才，收拾他絕不容易。」

呼雷方道：「大江幫的戰船隊是聶天還意料之外的奇兵，我們大可重演孫恩和聶天還伏襲江海流的情況，從陸上助大江幫報仇雪恨。如能幹掉聶天還，兩湖幫也要一蹶不振。」

屠奉三道：「最怕是我們攻擊聶天還之際，邊荒集的敵人則乘機扯我們的後腿。」

燕飛道：「這方面不難解決，當我們成功把小建康秘密武裝起來，而兩方敵人又在邊荒集的攻防戰上爭持不下，雙方傷亡慘重，我們便可以進軍潁水東岸，臨河設立堅強的木壘。你道敵人們會如何反應呢？」

慕容戰拍手喝采道：「當然是攻者退而觀變，守者則固守自重，而潁水將落入我們的控制中。燕兄此招不用損一兵一卒，已掌握全局主動之勢。」

屠奉三笑道：「此計確實可行，此時集內敵人若想對付集內的兄弟，已遲了一步。必要時我們可佔領小建康，從腹地內動搖敵人的防禦。」

拓跋儀道：「如此夾擊聶天還的難逢機會將會出現，當聶天還倉皇敗走，大江幫的艦隊將會取而代之，只要我們再成功刺殺鐵士心，邊荒集的敵人將不戰而潰。」

燕飛心中一陣激動，能否殺死鐵士心，是與慕容垂長期爭鬥的關鍵。黃河幫由盛轉衰，勢對慕容垂產生很大的影響。

慕容戰道：「我提議由燕飛暫代千千之位，做我們聯軍的統帥。」

拓跋儀驚訝地瞥慕容戰一眼，這雖是在目前的情況下，沒有人會有異見的提議，可是拓跋族一向是慕容戰本族的死敵，而燕飛至少算是半個拓跋族的人。從慕容戰此舉，可看出他是以大局爲重的人。這方面屠奉三比拓跋儀更明白慕容戰，知他視慕容垂爲頭號對手，且急切救回紀千千，所以將種族的仇恨擱在一旁。

燕飛笑道：「我們仍是以鐘樓議會作最高的領導，誰要多聽點我的愚見，小弟絕不反對。」忽把目光投往潁水方向，道：「劉裕來了！」

破風聲起，風塵僕僕的劉裕登上鎮荒岡，長笑道：「諸位別來無恙！」

燕飛搶前和他拉手，道：「沒死已是最大的鴻福，劉兄風采更勝從前，可見在孫恩魔爪下逃生後，又有精進。」

劉裕欣喜若狂的打量燕飛，欣然道：「聽到燕兄仍然活著的喜訊，我們立即士氣大振，更清楚此戰必勝無疑。」放開燕飛的手，與眾人逐一打招呼問好。

最後輪到屠奉三，劉裕笑道：「以後若還要騙屠兄，我會打起精神。」眾人為之莞爾。

屠奉三語重心長的道：「是友是敵，誰都不敢肯定。不過今天我們肯定是並肩作戰的好友，大家都應珍惜。」

拓跋儀道：「我們剛談妥全盤的反攻大計。天黑了！我們入集後再交換消息如何？」

慕容戰帶頭馳下山坡，眾人追在他背後，往潁水的方向掠去。他們是邊荒集聯軍裏最高明的人，不論智計武功，均是一等一的水平。任何人成為他們刺殺的目標，地點又是他們熟悉的邊荒集，等於半隻腳已踏進鬼門關內。天上烏雲忽現，一場暴雨又在醞釀中。

小詩捧著煮好的一碗藥，坐到紀千千床頭。容色蒼白的紀千千擁被坐著，接過小詩遞上的藥湯，輕啜一口，皺眉道：「這麼苦。」

艙房一片寧靜，戰船正逆流西上。在個許時辰前，船隊進入泗水，朝洛陽前進。這次慕容垂攻打洛陽是志在必得，除了七千人由高弼指揮的部隊，穿過邊荒直撲洛陽外，還有慕容寶的五萬大軍，沿大河北岸飛騎向洛陽推進。如此實力，當非力量如江河日下的大秦軍所能抗禦。

小詩哄孩子般道：「良藥苦口嘛！這是燕王的大夫為小姐開的藥。」

紀千千搖頭道：「我不想喝。」

小詩兩眼一紅，道：「爲了燕公子，多難喝小姐也要喝下去。」

紀千千不知是爲了燕飛，或是不忍拒絕小詩，苦著俏臉「咕嘟咕嘟」的把藥湯喝個精光。小詩默默接過了碗，放在床旁小几上，忽然飲泣起來。

紀千千憐惜地將愛婢摟入懷裏，輕責道：「又哭了！」

小詩嗚咽道：「小姐千金之軀，實不該回來陪我的！」

紀千千道：「傻瓜！我不這樣做怎行呢？所以你要堅強起來，還記得那課六壬嗎？終有一天，我們會回到邊荒集過最自由和寫意的日子。」

小詩哭得更厲害，道：「可是小姐也病倒了！小姐從沒生過發病的。」

紀千千道：「我是因受了風寒，過幾天便沒事了。」心中卻暗自嘆息。她的病是沒有任何藥石能治好的，原因是與燕飛以心傳心，致心力損耗過鉅。希望多休息幾天可以恢復元氣。不過問題也來了，她將忍不住在心中呼喚燕飛，以慰相思之苦，同時告訴他慕容垂行軍的情況。這就像燃燒自己的生命力，如蠶吐絲，至死方盡。她能否支撐到與燕飛再見的一刻呢？

燕飛、劉裕、呼雷方、拓跋儀、屠奉三、慕容戰六人逐一從暗渠鑽出來，冒上水面，到廢宅內會合等待。邊荒集前身的項城是座十多萬人聚居的大城，從廢墟演變爲邊荒集，荒人的店鋪、居所、工廠集中於東南西北四條大街、夜窩子和小建康，因此其他地方仍然是荒棄的房舍，形成邊荒集繁榮與荒廢共存的特色，亦爲燕飛等進行軍事行動提供了好去處。

大家交換了最新的情報後，劉裕道：「聶天還的水師由二十五艘赤龍舟組成，每艘人數在二百人間，合起來兵員達五千之眾。聶天還北上潁水前，於潁口與建康水師激戰兩個時辰，破去建康水師的封鎖線，只犧牲了兩艘赤龍舟，建康水師卻幾乎全軍覆沒。」

屠奉三道：「如此看來，短期內朝廷將無力封鎖潁口。」潁口乃潁水通往南方各大小河道的關口，一旦被封鎖，將可截斷邊荒集往南的水路交通。所以假設荒人可以光復邊荒集，實在要慶幸聶天還在無意中，幫了荒人一個大忙。

劉裕笑道：「我比較明白司馬道子，邊荒集失陷前後，建康水師數度與兩湖幫交鋒，均以慘敗結束，建康水師休想在數年內恢復元氣，縱然兩湖幫封鎖建康上游，司馬道子亦無力反擊，遑論來找我們邊荒集的麻煩。」

慕容戰道：「謝玄又如何呢？由劉牢之指揮的北府兵水師，擁有數以百計的大小戰船，實力雄厚，諒聶天還也不敢攖其鋒銳。」

劉裕道：「朝廷已明令玄帥不得參與邊荒集的爭奪戰，玄帥亦因傷養息。在短期內，北府兵不會有任何大規模的行動。」

拓跋儀皺眉道：「敢問劉兄是以甚麼身分來邊荒集呢？」人人露出專注神色，因這問題關係到眾人以後對劉裕的態度，更牽連到大江幫的立場。

劉裕輕鬆的道：「我代表那一方並不重要，一切依邊荒集的規矩辦事。不過爲消除諸位的疑慮，我可以告訴你們我沒有任何軍事任命在身，也可以說被褫奪了官職，因此可以全力協助大江幫對付兩湖幫。」說罷向屠奉三問道：「屠兄對我的回答滿意嗎？」

屠奉三笑道：「正如劉兄所說的，一切依邊荒集的規矩便成。」

劉裕從容道：「不過屠兄的情況與我有差異，這次楊佺期和聶天還聯手來攻，是南郡公下的命令。屠兄站在我們這一方，南郡公會如何看待屠兄呢？」

燕飛心中暗嘆，劉裕和江文清來援，頓令邊荒聯軍出現新的形勢，眾頭領間的關係更趨複雜。

屠奉三雙目神光閃閃，沉聲道：「南郡公這次派人來攻打邊荒集，是對我屠奉三的侮辱，與聶天還聯手更是個錯誤。我要以事實證明給他看，他派下來的任務，只有我屠奉三方可辦妥。」

呼雷方不想兩人在此事上爭持，岔開道：「聽說謝玄內傷嚴重，有致命之虞，不知此為謠傳還是事實呢？」

燕飛插口道：「劉兄不太好回答這個問題。」

劉裕感激地瞥燕飛一眼，道：「玄帥傷勢如何，怕只有他本人清楚。不過在我離開廣陵前，玄帥決定親自護送安公的遺體返建康小東山安葬。」最後一句話聽得人人動容。

謝玄自淝水之戰後，一躍而成天下最負盛名的統帥，他敢親赴由司馬道子和王國寶當權的建康，是一種軍事的姿態，將會鎮壓住有異心的桓玄和意圖謀反的孫恩和聶天還。如此只要收復邊荒集，在短時間內邊荒集將不受來自南方的任何威脅，使得邊荒聯軍有營救紀千千主婢行動的空間。劉裕的身價亦驟然提升，因為他代表的正是謝玄，劉裕對邊荒集的看法，會直接影響謝玄對邊荒集的態度。

燕飛道：「只要大家依照邊荒集的規矩辦事，又沒有私人恩怨，理該可以和平共存，各自發財。」

呼雷方道：「鐘樓議會的決定便是最後的決定，誰敢反對議會的決定，將成為邊荒集的公敵。」

拓跋儀道：「收復邊荒集後，我們或許要增加議席，讓鐘樓議會更具代表性。」他們是不得不在此時談及未來決策，因為每個人都看出各派系間矛盾重重，關係曖昧。

風聲響起。慕容戰往燕飛瞧去。燕飛道：「是高彥！」

話猶未已，高彥穿窗而入，賣弄身手似的著地時翻了個觔斗，先向劉裕笑道：「你眞的回來了！」

燕飛道：「廢話少說！情況如何？」

高彥煞有介事道：「大家蹲下說話。」屠奉三、慕容戰和拓跋儀閃到破窗前後門，密切監視屋外的動靜。

高彥在挨牆坐下的燕飛、劉裕和呼雷方前蹲下道：「集內情況非常緊張，眾兄弟像畜牲般在敵人的鞭子下工作，建築以夜窩子爲中心的防禦工事。又不住派出偵騎，探察各方情況。鐵黑心和徐覆亡不但要防範荊州軍和兩湖軍，更防範著我們。」

聽得高彥爲鐵士心和徐道覆改上不雅的名字，眾人啼笑皆非，亦可體會到荒人對他們的仇恨。荒人最怕被人管束，何況是被強迫去做牛做馬！

慕容戰冷哼道：「只是抄我們的老套。」

屠奉三道：「難道他們可想出比千千更高明的策略嗎？」旋又想到紀千千的遠離，倏地沉默下來，各人均感心情沉重。拯救紀千千主婢的道路漫長而艱困，誰敢肯定可以成功？

燕飛打破令人沮喪的沉默，道：「鐵士心和徐道覆是否因糧資的分配反目呢？」

高彥道：「我和老卓均認爲是個幌子，因爲他們都是知道輕重緩急的人，不會在此危機重重的時刻意氣用事。而事實也證明我們沒有猜錯。今早鐵士心、宗政良和徐道覆三人在鐘樓開會，會後立即在集內舉行聯合軍事演習，分明仍是合作無間。」

呼雷方道：「掌握到鐵士心例行的起居生活嗎？」

高彥道：「鐵士心極少露面，反是宗政良每天早晚都親自領兵，巡查東西大街以北的各處關防據點。我們何不改為刺殺宗政良，應容易多了。」

眾人目光全落在燕飛身上，想聽他的意見，屠奉三也不例外。劉裕大感訝異，他當然不清楚燕飛的「靈機妙算」在各人間激起的震撼力，只隱隱感到眾人皆以燕飛馬首是瞻。

燕飛斷然道：「不論如何困難，我們都要鐵士心無法活著離開邊荒。除去鐵士心，對慕容垂的統一大計，將是嚴重的打擊。」

屠奉三淡然道：「完全同意。鐵士心不是到鐘樓與徐道覆開會嗎？那將是我們的機會。在此事上卓名士肯定可以給我們意料之外的驚喜。」

慕容戰拍腿道：「對！卓瘋子以前對邊荒集是不安好心，像他在說書館下私建密室，便一直瞞著所有人。鐘樓是他的地盤，當然不會例外。」

高彥道：「由昨晚開始，敵人對我們集內兄弟又有新的手段，就是將所有人鎖上腳鐐，直到做苦工時才解開。」

呼雷方失聲道：「這豈不是需六千多副腳鐐嗎？」

高彥道：「要怪便要怪我們姬大少，留下這麼多鐵料，又有大批現成的工匠，趕足二十天，甚麼都可以弄出來。」

劉裕道：「這招確實又辣又絕，等於廢去他們的武功。不過既是由我們的兄弟弄出來的，該可以自行配製開鎖的鑰匙。」

高彥苦笑道：「敵人對此早有防備，在嚴密監視下製成百多把鑰匙後，立即毀掉石模。聽說鎖頭由徐道覆供應圖樣，極難仿製，連負責造模製鎖的幾位兄弟也沒有把握。」

慕容戰狠狠道：「我們可用利斧逐一劈斷腳鐐，免去開鎖的煩惱。」

高彥嘆道：「姬大少的出品，豈是容易對付，我看後果只是劈壞我們所有斧頭。且劈得『噹噹』作響時，敵人早傾巢而來。」

屠奉三笑道：「解鈴還須繫鈴人，我們可去偷一把鎖匙回來，然後由姬大少親自出手複製，動起手來還可以給敵人一個驚喜。」

拓跋儀點頭道：「此是唯一可行之計，如何下手，又要敵人懵然不知，還須從長計議。」

高彥道：「我叫龐義想辦法。幸好我們人才濟濟，偷搶拐騙的高手更是車載斗量，應可以解決這方面的問題。」

劉裕道：「高彥你的輕功雖然不錯，不過小建康必是守衛森嚴，你怎能如此來去自如，不怕被敵人察覺呢？」

呼雷方笑道：「劉兄剛到達此處，所以不清楚情況。敵人在小建康的監視設施，主要倚賴新築的南北兩牆旁的六座哨樓，又封閉大部分出入口，僅餘東西兩邊出口，分別通往潁水和北大街。」

拓跋儀接下去道：「我們這座廢園在北大街之東，離小建康只有十多所房舍的距離。爲了方便運送武器，我們於離此處南面，最接近小建康北牆的一座廢宅開鑿了一條通往小建康的地道，長只五、六丈，所以高彥說來就來，說去便去。」

劉裕喜道：「偷運武器的情況如何呢？」

呼雷方道：「此事由卓名士負責，進行得非常順利，只要再三數天的時間，應可大功告成。畢竟這是我們的地方，敵人又將注意力放在外圍和集外，令我們做起事來非常方便。」

屠奉三苦笑道：「只是沒想過敵人有此鎖腳的一招。」

高彥道：「此事包在我身上。」

屠奉三道：「若要幫忙，我們人人樂意。」

高彥道：「最重要是不引起敵人懷疑。我有個手下是第一流的扒手，只要製造機會，讓他接近管看鎖匙的人，偷了後印好模再掛放回他腰間，包管對方懵然不覺，你們放心好了。」眾人都知高彥和他的一群手下最擅長旁門左道的勾當，又詭計多端，遂放下心事。

高彥道：「我回去了！」

慕容戰道：「我們一起去，順道爲眾兄弟打氣。」

燕飛道：「你們先走一步，我要去找老卓，商量刺殺鐵士心的大計。」

劉裕心中一動，道：「我陪你一道去。」

高彥偕屠奉三、拓跋儀、慕容戰和呼雷方離開後，劉裕問道：「我們究竟有多少人潛入了集內？」

燕飛道：「約在百許人間，全是高手，否則也沒法閉氣通過水下的暗渠。」

劉裕笑道：「眞想不到集內如此寧靜安全，雖在敵人的勢力範圍內，卻有如入無人之境的感覺。」

燕飛道：「敵人於此的兵力不足一萬之數，又要輪番守衛，所以只能在集內設置關口哨站，不過我們早就弄清楚所有布置，要瞞過敵人耳目，實是易如反掌。」

劉裕嘆了一口氣，沉聲道：「玄帥尚有百多天的命。」

燕飛失聲道：「甚麼？」

劉裕把謝玄的情況說出來，又說出與江文清最新的關係，卻沒有提及與王淡眞私奔的事，因爲他不單不願意提起王淡眞，更希望可以暫時把她忘掉。

燕飛發呆片刻，吁出一口氣道：「玄帥的確是眞正的英雄好漢，他這樣做主要是爲你的將來鋪路，你可不要辜負他對你的期望。」

劉裕心中一陣激動，燕飛說出這番話等於表態支持他，他幾乎想把任青媞的事和盤托出，可是萬一引起來燕飛的反感，反不知如何收拾，終把到了唇邊的話吞回肚裏去。

燕飛看他一眼，訝道：「你有話想說嗎？」

劉裕心中慚愧，暗忖如坦白道出任青媞的事，說不定燕飛會體諒他沒有選擇的困局。否則如將來被燕飛發覺自己在此事上瞞他，自己大有可能失去這個曾共生死的摯友。且燕飛是最有可能發現他有所隱瞞的人，因爲正是燕飛力主劉裕到廣陵面告謝玄有關曼妙的事。無奈下嘆一口氣道：「你可知我是如何從孫恩手底下逃生的呢？」

燕飛大感興趣道：「我正聽著。」

劉裕道：「孫恩擊殺任遙後，便向我下手，我趁任青媞和王國寶纏著孫恩的當兒逃走，仍被孫恩所傷。到我走不動時，任青媞來了，她不但爲我療傷，還與我聯手對抗孫恩，後來我更有賴她藏在潁水的快艇脫險。」他沒有說出療傷的香艷實情，卻不由自主在心底重溫一遍，想到若能與此美女眞個銷魂，事後又不用負責任，肯定是風流韻事。當然這念頭只可以在腦袋中打個轉，不會付諸實行，任青媞渾身是刺，與她發生肉體的關係，吉凶難料。

燕飛沉吟道：「聽卓狂生說任青媞已解散逍遙教，曼妙一事又如何呢？」

劉裕道：「曼妙是她唯一留下的棋子，爲的是要替任遙向孫恩報仇。」

燕飛皺眉道：「在這樣的情況下，曼妙還能起甚麼作用？任青媞該猜到你回廣陵去，是因已識破曼妙的事。」

劉裕把心一橫，決定向燕飛招供。要在此事上隱瞞謝玄，已折磨得他很慘。向燕飛吐露實情，心中會舒服多了。苦笑道：「她不但請我爲她守秘密，還說可以與我合作，目的是要殺死孫恩。」

燕飛愕然道：「任遙已死，曼妙雖可以影響司馬曜，但最後只會淪爲司馬道子和王國寶利用的工具。」

劉裕道：「司馬道子和王國寶並不清楚曼妙的眞正身分，只以爲她是逍遙教找來的尤物，事實上曼妙卻是任青媞的親姊。」

燕飛皺眉看他道：「玄帥怎樣看此事呢？」

劉裕心中叫苦。他若答燕飛說根本沒有將此事實告謝玄，燕飛會如何看他？心中也不知是甚麼滋味，只聽到自己言不由衷的道：「玄帥認爲拆穿曼妙的身分，在現今的情況下對我並沒有好處，不如留下她在司馬曜身邊，以抗衡司馬道子和王國寶對我的迫害。」

燕飛默然片晌，點頭道：「玄帥該比任何人更清楚北府兵和朝廷的關係，他既有這樣的想法，當然不會錯到哪裏去。」

劉裕回到現實裏，曉得已向燕飛撒了個永遠收不回來的謊話，可是他眞的沒有別的選擇。

燕飛拍拍他肩頭，道：「我們去找老卓。」從地上彈起，閃出門外。劉裕收拾亂糟糟的心情，追在他身後沒入廢宅外的黑暗裏去。

〈卷五〉

第三章◆各懷鬼胎

第三章 各懷鬼胎

星夜。聶天還在將士簇擁下，馳上鎮荒崗，遙觀邊荒集的情況，頗有躊躇滿志之概。連他自己都沒想到，能在這麼短的時間，再度以侵略者的姿態進逼邊荒集。征服大江的行動仍在進行中，由郝長亨率領船隊，在桓玄的默許下，接收大江幫的業務。順我者昌，逆我者亡。擊潰封鎖潁口的建康水師，更是漂亮的一仗。聶天還在天亮前水陸並進，殺得由司馬元顯指揮的水師部隊幾無還擊之力，在折損過半下兵員倉皇逃命。此役是繼殲滅大江幫後，兩湖幫強勢發展的另一個轉捩點，從此揚州以西的大江上游將逐漸落入他的控制裏。這次聶天還是志在必得，不但要狠挫天師軍，還要成爲邊荒集的霸主。只有他能得到邊荒集最大的利益，因爲南方水道已在他的手上。想繼續從邊荒集獲利的南方大小幫會，都不得不向他俯首稱臣。他最顧忌的只有由劉牢之主持的北府兵水師。一天北府水師勢力仍在，他會全力支持桓玄。對於攻打邊荒集，他和桓玄已擬定一套完美可行的計畫。

左方蹄聲轟鳴，塵土漫天，數以百計的荊州戰士從被大火焚燒過的荒林馳出，朝他們奔至。聶天還仰天長笑，提氣揚聲道：「楊大將別來無恙！」楊佺期年紀在三十許間，體魄健壯，臉上透出精明機智，常掛笑意的黝黑臉龐有一種令人不可捉摸的神情，似是成竹在胸，又像不把任何敵手放在眼裏。他更是桓玄征服巴蜀的頭號功臣，其戰績早超越了屠奉三，成爲荊州軍眾將裏最當紅的人物。他領著十多名親隨奔上鎮荒崗，其他手下近五百人在坡下止馬列陣。楊佺期欣然道：「聶幫主辛苦了！」直馳至聶天還馬旁，兩方隨員，分別把守崗頂兩邊。聶天還與楊佺期對視而笑，均難掩心中興奮之情。

聶天還微笑道：「一切依計畫進行，我已於離此五里的狹窄河道西岸建設木寨，封鎖邊荒集以南的潁水河道。鐵士心是識時務者，該知作何選擇。」

楊佺期遙觀正飄揚於古鐘樓頂的旗幟，問道：「建康方面有甚麼動靜呢？」

聶天還道：「我由潁口至此，沿途設置哨站，建康水師又或大江幫的餘孽，只要到達潁口，定瞞不過我們的耳目。唯可慮者是謝玄的傷勢似沒有孫恩所說般嚴重，五天前尚親自護送謝安的遺體，返建康小東山安葬。」

楊佺期雙目殺機大盛，沉聲道：「我倒希望謝玄親自率軍來收復邊荒集，我們便可以教他曉得荊州兩湖聯軍的厲害。」

聶天還道：「由於司馬道子和王國寶把邊荒集的事全攬到身上，所以北府兵應該置身此事之外，最奇怪是大江幫全無動靜，不過不論他們打甚麼主意，現在已錯失軍機，敢來惹我只是自取滅亡。」

楊佺期點頭同意，邊荒集以南的潁水落入兩湖幫的絕對控制之下，任何駛上潁水的戰船，均難避過佔有上游之利的赤龍舟順水迎頭痛擊，只有挨打的分兒。江海流一去，聶天還立即成為沒有人爭議的水戰第一高手。

楊佺期道：「邊荒集情況如何？」聶天還深謀遠慮，在多年前已著手部署，派人混入各方勢力內，大江幫的胡叫天和投靠屠奉三的博驚雷便是好例子。現在徐道覆的天師軍內，也有聶天還的人。

聶天還答道：「現在邊荒集內戰士約一萬人，天師軍佔一半，另一半由黃河幫之徒與燕兵組成。另外邊荒集以北十里多處有兩座木寨，兵力在一千五百人間，由黃河幫副幫主鄺志川主持。至於投降的荒人有六千之眾，成了佔領軍的奴隸，負責所有苦差，平時被囚禁在小建康裏。」

楊佺期道：「逃離邊荒的荒人敗軍有沒有反攻的跡象呢？」

聶天還冷笑道：「敗軍豈足言勇，近四、五天來，他們曾多次偷襲佔領軍的巡兵，但只限於潁水東岸的區域，由此可見他們根本沒有足夠的實力挑戰佔領軍。」

楊佺期輕鬆笑道：「聽幫主之言，一切盡在我們的掌握裏。」

聶天還道：「事實確是如此。據聞鐵士心對孫恩殺死任遙非常不滿，所以故意在分配戰利品上為難徐道覆。而徐道覆亦因慕容垂從他手上奪去紀千千，而心生怨恨。打開始兩方已不是合作無間。徐道覆和鐵士心每次碰頭說話，都要在鐘樓的議事堂內，可見雙方互相提防。」

楊佺期喜道：「鐵士心目前仍肯和徐道覆合作，只因別無選擇，卻清楚天師軍並非最佳選擇。現在我們到來，正是向鐵士心提供更理想的選擇。」

聶天還欣然道：「當我們展示實力，讓鐵士心知道徐道覆棄之不足惜，就是我們派人密見鐵士心的好時機。只要鐵士心點頭，我們可盡殲徐道覆的部隊，邊荒集立可回復昔日的光輝，成為天下最發財的地方。」語畢兩人交換個眼神，齊聲大笑。

邊荒集。古鐘樓。觀遠台上，徐道覆、鐵士心和宗政良三人立在東欄處，看著流過邊荒集的潁水。這邊的碼頭區燈火通明，對岸卻一片漆黑。沿東岸設立的最後三座哨塔，於昨夜被荒人餘黨燒掉，東岸已落入敵人手中。

宗政良道：「我們要加強碼頭區的防衛，特別是小建康東面的出口，如讓敵人潛過潁水，攻入小建康，我們會有很大的麻煩。」

鐵士心道：「政良的提議很好，不過看來荒人叛黨只能在東岸搞事，卻不敢越過潁水半步，可知他們實力有限。小建康的荒人更不足慮，腳鐐可令他們失去反抗或逃走的能力。我們確須加強潁水的防禦力，但主要是用來應付聶天還的赤龍戰船。」轉向徐道覆道：「徐將軍有甚麼意見？」

徐道覆道：「荒人在發動的時間上拿捏準確，剛巧是我們得知聶天還的船隊北上潁河的一刻，使我們不敢派出重兵，渡河搜索他們。」

鐵士心和宗政良都點頭同意。荒人第一次偷襲對岸的哨崗，發生在五天前。接著變本加厲，一夜間可連續發動十多次突襲，逼得他們不得不把戰士撤返西岸。

徐道覆續道：「在策略上，此法亦是高明，不用正面向我們挑戰，已對我們形成威脅，且令我們沒法掌握他們在對岸調動的情況。」

宗政良冷哼道：「他們只是想混水摸魚，趁荊州軍和兩湖軍攻打邊荒集之際，渡河來攻。所以我才提議加強碼頭區的防守。」

徐道覆心中一動，從這幾句話，可看出宗政良對鐵士心說荒人不足慮的看法不服氣，最後一句更是反擊鐵士心。如此看來，鐵士心和宗政良間存在著權力的鬥爭。果然鐵士心面露不悅之色，沉聲道：「邊荒集的可守之險，唯有潁水，若我們不分輕重，將人手集中在碼頭區，反會正中荒人餘孽虛張聲勢之計，致沒法抵擋荊湖聯軍。這叫因小失大。」

徐道覆道：「我們可以效法荒人防守邊荒集的老方法，在夜窩子長駐快速應變部隊，平時養精蓄銳，有起事來作緊急支援。」宗政良沉默下來，沒有說話。

鐵士心道：「徐將軍方面可以撥出多少兵員？」他們名義上雖是聯防邊荒集，事實上各自為政，說得不好聽點是互相提防，各懷鬼胎。鐵士心和宗政良負責西北兩門和小建康外的碼頭區，徐道覆負責東南兩門和碼頭的下游。

徐道覆道：「五百人該沒有問題。」

鐵士心嘆道：「燕王也沒有想過桓玄的人會這麼快進犯邊荒集，原因在猜不到桓玄竟會與聶天還合作。現在的形勢頗為不利，我們已失去了主動之勢。」

徐道覆和宗政良對他忽然岔到另一個話題去，並沒有感到突兀，因為明白他是聽到徐道覆只能調出五百兵員這小數目，等於間接表示人手吃緊而心生感慨。

宗政良道：「若不是荒人在對岸虎視眈眈，我們大可以出集對荊湖軍迎頭痛擊，現在卻只能採取守勢，所以形勢上我們已陷入被動的下風。如沒法解決這個問題，我們大有可能輸掉此仗。」

徐道覆道：「要解決這個問題，只有一個方法，就是立即坑殺集內的六千荒人俘虜，這當然是下下之策，且會令我們三人變成天下人眼中嗜血的狂人。」

鐵士心苦笑道：「若真的殺死六千荒人，燕王怎樣向千千小姐交代呢？」

宗政良道：「我有個感覺徐將軍已是胸有成竹，何不把如何勝此一仗的關鍵說出來，大家研究一下是否可行呢？」

鐵士心看看宗政良，然後迎上徐道覆的眼神，點頭道：「我們現在必須衷誠合作，方有機會擊退強敵，徐將軍請有話直說。」

徐道覆道：「坦白說，我並不把荊湖聯軍放在心上，他們是勞師遠征，我們是嚴陣守候，諒他們沒有十天八天，休想站穩陣腳。我心中的勁敵是荒人聯軍，他們人數不多，但能於當晚突圍逃走者，均是荒人中最精銳的一群。且據天師的靈機妙覺，燕飛不但沒有因傷致死，還變得比以前更強大和令人害怕。」

出乎徐道覆意料之外，鐵士心和宗政良並沒有爲燕飛未死而吃驚。這是不合常理的，燕飛是邊荒的第一高手，乃荒人榮辱的象徵，他可以安然無恙的重新投入戰爭，對荒人的士氣會有很大的激勵作用。而燕飛更是出色的刺客，只單他一人一劍，已可對邊荒集的佔領軍構成嚴重的威脅。兩人的反應，只有一個合理的解釋，就是他們一直曉得燕飛仍然活著，只是瞞著他徐道覆。

宗政良嘆道：「燕飛的確是難纏的對手，我從未見過會向主人鳴叫示警的靈劍，而燕飛的蝶戀花正是如此的一把劍。」

徐道覆道：「你們是否在這幾天和燕飛交過手呢？」

鐵士心道：「燕王攜美乘船北返，中途燕飛偕屠奉三、拓跋儀和慕容戰突襲燕王坐鎮的戰船，四人不但能全身而退，還被燕飛挾美脫身，後來紀千千因小婢仍在燕王手上，故自願返回船隊，隨燕王北返。」

徐道覆色變道：「竟有此事？」他很想質問兩人爲何七、八天前發生的事，到此刻才告訴他，但心知那只是白費唇舌，還可能自討沒趣。又暗叫可惜，若燕飛成功救回紀千千，他可以稍減心頭重擔。

宗政良道：「燕王派人向我們傳話，說他雖與燕飛未分勝負，可是燕飛的武功確已臻靈通變化，無跡可尋的境界，且戰略智計均無懈可擊，要我們小心提防。」

徐道覆道：「趁荊湖軍陣腳未穩，我們必須先一步收拾荒人聯軍，否則此仗有敗無勝。」

鐵士心點頭道：「徐將軍有甚麼好主意呢？」

徐道覆沉吟道：「我有一個很不祥的感覺，集外的荒人，已與集內的荒人建立緊密的聯繫，密謀反攻。」

鐵士心皺眉道：「邊荒集一邊是潁水，另三面光禿禿一片，要瞞過我們的耳目偷進集裏來，怎麼可能呢？」

宗政良道：「集內俘虜唯一與集外通消息的方法，是趁到集外工作時留下暗記，這倒是沒法防範阻止。」

徐道覆淡淡道：「我們的兵力比之當日的苻堅又如何呢？天下皆知苻堅進駐邊荒集之際，被燕飛、劉裕和拓跋珪鬧了個天翻地覆，三人還安然脫身。」

鐵士心一震道：「我們當然遠比不上苻堅的兵力，此刻更有點力不從心，連成立一支應變部隊都有人手調配的困難。照徐兄這般分析，應是荒人有特別的方法，可以輕而易舉深入集內，又能瞞過我們的耳目。」

宗政良思索道：「地道的出入口究竟在何處？我們曾遍搜集外，卻沒有任何發現。」鐵士心目光投往黑沉沉的對岸，旋又推翻自己的想法，道：「不可能在對岸的，長度反不是問題，而是要穿過潁水河床底下才眞正困難。」

宗政良道：「東岸是由我親自搜查，可肯定沒有地道的出入口。」

徐道覆道：「還有另一個支持地道存在的情況。自邊荒集失陷後，我一直派人留意俘虜的情緒，起初他們非常失落。可是自燕王和天師離開後，他們便安定下來，且難掩興奮的神色。」

鐵士心和宗政良聽得面面相覷，開始因徐道覆思慮的周詳縝密，感到此人很不簡單，確是名不虛傳的無敵大將，難怪建康軍屢屢在他手下吃大虧。鐵士心也不得不向徐道覆請教，道：「徐將軍對此有何應付之法？」

徐道覆沉聲道：「首先是把主動之勢爭回手上，只要能根絕荒人漏網的殘軍，對荊湖軍我們將進可攻退可守，立於不敗之地。」

宗政良道：「有何妙計呢？」

徐道覆道：「荒人最講江湖情義，假設我們佯裝要處決所有俘虜，集外荒人將被迫立即反攻。」

鐵士心皺眉道：「假若地道並不存在，荒人沒有冒險來救，而又到了處決全體俘虜的期限，我們豈非要食言？」

徐道覆微笑道：「我們並不需要公告天下，何時何刻處決荒人，只須一點一滴把消息漏進荒人耳中。這方面由我負責安排。減少他們的糧食，兩餐膳食改為一餐，至少餓他們兩、三天，令他們疑神疑鬼，產生恐慌，那他們的荒人兄弟將被迫冒險動手。」鐵士心和宗政良齊聲稱妙。

徐道覆暗嘆一口氣。在對付荒人的漏網之魚，他們是利益一致，團結上全無問題。可是在應付荊湖聯軍，情況卻複雜得多。誰都曉得邊荒集的盛衰，關鍵在南北勢力的合作，而荊湖聯軍只代表南方的勢力，他們急需要像慕容垂這樣一個合作的夥伴。所以荊湖大軍壓境，針對的不是北方的佔領軍，而是自己的部隊。對鐵士心和宗政良來說，能與控制大江的桓玄和聶天還合作，當然遠比勢力局限在海南或沿岸城鎮的天師軍有利。鐵士心和宗政良都是心狠手辣，為求成功不擇手段之徒，只要荊湖聯軍送上秋波，肯定會出賣他徐道覆。鐵士心沒有正面回應設立聯合應變部隊的提議，正代表著這種心態。如何在如此惡劣的形勢下掙扎求存，關鍵處將在於如何利用荒人打擊鐵、宗兩人，另一方面自己則須於鐵、宗兩人與荊湖聯軍秘密達成協議前，先一步獨力擊潰荊州和兩湖的聯合之師。

當宗政良、鐵士心和徐道覆，在鐘樓頂的觀遠台舉行緊急軍事會議，燕飛和劉裕正伏在廣場邊緣一座樓房暗黑裏遙望鐘樓。整個夜窩子黑沉沉的，只有鐘樓燈火通明，在入口處有兩隊騎兵，看裝束便知屬佔領軍的不同派系。

劉裕低聲道：「夜窩子該是集內最安全的地方，敵人爲何不把窩內的高大樓房徵作營房之用。」

燕飛道：「據我們的猜測，應不出兩個原因：首先是兩大勢力互相提防，所以把夜窩子當緩衝區；另一個原因是因兵力不夠，所以將兵員全投入外圍的防守上，軍隊也駐紮外圍。」

劉裕欣然道：「我們搞得他們很慘，無時無刻不在防備我們反攻，弄得風聲鶴唳，睡難安寢，只要我們能佔領小建康，可輕易收復夜窩子。」

燕飛道：「如我們進佔夜窩子，只會引起兩方人馬團結一致反攻我們。上上之策是只針對北方軍，只要我們成功刺殺鐵士心，北方軍將不戰而潰。而徐道覆則只有坐呼奈何。」

劉裕點頭道：「我想的確實沒有你們周詳。現在的情況，絕不像表面般簡單。荊州和兩湖的聯軍，是針對徐道覆而來，鐵士心和宗政良都是聰明人，該不會蠢得插手，且桓玄和聶天還肯定是更佳的夥伴。」

燕飛動容道：「你的分析精闢入微，情況應是如此。這麼看，假如我們只以鐵士心爲目標，徐道覆也不會過問。」

劉裕還想繼續說下去，燕飛的手搭上他肩頭，沉聲道：「鐘樓裏的人正在下樓！」

劉裕愕然道：「你能看穿鐘樓的厚壁嗎？」

燕飛淡淡道：「我看不見也聽不到，可是卻感覺得到，這是沒法解釋的。」

三個人魚貫從鐘樓走出來，仍不住交談，沒有立即登上手下牽候在旁的戰馬。劉裕感到頭皮一陣發麻，燕飛這種感應力已臻達通玄的層次，若把這種超乎武學的玄覺，用於劍術上，會是怎樣的劍法？難怪能與強敵慕容垂戰個不分勝負。

燕飛沉聲道：「長鬍子的是鐵士心，黑披風那個是徐道覆，另一個是宗政良，他背上的大弓很好辨認。照我看，邊荒集終於否極泰來，老天爺又開始照拂我們，故讓我在這裏碰上他們，將來便不會殺錯人了。」

劉裕心中暗嘆一口氣，沒有人比他更明白這位好朋友。燕飛是因慕容垂奪走了紀千千主婢，被激起他體內流著的胡血的狠性。他已從一個厭倦戰爭的人，變成必須透過戰爭手段去達成目標的冒險者。燕飛並不是尋常的高手，他可以是武林史上最可怕的刺客，也是戰場上無敵的猛將。他清楚燕飛完全掌握到三人的虛實，所以產生必勝的信心。

徐道覆首先踏蹬上馬，率手下飛騎而去，蹄聲震盪著空寂的古鐘場，如此不必要的催馬疾馳，使人生出異樣的感覺，想到徐道覆如不是在分秒必爭的匆忙中，便是借此以發洩心中某種情緒。鐵士心和宗政良目送徐道覆離開後，仍沒有上馬策騎之意，逕自私語。燕飛兩眼不眨地審視他們。

劉裕也有觀察獵物的感覺。對方若保不住邊荒集，並不是因戰略或任何一方面的失誤，招致失敗，而純是輸在未能識破荒人在集內的秘密和布置，強龍不壓地頭蛇的道理。道：「我心中有個疑惑，一直想問你。」

燕飛仍目不轉睛地盯著兩人，似要把對方看個通透，點頭道：「說吧！」

劉裕道：「邊荒集失陷前，你力主我回廣陵見玄帥，是否因預感到將擋不住孫恩和慕容垂的夾擊，所以要我離開以保小命，將來好爲你們報仇呢？」

燕飛終朝他瞧來，道：「那並不是預感，只是理性的分析，你是玄帥和安公最後的希望，若爲邊荒集犧牲太浪費了。」

劉裕苦笑道：「果然如此。」

鐵士心和宗政良終於上馬，不疾不徐地從北大街的出口離開。燕飛拍拍劉裕肩頭道：「我們走！」

卓狂生的說書館位於夜窩子內西大街的路段，是一座兩進的建築物，前進是說書館的大堂，後進是居室。兩人踏足後院，後門立即敞開，兩名戰士閃出，致敬施禮，讓他們入內。入門後，另有七、八名戰士迎接他們，其中一人道：「巡兵剛離開不久，要一個時辰後才會再巡視附近。」燕飛點頭應是，領著劉裕進入似是臥室的地方，榻子被移開，露出密室的方洞入口，透出燈光，還隱隱傳出說話的聲音。

劉裕有種一切盡在邊荒聯軍掌握中的感覺，隨燕飛進入密室。密室沒有絲毫氣悶的感覺，顯然像龐義的酒窖般，有良好的通風系統。室內一邊放了一張長方形酸枝木製的桌子，還有六、七張太師椅，另一邊地上有十多張臥蓆，此時有五名戰士正擁被酣睡。

卓狂生、費正清和程蒼古圍坐桌子說話，卓狂生見到兩人，喜道：「你們來得正好！我們正想找人說話。」費二撇臉色蒼白，顯然是內傷仍未痊癒，不過精神還算不錯，傷勢應大有起色。密室的兩端堆滿武器、飲水和乾糧，使人聯想到仍方興未艾的邊荒集爭奪戰。

兩人坐下，費二撇和程蒼古都親切向劉裕問好，視他為自己人，原因當然在他與大江幫新建立的密切關係。

卓狂生欣然道：「我們已擬出收復邊荒集的全盤大計，你們也來參酌。」

程蒼古笑道：「我和二撇的腦袋怎會想得出這種事來，不要拉我們下水。」

燕飛暗忖卓狂生可能是邊荒集內最有創意的荒人，夜窩子、古鐘場和鐘樓議會，都是由他的超級腦袋想出來。若不是他力捧紀千千，紀千千也不會成為抗敵的主帥。從這角度去看，孫恩殺死任遙實是幫了他們一個大忙，否則天知道卓狂生會如何為任遙顛覆邊荒集。笑道：「說來聽聽。」

卓狂生目光落在劉裕身上，興奮道：「看到劉老兄依約來會，最令人高興，因為這代表聶天還懵然不知，你們的水上雄師已附在項脊之上，更添我們反攻邊荒集的勝算。」

劉裕受他興奮的情緒感染，雄心奮起，心忖這樣才算有血有肉地活著，充滿危險，也充滿樂趣，且不是尋常的樂趣，而是在勝敗難測下，一步步邁向軍事目標的未知與快樂。在廣陵面對的只是無謂卻不可避免的人事鬥爭，令人煩厭。

費二撇道：「我們卓名士想出來的東西，當然不會差到哪裏去。」

卓狂生乾咳一聲，道：「荊州軍和兩湖幫如此匆匆壓境而來，是看準燕人和天師軍間的矛盾，針對的是徐道覆。」

燕飛點頭道：「我們也這麼想。哈！不！應是劉裕想到才對。」

卓狂生向劉裕道：「這叫英雄所見略同。」又道：「此乃我們勝敗的關鍵，荊湖兩軍來得匆忙，準備方面當然不足，在別的地方當然問題不大，可是這裏是邊荒，沒法沿途取得補給，所以只能倚賴水路或陸路的糧貨運送。」

程蒼古道：「陸路並不好走，因道路損毀，輕騎快馬當然沒有問題，可是載重的騾車卻是寸步難行，費時費力。所以敵人的運糧線，該是邊荒的命脈潁水。」

劉裕拍桌道：「對！荊州軍全屬騎兵，依我的觀察，他們頂多只有十多天的乾糧。兩湖幫的戰船可攜帶多點的糧食，但也很快吃光。所以必須不斷倚賴從南方運來的糧食。」向著卓狂生豎起拇指道：「卓先生的想法，與我們昔日應付北方入侵敵人的戰略不謀而合，先任由敵方深入，然後以水師攻擊對方糧船，截斷對方糧道，此法萬試萬靈。」

燕飛點頭道：「難怪聶天還要築起木寨，正是作儲糧之用。」

卓狂生道：「現在我們再猜測荊湖兩軍對邊荒集採取的戰略，他們既然只是想取天師軍而代之，當然不會大舉進攻邊荒集，而是全面封鎖南方的水陸交通，令鐵士心明白誰是該合作的夥伴。所以荊湖兩軍在展示出能攻陷邊荒集的威勢和實力後，必會派密使見鐵士心，商討合作的條件，那時我們的機會便來了。」燕飛和劉裕交換個眼色，均不明白卓狂生的「機會來了」，所指的是甚麼機會？

程蒼古嘆道：「老卓此計膽大包天，卻非完全行不通。」

劉裕一震道：「我明白了，卓先生的妙計是由我方的人，假扮荊湖軍的密使去見鐵士心和宗政良。」

燕飛挨向椅背，失笑道：「老卓腦袋想出來的東西果然匪夷所思，且非不可行。」

卓狂生傲然道：「當然可行，因爲我方有老屠在，他最熟悉荊州軍的情況，該扮作何人、說甚麼話，可由他出主意。」

燕飛皺眉道：「我們派出假密使可以佔到甚麼便宜呢？」

卓狂生好整以暇的道：「幹掉鐵士心算不算大便宜呢？」

費二撇接下去道：「不論刺殺是否成功，鐵士心也難以和荊湖聯軍相安無事了，荊湖軍的好夢不但落空，還會變成噩夢。我們再切斷他們的糧道，教楊佺期和聶天還進退兩難。」

劉裕皺眉道：「鐵士心和宗政良肯定會親見密使，可是他們兩人都是一等一的高手，刺殺他們固不容易，想脫身更是難比登天。」

卓狂生漫不經意地瞄燕飛一眼，道：「派出我們的邊荒第一高手又如何呢？」燕飛和劉裕聽得面面相覷。

費二撇道：「還記得我們從花妖那裏奪回來的背囊嗎？裏面有易容用的藥物和材料，而小弟曾習此道，可以為我們的小飛改變容貌，保證沒有人可認出他來。」

程蒼古道：「只要我們派高手密切監視荊湖軍，讓他們的密使永遠到不了邊荒集，如此便不虞我們的大計遭破壞。」

卓狂生道：「我們幾可預知荊湖軍所採取的路線，他們必須瞞過徐道覆的耳目，又不敢踏足穎水東岸，只好繞邊荒集北面而來，只要我們在該方向的高處埋伏，密使必可手到擒來。然後沒收他可能攜帶的密函、信物諸如此類的東西，小飛便可搖身一變，大模大樣的到集內刺殺鐵士心。只要小飛得手，邊荒集又是他的地盤，當日苻堅奈何不了他，今天的敵人難道比苻堅更厲害嗎？」

燕飛同意道：「此計確實精采，我們這次來找你，正是要看如何在鐘樓刺殺鐵士心。」

卓狂生欣然道：「這方面你也找對人了，我在鐘樓確有藏身之所，位置在鐘樓石梯起點處的地面，但只能容納一人。不過此爲下下之策，因爲你沒法預知鐵士心何時會到鐘樓去，且在梯間和樓外屆時會有人把守，除了鐵士心和宗政良外，還多出個難纏的徐道覆。」

劉裕道：「假如燕飛成功刺殺鐵士心，會出現怎樣的情況呢？」

卓狂生微笑道：「燕兵會陷入空前的混亂裏，佔大多數的黃河幫眾更會力主攻擊荊湖軍爲鐵士心報仇，徐道覆則又驚又喜，雖不明白荊湖軍爲何如此愚蠢，卻不得不乘機與宗政良聯手對付荊湖軍。」

燕飛搖頭道：「老卓你或許低估了徐道覆，他是旁觀者清，該可猜到是我們在搞鬼，甚至猜到行刺的是我燕某。」

程蒼古道：「老卓一向是這樣，懂得燃起火頭，卻不懂如何收拾結果。所以大家好好研究，務要安排妥當刺殺鐵士心後的局面，否則可能得不償失。」

燕飛目光投往劉裕，示意他想辦法。劉裕沉吟片刻，道：「照我們原定的計畫，刺殺鐵士心後，立即由小建康的兄弟發動反擊，而集外的兄弟則渡河攻打碼頭區作呼應。此計最乾淨俐落，卻難免折損大批兄弟，實在是沒有辦法中的辦法。」

卓狂生笑道：「我的話還未說完。縱使徐道覆猜到是我們搞鬼又如何呢？他難道會告訴宗政良眞相嗎？他不但不會如此笨，還會設法令宗政良相信確是荊湖軍幹的。如此方可以同心協力，共抗外敵。」

費二撇點頭道：「有道理！」

卓狂生得意的道：「不是有道理，而是大大有道理。」

燕飛向劉裕笑道：「你現在明白爲何在荒人眼中，老卓是最聰明的瘋子。」

劉裕欣然道：「卓先生是個仍具童心的人。」

卓狂生喜道：「還是你最尊重我。」

劉裕對著燕飛道：「你扮作密使去見鐵士心，燕人定會搜遍你全身，確定沒有明器暗器，說不定還會以獨門手法禁制你的武功，方肯與你說話。你有辦法應付嗎？」

燕飛道：「最好是這樣子對付我，那鐵士心更沒有防範之心。放心吧！我可以裝出武功低微的模樣，任何禁制手法都奈何不了我。」

卓狂生拍桌嘆道：「所以密使人選，非你燕飛莫屬。」

劉裕道：「小心你的眼神，因為宗政良曾見過你，咦！」眾人均朝燕飛瞧去，只見他的眼神黯淡下來，失去一貫的光采，神奇至極。

燕飛道：「宗政良是從背後偷襲我，不過即使他曾面對面見過我，我也有把握瞞過他。」眾人對此再沒有半絲懷疑，因為事實擺在眼前。

劉裕道：「刺殺鐵士心後的形勢發展，殊難預料，但不出幾個情況。我們可以針對每一種情況，擬定應變之法，如此可以萬無一失。」

費二撇點頭道：「還是劉兄想得周詳，只有靈活變化，方是萬全之策。」

卓狂生迫不及待道：「我們立即召開非鐘樓內舉行的鐘樓會議，好作出最後的決定。」

燕飛道：「即是說我們須立即到小建康去舉行會議，因為掌權的頭領均在那裏。」

程蒼古道：「我在這裏陪費爺，劉裕可代表漢幫和大江幫說話。」

劉裕心中一陣感動，知道程蒼古因與江文清碰過頭，從江文清處得悉劉裕和他們的關係，所以此時毫無保留地支持自己，更信任他劉裕不會不顧他們的利益。

卓狂生深意地盯劉裕一眼，道：「事不宜遲，我們到小建康去。」

暮色蒼茫裏，劉裕穿林過野，直到馳上一座山頭，有人喝道：「來人止步！」

劉裕舉起雙手，道：「是我！」

旁邊樹後閃出一人，道：「原來是劉爺！請隨我來。」

劉裕往周圍的大樹上掃射一眼，四名箭手正收起長弓，顯然若他繼續奔跑，肯定賜他以勁箭。領路的大江幫戰士奇道：「劉爺為何不綁上認記，免生誤會。」

劉裕笑道：「我想測試你們的防守，現在非常滿意。」此時奔上山頭，一個寧靜的小湖展現下方，泊著十二艘雙頭艦，還有數艘快艇在湖面穿梭往來，湖的西面豎起百多座營帳。

劉裕在主帳內見到江文清，她回復男裝打扮，正在與席敬商議，見到劉裕喜道：「邊荒集情況如何？」大江幫的三名大將直破天、胡叫天、席敬，本為江海流最得力的三名手下。直破天被慕容垂所殺，胡叫天則為聶天還派來的奸細，現在只餘席敬一人。

劉裕坐下，接過江文清親自遞上的水壺，喝了一口，向江文清使個眼色。

江文清道：「席老師是文清絕對信任的人。」席敬露出感激的神色。

劉裕道：「楊佺期已到達邊荒集，在西面兩里處數個山頭立營結寨，擺出長期作戰的姿態。」

席敬佩服地道：「果然不出小姐所料。」

劉裕欣然道：「小姐也看破楊佺期和聶天還的圖謀，識破他們針對的只是徐道覆。」

江文清道：「這是一舉兩得的妙計，既有北方的合作夥伴，又可盡殲徐道覆的部隊，狠狠打擊孫恩。」

劉裕道：「聶天還卻沒有任何動靜，不過他從立寨處乘船北上，個把時辰便可抵達邊荒集。若鐵士心不肯派出戰船助天師軍，徐道覆要眼睜睜瞧著赤龍舟來到眼前，方有辦法可想。攔河的鐵索已被大水沖掉，徐道覆可以做的事並不多，只能設置檑木陣一類的東西，沒法對聶天還構成威脅。」

江文清道：「徐道覆不是從邊荒集取得大批弩箭機嗎？」

劉裕道：「我們要感謝千千，她於投降前先一步把所有弩箭機燒掉，所以現時邊荒集的防禦能力，遠及不上之前的邊荒集。」接著問道：「潁水情況如何？」

江文清雙目閃過傾盡三江五河之水也洗不清的仇恨，旋又回復冷靜，道：「潁水已成荊湖軍遠征邊荒集的主要命脈，負責把守潁口的正是那奸賊叛徒胡叫天，大小艦艇約五十艘，赤龍級的戰艦只有五艘，防守的不是元氣未復的建康水師，而是我們的雙頭船。」劉裕心忖難怪她如此憤恨，原來關乎胡叫天。如不是這叛徒洩露江海流的行蹤，江海流也不會輸得這麼慘。

席敬沉聲接下去道：「荊州一支由三十艘旋風艦組成的水師，亦在附近水域集結，並沒有北上潁水的意圖，只是壓制唯一有挑戰他們能力的北府水師，要玄帥不敢妄動。」

江文清道：「運糧船正源源不絕的從荊州開來，經潁水以供應荊湖聯軍，只要我們能截斷他們的糧道，荊湖軍該在數天內缺糧。」劉裕心中佩服，江文清並沒有被仇恨沖昏了理智，故不急於報復，而是著眼大局，定下明智的策略。

劉裕道：「現在主動之勢，全在我軍手上，而我們的當務之急，是截斷荊湖軍的糧道，先順流擊垮胡叫天封鎖潁口的船隊，殺掉胡叫天。你道聶天還會有何反應呢？」

江文清道：「當聶天還發覺糧船無影無蹤，當然會派出戰船到潁口看個究竟。這時我們的機會便來了！待敵人駛過我們藏身處的出口，我軍傾巢而出，順流痛擊，以削弱聶天還的實力。」

席敬道：「出口的拓寬工程已完成，只要小心點，即使沒有下雨漲水，我們仍可以安然進入潁水。」

劉裕欣然道：「我剛才一路走來，沿途觀天辨色，敢肯定一個時辰內有一場大雨。此爲我們行動的好時機，我們順急流而下，天明前可以抵達潁口，正是突襲的最佳時刻。」

江文清沉聲道：「荊州水師又如何應付呢？」

劉裕道：「我們以迅雷不及掩耳的威勢，一舉擊垮胡叫天沒有防範的船隊，立即避回這裏來。玄帥既在建康現身，桓玄豈敢輕舉妄動，難道不怕水師駛上潁水後，被北府水師截斷去路，桓玄便要損失慘重。何況即使荊州水師銜尾追來，也比不上我們的船快，將連我們的影子都摸不著。」

江文清雙目閃閃生輝，盯著劉裕道：「下一步又如何？」

劉裕迎上她期待的目光，心中一陣滿足，只從這位智勇雙全美女的眼神，可看出自己在她心中的地位。他劉裕不但得到她絕對的信任，更令受重挫後的她生出倚仗之心。從容笑道：「那時聶天還將陷入進退兩難之局，而燕飛等則會設法奪取黃河幫泊在邊荒集碼頭的三十多艘破浪戰船，與我們前後夾擊聶天還，陸上當然也有配合。」

席敬精神大振道：「如此我們此仗必勝無疑。幫主呵！你在天之靈可以安息了！」

江文清道：「屠奉三持的是甚麼態度？」

劉裕道：「屠奉三變得很厲害，他似乎把盡忠的對象從桓玄改爲邊荒集，且把拯救千千主婢的行動視爲頭等要事。照我看他對桓玄確已死心。」江文清和席敬聽得面面相覷，均感難以置信。

劉裕道：「我和他私下坦白地說過話，了解他的情況。說來你們或許不相信，江幫主的遇襲身亡對他有很大的啓發，使他感悟桓玄既可以對江幫主下毒手，當然也可以對他屠奉三棄之如敝屣。桓玄與聶天還結盟後，更進一步堅定他的想法。我看屠奉三已視邊荒集爲棲身之所，對桓玄只是陽奉陰違罷了。」

江文清狠狠道：「這會是桓玄的大損失。」

席敬擔心道：「荒人對強奪黃河幫的破浪船有把握嗎？」

劉裕道：「這方面他們有周詳的計畫，邊荒集是他們的家，在邊荒沒有人鬥得過他們。」

「滴滴答答！」雨點打上營帳，由疏轉密。江文清深深瞥劉裕一眼，像在說又給你這小子猜中了！然後道：「立即起程！」

燕飛伏在邊荒集西北一處山頭，遙觀荊州軍營所在地的燈火，宛如一條光龍般燦爛。暴風雨征服了原野，不見任何一方的巡兵。他已多天沒有收到紀千千任何信息，隨著距離的增加，他們的心靈聯繫不住減弱，令燕飛生出伊人遠去心傷魂斷的感覺。不過他很快回復過來，因爲只有堅強地面對一切，方有希望重見紀千千。後方風聲驟起，屠奉三迅速來到他身旁，學他般蹲下來。

燕飛沉聲道：「仍沒有密使的蹤影。」

屠奉三道：「我清楚楊佺期這個人，更清楚聶天還，他們兩人做事非常小心謹愼，不會貿然派密使來見鐵士心，而會先展示實力，送上秋波，再派人送出消息，指明會派密使於何時何刻到集北見鐵士心。」

燕飛道：「如何既展示實力，又送上秋波呢？」

屠奉三笑道：「非常簡單，就是只攻打城南，不動鐵士心半根寒毛。鐵士心當然心領神會，徐道覆卻曉得大禍臨頭。」

燕飛點頭道：「應是如此，所以聶天還故意按兵不動，正是怕與鐵士心的船隊因誤會而發生衝突。」又道：「可是我們怎樣分辨敵營派出的人，究竟是傳信兵還是密使呢？假如弄錯，我們將痛失良機。」

屠奉三欣然道：「所以我要來此坐鎮。密使的官階愈高，愈代表荊湖軍對鐵士心的尊重。而照規矩，荊湖軍為顯示誠意，密使會留下來作人質，所以此人必須是有名堂的人，方夠分量。故此人肯定是我認識的。」

燕飛道：「邊荒集有甚麼新消息？」

屠奉三道：「徐道覆等又在玩把戲，我們的荒人由今早起再不用做苦工，可是直餓至晚上才有飯吃，且只是吃半飽。若我們沒有應付方法，此計確實陰毒，現在卻正中我們下懷。不過羌幫的藏糧只夠吃五天，所以五天內我們必須動手反攻。」

燕飛點頭道：「敵人愈不防範我們在小建康的兄弟，對我們愈為有利，還可以乘機休息個夠。腳鐐的難題解決了嗎？」

屠奉三欣然道：「我們已複製了數百條鐐匙，匙模送到東岸由我們姬公子親自監製，你說有沒有問題呢？」

燕飛放下另一件心事，笑道：「武庫內的弓矢兵器，已送往羌幫在小建康的多間密室，只要時機來臨，天王老子都擋不住我們。」

屠奉三道：「你這話絕錯不了，我們準備十足，只在等待反攻時刻的來臨。唉！我眞的很感激你們。」

燕飛聽到他這沒頭沒腦的話，愕然以對訝道：「何出此言呢？」

屠奉三迎著風雨深吸一口氣，徐徐道：「因爲你們不單沒有因荊州軍逼至，而懷疑顧忌我，還處處爲我著想，所有策略均考慮到我與南郡公的關係，如此夠朋友，我怎能不感激。」

燕飛苦笑道：「我們根本沒想過你會出賣邊荒集，因爲你並不是這種人。」

屠奉三坦白道：「我的確是這種人，只不過權衡利害下，現況最明智之舉，乃是憑自己的力量，在邊荒集佔據一個位置，否則我只是南郡公眼中的失敗者。我只有保持自己的利用價値，南郡公才不敢拿我和手下在荊州的親人來出氣。」

燕飛微笑道：「我仍不信你是這種人。當日登船救千千之際，你不顧自身安危爲我擋著慕容垂，已比任何事更清楚說明你是怎樣的一個人。」

屠奉三苦笑道：「我好像不太習慣作好人呢！在這戰爭的年代，好人都要吃虧的。自成名以來，我的手段一向是要別人畏懼我。」

燕飛道：「這雖是有效的手段，可是人生哪還有樂趣。好好享受邊荒集的生活吧！它是天下間唯一的樂土，也是天下最自由的地方。」

屠奉三凝視荊州軍的營地，一字一句地道：「我在等待著，更期盼的是把千千迎回邊荒集的一刻，那時邊荒集將完美無缺，因爲邊荒集的女神回家了！」

徐道覆冒著風雨，與大將張永和周胄馳出南門，勒馬停下。張永和周胄都神色凝重，因曉得天師軍正陷於不利的形勢下。徐道覆嘆道：「我們最大的錯失，是誤信了聶天還這無恥之徒，否則眼前情況會是截然不同的兩回事。」三人身穿戰甲，一副準備上戰場作戰的姿態。

張永道：「憑二帥的奇謀妙計，必可挽回劣勢，保住邊荒集。」

徐道覆呼出一口氣，道：「天師早預見今日的情況，所以曾有指示，若保不住邊荒集，必須保持實力全身而退。」

周胄失聲道：「二帥不是有退兵之意吧？」

徐道覆哈哈笑道：「我徐道覆是何等人，怎會不戰而退？縱使不得不撤返南方，也要聶天還本利歸還，方可洩我心中憤恨。」

張永和周胄均知他智計過人，用兵如神，像今晚忽然調動三千軍馬來防守南門，他們便摸不著頭腦，但知道徐道覆從來不會做沒有意義的蠢事。

周胄道：「聶天還狡猾如狐，只在遠處設立木寨，擺明是要截斷往南的水、陸交通，不讓我們退返南方。」

徐道覆冷哼道：「我們往南的水、陸交通，早被建康水師封鎖，現在只是換上聶天還。聶天還在離開邊荒集個許時辰的水程處固守，只是要向鐵士心和宗政良顯示，誰才是最佳的南方夥伴。而事實確是如此，就算我們得到邊荒集仍休想有作爲，因爲天師國離此太遠。只有當天師發動全面戰爭，勢力直達大江，我們方能水到渠成地分享邊荒集的龐大利益。」

張永點頭道：「我們已親身體會到邊荒集的富饒，在荒人帶走大部分的財富和糧貨後，剩餘的都足以讓人驚嘆。誰得到邊荒集，誰便最有機會成為統一天下的霸主。」

徐道覆搖頭道：「邊荒集是沒有人可以獨霸的，否則將失去她興旺的條件。邊荒集之所以如此興盛，就在於它是天下人才薈萃之地，而自由放任的風氣，更令荒人可以盡情發揮他們的才能和創造力。假如我們再次來邊荒集，須以另一種形式行事，看看過去二十多天的邊荒集，只像一座沒有絲毫生氣的死城，便明白我的意思。」又嘆道：「邊荒是在南北各勢力的默許下形成，所以邊荒集更需要南北各勢力的支持，方可以保持興盛。」

張永道：「二師看得很透徹。」

周胄苦笑道：「我們對邊荒集的策略，是否打一開始便錯了呢？」

徐道覆道：「我們早看通此點，所以邀聶天還攜手合作，只是沒想過他會背叛我們。」

周胄咬牙切齒道：「我們天師軍絕不會放過聶天還。」

張永輕輕道：「我們是否該及早退軍，以免燕兵與聶天還達成協議後，想走也走不了呢？」

徐道覆信心十足的道：「我們尚有一線生機。」張永和周胄同時精神大振。

徐道覆道：「我們看穿聶天還的詭計，荒人當然也看到，所以荒人會把攻擊的目標放在燕兵身上，我們只要準備充足，絕對有機可乘。」

周胄皺眉道：「敗軍之將，豈足言勇，荒人還可以有作為嗎？」

徐道覆道：「千萬不要低估荒人，若不是有潁水之助，可能我們到今天仍未能攻下邊荒集，邊荒集是他們的地盤，我們不但沒法清剿餘黨，現在更對他們的動向一無所知，此爲兵法的大忌，有決策也不知該用於何處。」張永和周冑兩人點頭同意，心忖確是如此。逃出邊荒的聯軍便像一頭受傷的危險猛獸，隨時會撲出來狂噬獵物。

異響由前方傳來。徐道覆雙目精光大盛，長笑道：「不出我所料，楊佺期果然趁大雨夜襲南門。」張永和周冑終於分辨出那是無數戰馬的急劇蹄音。如非己方早有準備，肯定傷亡慘重，因爲邊荒集是一座沒有城牆的城集。

徐道覆大喝道：「準備作戰！」數以百計的弓箭手從集內撲出，彎弓搭箭，瞄準從黑暗和風雨裏奔馳出來的敵人。

北門大驛站，離天亮不到半個時辰。鐵士心和宗政良正談論荊州軍攻打南門的情況，手下忽然來報，剛有人在北門外千步處以勁箭投書，射入北門來。

鐵士心笑道：「終於發生了！」接過密函，先令手下退出，取出以火漆密封的信函，展開細讀，看罷遞給宗政良，笑道：「楊佺期果然是小心謹慎的人，不單在信內說明會派何人來見，還附上來人樣貌的繪圖，又有口令，別人想冒充也沒法子。到時只要我們依指定時間在北門豎起黃旗，密使將現身來會。」

宗政良邊看邊道：「楊佺期防的是狡猾的荒人，徐道覆仍沒有這個本事。」看罷把信揉碎，笑道：「現在只有我們兩人曉得使者是誰，長相如何和證實身分的口令。」

鐵士心皺眉道：「徐道覆確實是個人才，昨晚洞悉先機，在南門冒雨迎擊敵人。依探子的報告，應是荊州軍傷亡較重。」

宗政良道：「荊州軍吃點虧又如何？就只數楊佺期的部隊，兵力已是天師軍的一倍，何況還有聶天還強大的船隊作後盾。徐道覆若是識時務者，該趁荊湖軍陣腳未穩之際，趕快逃命，拱手讓出半個邊荒集來。」

鐵士心欣然道：「若有荊湖軍作我們的南方夥伴，荒人再不成其威脅。」

宗政良道：「若當初只是天師軍來和大王談合作，大王根本沒興趣理他，大王看中的是兩湖幫而非天師軍。」

鐵士心道：「聶天還正是看透此點，才會臨陣退縮，因爲他認爲桓玄對他的作用比孫恩大得多，只有與荊州軍結盟，方可從邊荒集攫取最大的利益。聶天還此人眞不簡單。他與徐道覆的生死鬥爭我們絕不可插手，只宜坐山觀虎鬥，樂享其成。」

宗政良道：「大王如曉得眼前的變化，當可放下心事。」

鐵士心嘆道：「令大王擔心的是燕飛，否則他不會在給我們的聖諭上，連續寫了三句『提防燕飛』，顯然大王認爲勝敗的關鍵，在我們是否能成功提防燕飛，令他任何刺殺行動均無功而回。」

宗政良默然半晌，吐出一口氣道：「自我追隨大王以來，尚是首次見他如此忌憚一個人。我們定不可令大王失望，栽在燕飛手上。」又冷哼道：「燕飛的確是個出色的刺客，幸好我也是刺客，懂得從刺客的角度去看，從而推測出種種刺殺任務的可行方案，然後加以提防。直至今天，大帥和我仍是活得健康快樂，可知燕飛已技窮了！」

鐵士心肅容道：「大王著政良作我的副帥，是賜政良一個歷練的機會。我雖然未當過刺客，卻曉得刺殺的成功與否，在於你能否在對方最意想不到的時和地出現。一天燕飛未死，我們都不可自滿。」

宗政良想不到鐵士心的指責如此直接，還暗諷他當刺客的本領，心中大怒，但又知道鐵士心是故意使手段壓抑自己，因爲自己分薄了他在邊荒集的權力。於是他表面不露絲毫痕跡，裝作頷首受教道：「大帥教訓得好，政良確實有點得意忘形，不過他在暗我們在明，敢問大帥是否已想出殺燕飛之計？」

鐵士心微笑道：「假如徐道覆的看法正確，燕飛該正在集內某處窺伺我們，且與小建康的俘虜暗通消息。誰都清楚龐義是燕飛的刎頸之交，若我們以龐義爲餌，你說可否將燕飛引出來呢？」

宗政良也不由叫絕道：「燕飛肯定會中計，不過如何安排卻須斟酌。」

鐵士心從容道：「此事我心中已有定計。政良何不與徐道覆碰頭，表示我們對他的關心呢？」宗政良愕然朝他望去。

燕飛和屠奉三此時正在北門外的山頭，遙觀北門的情況，天色開始發白。此時大雨變爲綿綿雨絲，漫天徐徐降下，把邊荒集籠罩在迷茫的雨霧裏。

燕飛道：「屠兄所料不差，楊佺期果然先派人來個投石問路，探聽老鐵的心意。」

屠奉三道：「射入飛箭傳書的人該是楊佺期旗下最有名氣的箭手『鐵弓』李揚，天生神眼，膂力驚人，故可在千多步外把箭準確無誤地射入北門內。」

燕飛道：「看大驛站守衛的森嚴，鐵士心應以大驛站爲指揮中心，你不擔心密函或許會有讓我們落敗的內容嗎？」

屠奉三好整以暇道：「只要弄清楚是楊佺期負責此事，我們便可以十拿九穩進行我們的刺殺大計。

我幾乎可以猜到信的內容，不外指明密使的身分、官階，甚至外貌和可驗明正身的暗語、雙方會面的時間和地點。」

燕飛愕然道：「如此我們的行刺大計豈非要泡湯，縱使我可以立即易容扮作密使，但怎知道會面的暗語呢？」

屠奉三欣然道：「如此關係重大的事，楊佺期將會派出他手下最能言善道的人，此人叫『小張儀』勞志文，人極聰敏，是談判桌上的高手。不過聰明人多是貪生怕死的，特別是高門子弟，兼且老勞家有嬌妻美妾，更珍惜自己的小命。」

燕飛點頭道：「屠兄對楊佺期的情況的確是瞭如指掌，但他們為何逗留不去？」

屠奉三目光落在仍留在北門外遠處疏林區，以李揚為首的十多名荊州軍戰士處，回道：「他們在等待鐵士心的回應。」

燕飛問道：「勞志文年紀有多大，身高樣貌如何呢？」

屠奉三道：「他該比你矮上二、三寸，年紀近四十，留著一把美鬚，頗有名士的風采。不過你只要具備他所有外貌上的特徵便成，縱然信上附上他的肖像，若有多少出入，鐵士心只會以為是畫匠畫功的不足，絕不會因此生疑。」

燕飛笑道：「只要讓我見到鐵士心便行，最壞的打算是殺出重圍，落荒而逃。」

屠奉三淡淡道：「只要勞志文見到我，包管他不敢有任何隱瞞，因為他清楚我對付人的手段，更明白欺騙我的後果。」

燕飛道：「若他知道事後你會殺人滅口，怎肯說實話？」

屠奉三道：「我不出馬是不成的，因爲我們必須在最短時間內，套取密函內所有約定的事。同時他也會相信我會釋放他的承諾，因爲他知道我是一諾千金的人。」

燕飛皺眉道：「這怎成呢？讓他回去向楊佺期報告此事，等於通告你公然背叛南郡公。」

屠奉三笑道：「別忘記勞志文是聰明人，既洩漏了絕不可以洩漏的軍機秘密，與背叛楊佺期沒有分別。我會教他在此事上守口如瓶，另作說辭。」

燕飛道：「看！鐵士心有回應了！」黃色的旗幟，在北門處緩緩升起。李揚等人見狀，立即催馬離開。

屠奉三目送他們穿林過野遠離，道：「這批人將會護送勞志文到這裏來見鐵士心，時間會是在今晚天黑後，路線理該相同。我們回集去如何？」燕飛含笑點頭，隨他掉頭而去，掠飛近半里後，轉向潁水的方向奔去。

整個潁口雨霧迷茫，正在焚燒的戰船飄著濃濃的黑煙，戰事接近尾聲。他們在黎明前突襲胡叫天以五艘赤龍舟爲主力的戰船隊，先放下三十多艘快艇，順流突襲敵人，再以十字火箭作第一輪的攻擊，然後十二艘雙頭艦猛虎般撲擊敵人。在黎明前的暗黑裏，敵人三艘赤龍舟首先著火焚燒，僅餘的兩艘赤龍舟負創逃入淮水去，戰事一面倒的進行。同一時間，劉裕和席敬各領二百戰士，從兩邊陸岸偷襲仍在營帳內好夢正酣的敵人，殺得兩湖戰士四散逃亡。唯一可惜之事，是被胡叫天溜掉。他們不敢久留，立即回航。大江幫登時士氣大振，一洗江海流陣亡幾近全軍覆沒的恥辱和仇恨。

在帥艦的指揮台上，江文清向劉裕道：「我們大江幫上下人等，對劉兄非常感激。」

劉裕微笑道：「戰爭才剛開始，我現在和小姐是坐同一條船，未來的路途漫長且艱辛，不過只要我們能互相扶持，將來必有好日子過。」

江文清欣然道：「這是一個非常好的開始，但我們已暴露行蹤，聶天還必有所警覺，猜到我們是藏在潁水河道其中一條支流，會派戰船沿河遍搜我們所有可以藏身之處。」

劉裕道：「既然我們要封鎖河道，斷對方運糧路線，小姐水戰之術又得江幫主眞傳，我們便公開和聶天還對著幹，令他進退不得。」

江文清首次在他面前露出女兒情態，赧然道：「劉兄別瞎捧我，文清比爹差遠了。」

劉裕笑道：「這可不是我一個人說的，荒人對小姐以兩艘雙頭船硬闖敵陣，挑戰慕容垂和鐵士心的主力大軍，人人口服心服。剛才小姐更盡顯水戰上的才華，教胡叫天全無還手之力，小弟可是親眼目睹。」

江文清無奈道：「人才是爹訓練出來的，文清只是坐享其成。剛才劉兄的提議，確實教人心動。只恨聶天還的實力在我們之上，又佔上游之利，我們恐怕沒法擋著他們。」

劉裕沉吟道：「平心而論，我們確實處於下風，幸好現在的情況不利聶天還，他正處於前後受敵的劣勢中。若他盡出全軍來攻擊我們，辛苦建起的寨壘將要拱手讓人。所以只要我們穩穩守住，將成爲聶天還嚴重的威脅。」

江文清本身智計過人，仍沒法掌握到劉裕心裏構思的戰略，暗忖難怪謝玄這麼看得起劉裕，派他一人來助自己，已勝過千軍萬馬。歡喜的道：「請劉兄指點。」

劉裕凝望煙雨迷濛下的潁水，深吸一口氣道：「我們仍以小湖作基地，然後於入口處設置堅固壘寨箭樓，以保出入口暢通無阻，聶天還雖明知我們藏身湖內，也不敢把戰船駛上狹窄的水道。若他在出口外部署戰船，我們便以小艇在晚上偷襲。若他敢登陸來攻，更正中我們下懷。我會趕到邊荒集，調來一支千人部隊，如此縱使楊佺期派兵來助聶天還，我們也有抵抗的實力。現在主動權操在我們手上，聶天還和楊佺期又顧忌徐道覆，不敢輕舉妄動。」

江文清暗罵自己糊塗，怎會想不到此法，難道自己竟對此男子生出倚賴之心，仰仗他爲自己出主意，俏臉不由熱起來。偷瞥劉裕一眼，幸好他似是全無所覺。她忽然感到劉裕變得好看起來，他粗豪的面相本帶著一種她並不欣賞的樸實，可是因她領教到他的機智多變，這種予人樸實無華的外觀，反構成他獨特的氣質，令人感到他的沉穩和堅毅卓絕的頑強鬥志。劉裕往她瞧來，江文清忙避開他的目光，一顆芳心不爭氣的忐忑躍動。

劉裕訝道：「文清小姐認爲這不可行嗎？」

江文清不願他察覺到自己心跳加速，忙壓下心中波動的情緒，掩飾道：「我是在擔心荊州水師會孤注一擲，先封鎖潁口，再派船北上來對付我們。」她聰慧過人，隨便找到合理的說辭，以隱瞞心事。

劉裕果然沒有察覺，道：「小姐放心，若我所料不差，荊州水師該奉有桓玄嚴令，絕不北上潁水。因爲桓玄能否克制建康，全仗水師的實力。以桓玄的爲人，絕不會如此魯莽。何況每個人都認爲聶天還可以獨力應付任何水上的挑戰。」

江文清暗鬆一口氣，點頭道：「應是文清過慮了。」

劉裕點頭道：「小心點是好的。哈！有幾艘糧船折返呢！」

在細雨茫茫的河道上，三艘糧船出現前方，由於沒有載貨，船速極快，遇上他們時想掉頭已來不及。警號聲響徹整個河段。劉裕大笑道：「只要俘虜足夠糧船，便可把船串連成攔河障礙，上面堆放淋上火油的木材，該可抵擋敵人第一輪的攻勢。」江文清忍不住再瞥他一眼，暗讚對方頭腦靈活、思慮快捷。同時毫不猶豫，發出劫奪敵船的指令。

小建康的大小房舍，住滿被鎖上腳鐐的荒人俘虜。沒有得到批准，俘虜均不准踏足門外半步。街道上由百多名天師軍輪班防守，主要在通往北大街和碼頭區兩端的出入口設置關卡防守。小建康的外圍築起十二座箭樓哨塔，團團包圍小建康，高起五丈的木造樓塔，每座均有四個燕兵駐防。由於兵力不足，對於俘虜在屋內幹甚麼，大多數時間都沒有人過問。但天師軍偶爾也會作突擊性的檢查巡視，以防俘虜們有違規的行為。在如此情況下，俘虜除了做苦工外，生活仍不算太差。

燕飛和屠奉三從新挖掘出來的地道進入小建康。這條地道非常簡陋，只以木幹木板支撐，又沒有通氣口，幸好長度不足十丈，仍難不倒真正的好手。不過卻休想成為大批人進出的捷徑，因為在地道的漆黑裏，一不小心撞倒任何一條支撐的木柱，後果不堪想像。地道出口是小建康一所不起眼的平房，被軟禁其內的二十多個荒人低聲喝采歡迎。

屠奉三笑道：「各位吃飽了嗎？」

眾人齊聲哄笑，有些更拍拍肚皮，表示吃得太飽，興奮之情溢於言表。小軻是其中一人，笑道：「賊子以為我們個個餓得手腳發軟，事實上我們連老虎都可以打死兩頭。現在只待爺兒們一聲令下，我們便殺出碼頭去，宰掉所有欺負我們的人。」看情形人人摩拳擦掌，躍躍欲試。

屠奉三閃到窗旁，朝外面望去，小軻等負責關閉地道出入口，又以地蓆掩蓋，還有人臥到蓆上，故意裝出軟弱無力的可憐姿態。眾人又是一陣笑聲。

屠奉三道：「有點不對勁。」

燕飛移到窗子的另一邊，也往外看去。只見一隊人從北大街的方向意氣風發的昂首闊步而來，領頭的竟是宗政良。

小軻也擠到燕飛旁，一震道：「燕人一向不踏足小建康半步的，一切由天師軍負責，眞奇怪！」

另一荒人道：「糟了！他們是要到羌幫總壇，難道發覺了我們運兵器的事嗎？」

燕飛和屠奉三的心都提到咽喉處，暗忖難道反攻大計竟要功虧一簣？

燕飛和屠奉三等人愈看頭皮愈發麻，宗政良在羌幫總壇的外院正門停下，另派七、八人進入院門。兩端蹄聲轟隆，分別馳進兩隊各近百名燕軍騎兵，而原本駐守小建康的天師軍卻從碼頭方向撤走。

屠奉三道：「鐵士心和宗政良是乘機發難，逼徐道覆把小建康的管治權交出來，由不得徐道覆拒絕，因爲徐道覆自顧不暇。」

燕飛道：「我看事情不會如此簡單，鐵宗兩人可能對我們的按兵不動生出警覺，要對小建康來一次徹底的搜查。」

屠奉三苦笑道：「看徹底至甚麼程度，幸好羌幫總壇的地庫非常隱蔽，龐義又做過手腳，不會那麼輕易被發現。」

敵騎有組織地在各大小街道的戰略要點布防，接著一組二百多人的步兵，從北大街方向奔進來，直到宗政良身前，方依軍頭的喝令分作四隊，列陣小建康主街處。宗政良喝道：「給我逐屋搜查。」四隊燕兵，五十人一組，依令分頭行事，逐屋搜查。燕飛和屠奉三這時反放下心來，因小建康大小房舍數百間，要搜一遍頗費工夫，何況他們對此早有準備，不怕搜查。

屠奉三忽然道：「你說得對，宗政良可能懷疑我們已潛入集內。」

燕飛看到龐義腳帶鐵鐐，被如狼似虎的燕兵從羌幫總壇押出來，龐義一臉憤慨，應是吃足燕兵的苦頭。

龐義給帶到宗政良身前。其中一名燕兵暴喝道：「見到我們宗副帥，還不跪下。」數以千計的荒人兄弟正透窗看著，立時齊聲起鬨，深表不滿。

宗政良喝止手下，負手繞著龐義轉了一圈，最後停在龐義背後，柔聲問道：「燕飛在哪裏？」

龐義故作驚訝道：「副帥何出此言，難道副帥不曉得我們的小飛已到了淨土繼續喝酒嗎？」登時惹得荒人兄弟震天哄笑。

屠奉三嘆道：「宗政良是故意找碴兒，目的是藉折磨龐義把你逼出來。」燕飛這才掌握到屠奉三先前那句話的意思，暗驚屠奉三思考的敏捷，更醒悟因屠奉三正是最會玩這種手段的人，所以先一步猜到宗政良要耍的把戲。

果然在外的宗政良大喝道：「好大膽！竟敢頂撞本帥。來人！把他押到鐘樓，若他能捱足一百鞭，我再和他說話。」荒人齊聲鼓譟，誰都知道即使是一流高手，也沒法捱過百鞭的摧殘。

屠奉三往燕飛移來，沉聲道：「此招極爲毒辣，令我們進退兩難，不過小不忍則亂大謀，我們立即行事，先到對岸召集兄弟，兵逼潁水，只要我們全體現身，當可消去鐵士心和宗政良對我們藏身集內的疑惑。」

燕飛心忖這是沒有辦法中的辦法，更想到卓狂生提及鐘樓的藏身之所，思考自己應否留下來呢？

原漢幫總壇忠義堂內，徐道覆神色凝重的坐在主位內，張永和周胄分坐兩邊。

張永道：「我眞不明白，鐵士心如此逼走我們在小建康的人，不是分明想告訴我們，他已和荊湖聯軍搭上關係嗎？」

周胄嘆道：「宗政良雖說得婉轉，甚麼讓我們可全力守衛南門，但多一百人少一百人根本無關痛癢。」徐道覆沉吟不語。

張永道：「現在我們已陷於四面楚歌的劣勢，如鐵士心與荊湖軍聯手對付我們，而我們仍守在這裏，等於坐以待斃。」

周胄苦惱道：「爲何荒人仍沒有絲毫動靜？」

徐道覆沉聲道：「聶天還是否有異動？」

張永答道：「據探子回報，聶天還仍是按兵不動。」

徐道覆嘆道：「確實再沒有苦守下去的道理，立即準備全軍撤退，卻不可洩露風聲，此事由張將軍去辦。」張永領命去了。

默然片刻後，徐道覆忽然露出笑意，且似乎愈想愈好笑的放聲大笑起來。周胄驚異不已的呆瞧著他。徐道覆又突然收止笑聲，淡淡道：「我想和燕飛碰面談心，你去替我安排。」

周胄一呆道：「找燕飛？」

徐道覆道：「找個機伶會說話的人豎起白旗，到對岸專揀高地山頭闖，保證可遇上荒人。」才剛說罷，號角聲在遠方響起。徐道覆大喜道：「戰號聲來自對岸，應是荒人來了！」猛地起立，精神一振道：「你們來得眞及時。」

劉裕沿著潁水西岸全速奔馳。尙有三里路便是聶天還的水陸大軍駐紮處，劉裕心忖既然順路，當然乘機去看清楚敵人的布置，將來攻打聶天還，會更有把握。唉！多少天了？不知王淡眞狀況如何？她會不會體諒自己的難處，還是已恨自己入骨呢？劉裕偏離驛道，進入潁水西岸的密林區，以隱蔽行藏。他一直努力不想起王淡眞，直至剛才仍很成功，可是不知爲何，一個人獨自在原野裏奔跑，卻壓不下對王淡眞的關懷和思憶。正神傷魂斷之際，忽然心生警兆，十多人從前方的林木閃出來，攔著去路。其中一人搶上前來，往他面門揮刀疾劈，獰笑道：「荒狗納命來！」

〈卷五〉

第四章◆光復邊荒

第四章　光復邊荒

「大王到！」正在帳內伺候紀千千的小詩慌忙跪伏一旁，不敢透半口大氣。雖然慕容垂一直對小詩客氣有禮，可是不知怎麼，小詩每次見到他總要慌張失態。慕容垂的親兵團在昨天棄舟登陸，徹夜行軍，至清晨立營休息。於登岸處早有另一支精銳部隊恭候，令慕容垂的親兵團增至五千人。

慕容垂進入帳內，見到紀千千坐在一角，欣然道：「只看千千容光煥發，便知已戰勝病魔，回復健康，我放心了！」接著向紀千千使個眼色。

紀千千雖然不情願，卻是無可奈何，愛憐地向愛婢道：「詩詩稍避！」因為慕容垂算是給足自己面子，由她著詩詩暫退。小詩一顫站起來，垂首退往帳外去。

慕容垂在厚軟舒適的地氈屈膝坐下，含笑面向艷光四射的紀千千，柔聲道：「千千的三十箱行裝安放在鄰帳內，方便千千取用。」

紀千千神色冷淡地迎上他灼熱的眼神問道：「這裏是甚麼地方？」

慕容垂細審她的如花玉容，毫不猶豫地答道：「我們剛進入洛水平原，洛陽在兩天馬程之內。」

紀千千垂下螓首，可以想像慕容垂的奇兵正軍，分多路向洛陽推進，附近的城鎮望風投降，只餘下洛陽一座孤城頑抗。除了謝玄和他的北府兵外，現在天下間根本沒有任何一支部隊，夠資格在正常情況下硬撼慕容垂的大軍。慕容垂實在太厲害了。當他攻陷洛陽，北方的天下等於有一半落入他的手中，而他的勢力亦因而不住膨脹。慕容垂的勢力每增加一分，她和燕飛重逢的機會將減少一分。這個想法令她更是黯然神傷。

慕容垂見到她的神情，輕嘆道：「三天前我收到一個消息，只是一直不敢告訴你。」

紀千千嬌軀一顫，抬頭朝他瞧來，芳心湧起強烈不祥的感覺。慕容垂的聲音傳入她耳中道：「你乾爹十多天前病逝廣陵，遺體已安葬於建康的小東山。」

謝安死了！這是紀千千永遠不願面對的事情，終於變成殘酷無情的現實。她因謝安而留在秦淮河，也因謝安而離開秦淮河。那晚她看到謝安受她琴曲所動，流下熱淚，她便有很不安的感覺。謝安還是首次在她面前落淚。他是預見到自己大限將至，卻感壯志未酬，天下百姓還不知須受多少苦難而感觸落淚。否則以謝安視自身生死榮辱爲等閒的胸襟，絕不會神傷如是。古往今來天下第一名士，終於也如大江的滔滔逝水，一去不返。南方統一安定的基石，再不復存。乾爹你怎可以在千千如此情況下，捨千千而去呢？忽然間，她感到自己變得一無所有。她更可能永遠再見不到燕飛。她已失去堅持下去的勇氣和鬥志。淚眼朦朧裏，帳內只剩下她單獨一人，慕容垂不知於何時早悄悄離開。慕容垂是個難解的人，但他對自己確實關懷備至，細心而有耐性，且是知情識趣，善解人意，絕不像傳言中那個冷酷無情的無敵霸主。

燕飛掠過杳無人跡的古鐘場，朝古鐘樓奔去。他的通玄靈覺擴展至極限，幾敢肯定沒有人察覺他的行動。號角聲從潁水東岸傳來。他們有一套秘密的遙距傳訊手法，可從小建康一處接近碼頭區的高樓上，利用燈號或鏡子折射光線，通知在東岸伺機而動的邊荒聯軍，作出種種反應。現在屠奉三正是利用此有效便捷的通訊系統，知會己方人馬立即採取相應的行動，亦借此引開敵人的注意力。燕飛很想知道，宗政良和鐵士心會有何反應？他們會不會因邊荒聯軍發動的時刻，恰好是龐義受難的一刻，如此巧合而生出疑心？就在這一刻，燕飛感到勝利已來到他掌心內。他有把握可以準確無誤地猜到他們的反應。宗政良之所以會找龐義的麻煩，是明衝著他燕飛而來。因爲敵人已產生懷疑，想到燕飛等早潛伏集內，故以此計逼燕飛出來救人。

事實上燕飛等亦是別無選擇，必須立即放手大幹，怎都好過讓對方虐殺龐義，甚至搜出密藏起來的武器或出入小建康的地道。先發者制人，所以屠奉三立即知會集外的兄弟，提早進行「邊荒行動」。以宗政良之江湖經驗，當然不會愚蠢到以爲集外荒人聯軍於此時發難只是巧合，應預料到集內集外的荒人，不但已建立起緊密的聯繫，燕飛等更肯定已潛伏集內。在如此情況下，鐵士心和宗政良會如何反應呢？首先他們必須先應付荒人聯軍的渡河攻擊，且清楚徐道覆只會隔岸觀火，袖手旁觀。以燕軍不到五千的兵力，實不足以同時對付小建康的荒人。所以軍力的調配是否適宜，關係到對方能否保得住邊荒集。而唯一可以盡覽集內集外情況的地方，只有古鐘樓之顚的觀遠台。縱然沒有宗政良明言於古鐘樓頂鞭打龐義之事，作爲敵人最高統帥的鐵士心，也要到觀遠台來指揮全局的進退，效紀千千般發揮高台指揮的特殊戰術。如此燕飛刺殺鐵士心的機會來了。燕飛閃入敞開的古鐘樓大門，就在這一刻，他感應到紀千千。

「噹！」劉裕運刀擋格，把來襲者劈得倒跌四、五步，差點兒跌個四腳朝天。劉裕疾退兩丈，避免被敵包圍。

有人哈哈笑道：「我道是誰，原來是北府兵的劉副將。不知劉副將在這裏鬼鬼祟祟，是否正從事見不得光的勾當呢？」

劉裕定神一看，竟然是王國寶，與十多名手下全體黑色勁裝，風塵僕僕的樣子，似是從邊荒某處匆匆趕回來，與自己迎頭相遇。他曾遠遠見過王國寶，卻從未與他直接交談，奇怪的是王國寶卻似對他認識甚深，一眼認出自己來。劉裕剛才雖然一刀退敵，不過心想對方能抵擋他全力出手，雖然狼狽，卻沒有受傷，可見是一流的好手。就眼前所見，隨王國寶一道者有十五人，假如人人功力與先前被自己所挫的好手相當，則只是這十五個人便有足夠殺死自己的能力。何況還有位居於「九品高手榜」上的王國寶？以王國寶對自己一向的仇視和妒忌，肯定不會放過自己。就在此時，他聽到後方傳來異響。劉裕恍然，對方早在遠處發現自己的影蹤，故臨時在此布下陷阱，而自己正身陷險境。「鏘！」王國寶拔劍出鞘，遙指劉裕，劍氣直逼而來，左右各五名手下分從兩翼搶至，封死他兩邊逃路，餘下五人反往後散開，隱隱形成只餘後方退路的包圍形勢。

就在王國寶劍氣鎖緊他的一刻，劉裕心中一動，想通王國寶為何會在這裏出現。值此建康水師新敗之時，司馬道子根本對聶天還沒有反撲之力，如是探察敵情，亦不用勞煩王國寶。所以王國寶為的該是自己的事。想到這裏，忙提刀朝王國寶迎去。王國寶怎想得到劉裕不但不全力突圍逃走，反一副與自己拚命的樣子，氣勢登時減弱三分，同時要手下收窄包圍網。劉裕見狀心中暗喜，看穿王國寶貪便宜的小人心態，希望手下先損耗自己的戰鬥力，然後再從容出手取他劉裕之命。大笑道：「王大人剛見過大活彌勒嗎？」王國寶為之愕然，劉裕已發出一聲震耳長嘯，人刀合一的向王國寶撲去，完全是不顧自身與敵偕亡的拚命招數。對方戰士紛紛撲上，均已遲了一步。

王國寶心中大恨，明知劉裕故意以長嘯聲，引起在不遠處的兩湖軍的注意，卻沒法阻止。更曉得自己不能退避，否則包圍網將出現空隙，讓對方脫身逃去。可是劉裕此刀凶厲至極，兼之自己被他的話分了神，無法保持在最佳狀態，無奈下後退揮劍。兩條人影乍合倏分。王國寶往後挫退，劉裕卻一聲「承讓」，往上騰起。戰士們亦騰身追擊。劉裕落在一條橫伸出來的幹枝盡端處，借力彈起，投往十多丈外的密林，明器暗器全部落空。王國寶終站穩腳步，氣得臉上青筋暴現，瞪著劉裕遠去的背影，狠狠道：「看你還可以得意至幾時？」

燕飛的心靈往紀千千延伸，無窮無盡的悲哀將他完全淹沒。他感到紀千千正強烈地思念自己，也感到她陷入失望的淵底，失去了鬥志。乾爹去了！然後心靈的聯繫中斷。燕飛顫抖起來，然後竭盡全力克制紀千千的感染力，那種因不能安慰紀千千，而生出的無奈和撕心裂肺的痛苦對他的影響。他終於體會到與紀千千的心有靈犀也有壞的一面，尤其在此關鍵時刻。蹄聲自遠而近，分別從小建康和北大街的方向傳來，加上對岸的號角和戰鼓聲，令人感到戰爭的風暴正在醞釀中。燕飛強壓下因紀千千而起的情緒，迅速在石階的底部探索藏身處的機關。爲了救紀千千，他必須在這一刻忘記她，因爲勝負將決定於即將來臨的刺殺行動。

果然不出他所料，鐵士心和宗政良正朝古鐘樓趕來，邊荒集無險可守，唯一之險是古鐘樓，只有在觀遠台上，方能掌握全局。所以只要爆發戰爭，鐵士心是不得不到古鐘樓來。如此簡單的事，爲何先前沒有想過？偏到這刻在連串事件的引發下，方知差點千慮一失。燕飛功聚掌心，依照卓狂生的指示，吸得長方條形的活鈕，從似是毫無異樣石階底層的背壁處露出來，接著毫不猶豫地撲地滾往石階底座。座壁掀起，燕飛沒入僅容一人藏身的秘間內去，同時從裏面重新鎖上活門，凸壁而出的活鈕無聲無息地縮回壁內，回復原狀。燕飛剛試吸一口氣，耳鼓足音轟鳴，眞是差些便被敵人的先鋒部隊發現。卓瘋子的鐘樓藏身暗格，盡顯其創意和心思，簡單而實用，出入迅快方便，偏又是無比的隱蔽。吸入肺內的空氣清新而不悶濁，暗間不單有好的通氣系統，還可透過通氣系統把樓內任何聲音盡收耳裏。想到任遙或任青媞曾藏身此處偷聽鐘樓議會的商議，燕飛便生出不寒而慄的感覺。幸好卓狂生最終投靠他們這邊，否則後果不堪想像。

密集的足音在石階響起，擴散往鐘樓主堂、鐘樓和觀遠台去，入口外傳來戰士立崗和騎兵列陣的聲音。燕飛排除雜念，感官的靈銳不住提高，雖不能目睹，但外面發生的一切全了然於胸。由黃河幫眾與慕容鮮卑族組成的邊荒集燕國部隊，因邊荒聯軍的現身而進行的應變行動的第一步，是佔據古鐘樓，以之作爲指揮台，因爲這是唯一能掌握全局的制高點。登上古鐘樓的燕兵是要肯定樓內沒有其他人，當然更是針對像他燕飛這類精於刺殺的高手。搜索會進行一段時間，當證實古鐘樓一切安全，鐵士心和宗政良才會登上觀遠台。燕兵同時在古鐘樓四周布陣，以保護鐘樓上的主帥。如此戰術確實是最佳的防守策略，可讓鐵士心從容調動人手，應付任何一方的入侵。紀千千早以事實證明高台指揮的神效。鐘樓外忽然肅靜下來。燕飛知是鐵、宗兩人來了，傾耳細聽。

宗政良的聲音道：「先將他押上觀遠台！」接著是龐義的一聲怒哼，在兩名燕兵的押解下，龐義登階而上。

另一個沉雄的聲音在門外響起道：「究竟是怎麼回事？」不用猜也知問話者必是鐵士心無疑。

宗政良答道：「大帥的計策立收奇效，小建康內肯定有荒人高手潛進來，否則我們才說要懲罰龐義，那邊荒人聯軍立即發動，巧合得像對集內發生的事瞭如指掌。」

鐵士心道：「徐道覆才是料事如神，憑空猜到荒人有進出邊荒集的秘密通道。幸好我們先一步發覺，否則等到荒人裏應外合的發動反攻，我們仍如在夢中，眞要後悔莫及。」又問道：「小建康現在情況如何呢？」

宗政良道：「仍然牢牢的控制在我們手中，我已調入一支千人部隊，任何荒人俘虜敢踏出屋門半步，必殺無赦。」

鐵士心道：「幹得好！待我們弄清楚形勢後，再對付他們。徐道覆方面有何反應？」

宗政良答道：「天師軍方面全無動靜，我看他們絕不會插手我們和荒人間的戰爭。」

鐵士心怒哼道：「收拾了荒人，我們再和天師軍算賬。」

宗政良低聲道：「邊荒軍只能在潁水對岸耀武揚威，我反不擔心他們。」

鐵士心笑道：「燕飛是怎樣的一個人，我和你都清楚。我們就在觀遠台上毒打龐義，讓他的慘號聲傳遍夜窩子，我才不愁逼不出燕飛來。」

宗政良狠狠道：「只要他敢現身，我會教他變成我箭下的亡魂。」

鐵士心大笑道：「我們就等著瞧，看燕飛是否眞的如此愚蠢。」

燕飛耳鼓裏響起宗政良和鐵士心進入鐘樓的足音，同行者尙有六、七名武功高強的將領。他可從足音分辨出每一個人的位置、功力的深淺，甚至內心的情緒。同時心裏矛盾得要命。在一個密閉的環境裏進行刺殺，是任何刺客的大忌，因爲不論成敗，他均難以脫身。唯一的生機，是於刺殺鐵士心後殺出鐘樓，不過卻因龐義被押往鐘樓頂上，令他沒法爭取此唯一的逃路。在如此情況下，他只有殺到上層，即使他變成三頭六臂，仍只是死路一條。他死了，紀千千也完了。足音在石階響起。燕飛把生死成敗全排出腦海外，按動關鈕，撞開活壁，滾出暗間去。爲了邊荒集，他根本別無選擇。

當宗政良派人進入羌幫總壇找寵義的麻煩，慕容戰正在該處主持大局，更由他下令不可意氣用事，於時機尚未成熟的一刻作出反擊，所以眾人只好眼睜睜瞧著寵義被帶走。在小建康內，羌幫和匈奴幫兩幫的總壇是最宏偉的建築物，分處主街兩端，也囚禁了最多的俘虜，各達五百之眾。爲了躲過敵人隨時進行的突擊搜查，武器仍密藏羌幫總壇的地庫內。幸好燕飛、屠奉三等領袖人物，早想遍所有可能性，擬定出種種周詳的應變計畫，把五十多名配備弓矢的精銳高手混在俘虜內，潛伏於可攻擊敵人哨樓的戰略性樓房內。如有人來搜查，他們可以輕輕鬆鬆地避往別的建築物。

在匈奴幫總壇內坐鎮的是呼雷方，正是由他通知集外對岸的兄弟，擺出進擊反攻的姿態。不論是慕容戰或呼雷方，均是身經百戰、智勇雙全之士，曉得攤牌揭曉的關鍵時刻終於來臨，立即發出訊息，著小建康內的兄弟進入戰爭的預備狀態裏。宗政良雖調入一支千人部隊，其實力卻不足以進駐監管小建康內數以百計囚禁俘虜的建築物，只能在街道縱橫交錯處布防，尤其把兵力集中於主街兩端，等候來自古鐘樓頂上進一步的指令。慕容戰當機立斷，命所有人解開腳鐐後，立即把武器從密室運出來，依循早經擬定的路線把武器送往各處。然後是耐心的等待。

屠奉三閃入說書館內，卓狂生、程蒼古、費二撇和三十多名好手早被外面的突變觸動警覺，人人枕戈以待。

卓狂生道：「發生甚麼事？」

屠奉三道：「刺殺行動提早進行，燕飛已到鐘樓去埋伏，我再沒有解釋的時間，必須立即攻打鐘樓，否則燕飛和龐義必死無疑。」

卓狂生精神大振道：「還等甚麼呢？兄弟們，反攻邊荒集的時間到了！立即更衣！」

拓跋儀立馬潁水東岸高地，遙觀對岸的情況。三千多名準備充足的邊荒戰士，潮水般從隱身的叢林飛騎而出，沿岸布陣，旗幟飄揚，士氣高昂。在拓跋儀旁的是臉色仍帶點蒼白，傷勢初癒的姬別、夜窩族的頭領姚猛。反攻雖來得突然，卻沒有人有絲毫懼意，只有興奮之情，因爲邊荒集失陷敵手的那一口鳥氣，實在憋得太久了。對岸泊了近三十艘黃河幫的破浪戰船，沿河有二十多座箭樓，十多座地壘，在正常的情況下，如他們以木筏渡河，只會變成敵人的箭靶。碼頭區是敵人兵力集中處，達千人之眾，足可守得西岸固若金湯。

姚猛意氣風發的哈哈笑道：「果然不出所料，徐道覆不單不派兵加入聯防，還教手下退守東門內，對我們大大有利。」

拓跋儀皺眉道：「燕飛他們在搞甚麼鬼？爲何忽然提早反攻？」

姬別笑道：「管他們在搞甚麼鬼，反攻的訊號清楚明白，只是我們在此現身，已可牽制敵人的主力，好方便集內兄弟行事。」

「隆隆」聲響，數以百計的木筏由騾子從密林拖出到岸邊。負責這方面任務的是邊荒集的壯女，她們在邊荒集西面戰谷失陷時，帶著糧資牲畜撤往西面遠處，於五天前在邊荒集北面渡河，與聯軍主力會合，令聯軍實力驟增。

姚猛興奮道：「快把木筏推進水裏去，任敵人想破腦袋，都想不到木筏只是用來作個幌子，唬人的！」

拓跋儀目光凝注小建康的出口，唇角忍不住的擴大笑意，道：「敵人中計了！」

姬別和姚猛連忙瞧過去，敵人騎兵正從小建康馳出，列陣於碼頭區處，顯然是真的認爲他們會渡河強攻。

徐道覆策騎馳出東門，遠眺上游碼頭區處兩軍隔河對峙調動的情況，當見到邊荒聯軍運來大批木筏時，虎軀一震。

旁邊的周胄報告道：「燕人進入全軍動員的狀態，佔據古鐘樓，又調兵到小建康和碼頭，卻沒有派人來知會我們。」

徐道覆沉聲道：「楊佺期方面有何異動？」

另一邊的張永道：「荊州軍似尚未察覺我們這邊形勢的急遽變化，我猜是楊佺期故意向燕人示好，沒有派員來偵察，故懵然不知這裏發生的事。下游亦不見兩湖幫的赤龍舟。」

周胄道：「二帥還要派人與邊荒軍接觸嗎？」

徐道覆緩緩搖頭道：「這樣做再沒有任何用處，邊荒軍已勝券在握，不用來和我們交易。」

周胄愕然道：「邊荒軍不可能突破燕人在潁水的防線，只是三十八艘破浪戰船，已足可粉碎他們強渡潁水的行動，何況沿岸有更強大的防禦。」

徐道覆嘆道：「他們只是佯裝出攻擊的威勢，眞正發難的是小建康的俘虜。哼！眞的非常可惜，若鐵士心和宗政良肯和我們衷誠合作，我必可助他們避此劫難。現在卻是大勢已去。」張永和周胄聽後互相對望。

張永問道：「那我們該怎麼辦？」

徐道覆毫不猶豫的道：「撤退！」

張永和周胄同時失聲道：「撤退？」

徐道覆斷然道：「沒錯，立即撤退，否則將陷入進退兩難之局。」接著雙目殺機大盛，道：「我親領三千騎兵先行，你們運載糧資隨後追來，除馬匹外不要帶其他牲口，一切以行軍快捷爲要，更要提防楊佺期派人追擊。」張永和周胄齊聲領命。

徐道覆暗嘆一口氣。始終保不住邊荒集。在這樣的情況下，他情願幫荒人一個忙，讓他們得到一個完整的邊荒集，得到他遺下的大批兵器、物資和牲口。在往後一段長時間內，他的敵人是兩湖幫和荊州軍，而非荒人。他內心深處更有一個熱切的期望，盼荒人能把紀千千從慕容垂的魔爪中救出來，其他一切均屬次要。

「鏘！」蝶戀花出鞘。燕飛故意運功鳴劍，在登樓石階的空間裏，如晴天忽然爆響的驚雷，貫入每一個敵人的耳鼓。餘音仍縈耳不去的當兒，燕飛人隨劍至，蝶戀花從階底彎出來，凌厲無比的劍氣，籠罩著正拾級登階的七名敵人。鐵士心領頭而行，正踏足第三級石階，宗政良落後半階，其他的六名將領緊隨兩人身後，接著是留守大門的十多個親兵，人人受劍鳴所懾，不知所措。石階彎角盡處，另有兩名戰士持戈把守，正愕然往石階下的鐵士心等瞧來，茫然不知發生何事。千載難逢的刺殺機會終於出現，成功失敗決定於刹那之間，如讓敵人醒悟過來，燕飛必死無疑。劍光劇盛，燕飛騰身而起，朝領頭的鐵士心猛攻而去。鐵士心和宗政良畢竟是高手，首先領悟過來，前者已來不及拔出佩刀，倉皇下一拳擊出，同時往上避開。宗政良則在石階移開半步，拔刀反擊。其他人亂成一團，紛紛欲掣出刀劍，不過都已遲了一線。劍光像暴雨般摧打石階上的敵人，一時間沒有人弄得清楚誰是燕飛攻擊的目標。

鐵士心慘哼一聲，擊出一拳的手淌著血收回來，往上狂奔。宗政良長刀疾砍，卻砍在空處，駭然下只好追在鐵士心身後，往上退避。兩名緊隨宗政良的將領在拔出兵器前，已被燕飛劃破咽喉，滾落石階，撞得後面的將領親兵東倒西歪，亂上添亂。燕飛踏足長階，蝶戀花化作長虹，直奔宗政良背心要害。如此招沒法殺死宗政良，又讓鐵士心逃到鐘樓大堂，刺殺行動將以失敗告終，而燕飛將白白犧牲。鐵士心憑空手傷而不死地應付了他必殺的一劍，武功之高實大出他意料之外。宗政良回刀反劈，雖陷於被動，仍是功力十足。燕飛心叫糟糕，知道無法在三招兩式間收拾對方，把心一橫，決意找宗政良作陪葬，完全不理宗政良的反擊，直取對方咽喉，登時劍氣驟增，劍嘯聲震動整個石階的空間，完全是與敵偕亡的姿態。

就在此生死立判的一刻，宗政良雙目一轉，竟然翻下石階，讓出去路。燕飛喜出望外，劍氣暢通無阻，直指離他只有五級石階的鐵士心，立時將他的生路鎖死。鐵士心此時剛以左手抽出佩劍，上面的兩名戰士持戈狂奔而下救駕，下方的兵士則蜂擁而上，情勢緊急至極。蝶戀花以驚人的高速，隨燕飛沿石階朝鐵士心疾射而去。「嗆！」一個是全力出擊，一方是倉皇自衛，兩相較量下，勝負立分。鐵士心受創在前，用的更非慣用的右手，不過他的確是威震黃河的霸主，憑左手揮劍仍是聲勢十足。兩劍交擊。

鐵士心猛噴一口鮮血，長劍硬被燕飛鉸得脫手而去，只好一腳朝燕飛的胸口踢來。燕飛心中暗讚，左閃避過下方投來的兩支長矛，同時避過鐵士心保命的一腳，又忽然反手一劍劈得後面撲上來另一名敵方將領連人帶劍滾下石階去，擋著窮追而來的大批敵人，蝶戀花三度攻向已手無寸鐵的鐵士心。鐵士心大驚下往上疾奔，遇著兩名趕來護主的戰士，給擋著去路，燕飛蝶戀花的劍氣將他完全籠罩。鐵士心奮起餘勇，劈手奪去撲下來的手下的長戈，回身反刺燕飛。燕飛一聲長嘯，倏地增速，在敵兵阻截前蝶戀花沒入鐵士心胸口。鐵士心發出震撼整個空間的慘叫，滾落石階時，燕飛早從兩名戰士間穿過，兩名戰士先後濺血倒地，追著鐵士心的屍身滾落長階。

宗政良立足階底，狂喝道：「殺了他！」看著己方戰士人人奮不顧身追著沒在彎角處的燕飛蜂擁而上，他退出樓外，心中不知是驚是喜。令人討厭的鐵士心死了，邊荒集掌兵的大權落入他手上，只要幹掉燕飛，他能把邊荒集的局面穩定下來嗎？如守得住邊荒集，再與楊佺期和聶天還合作，他不但無過，反而有功。樓外百多名戰士目光全落在他身上，聽他的指令。宗政良大喝道：「給我進去殺掉燕飛！」眾戰士蜂擁入樓。急遽的足音由後方傳來。宗政良心神不寧的回頭瞧去，一隊近四十人身穿黃河幫戰服的戰士正橫過廣場，朝鐘樓奔至。宗政良一時還不以為意，以為是鐵士心的人。到那群人奔至丈許外，方發覺有異。此時守在樓外的戰士大半已進入樓內，所有人的注意力均放在樓內，古鐘樓變成不設防的情況。宗政良駭然叫道：「有奸細！」奸細群中一人騰身而起，赫然是「邊荒名士」卓狂生，大笑道：「太遲了！」眨眼間來到宗政良上方，兩腳連環踢出，直取宗政良面門。

屠奉三則領著一眾荒人精銳高手，如斬瓜切菜般殺進樓裏，從後面突襲仍未弄清楚發生了甚麼事的敵人。燕飛此時剛殺上第三層的鐘樓。他的蝶戀花毫不留情，逢人斬人，根本沒有人是他三合之將，最精采是敵人毫無防備，茫不知主帥被刺殺，更予燕飛無比的方便。守在鐘樓的四名敵人在瞬息間紛紛倒地，燕飛已搶上登往觀遠台的石階。後方追來的敵人方踏足第三層鐘樓。劍光劇盛，守衛觀望遠台入口的兩名戰士濺血倒下，燕飛毫不猶豫地撲上台去。觀遠台上的八名敵人，正押著龐義，逼他跪在地上。敵人發覺有異，燕飛閃電標射而來，抓著龐義臂膀的兩名敵人首先遭殃，還未弄清楚發生何事，早一命嗚呼。龐義茫然呆立，忽然四周劍光劇盛，敵人紛紛倒地。當見到來者是燕飛，大喜叫道：「燕飛！」兩手一鬆，原來綁手的繩索已被燕飛挑斷。兩名追上來的敵人現身入口處，燕飛如飛掠去，殺得敵人倒退回石階去。燕飛愈戰愈勇，竟殺到入口外，硬把瘋虎般衝殺上來的敵人逼得退回石階去，雖然整道石階全擠滿敵人，可是燕飛來一個斬一個，來兩個殺一雙，確有一夫當關，萬夫莫敵之勢。

龐義此時執起一支長矛，來到燕飛身後，卻發覺無法插手幫忙。燕飛仍從容笑道：「協議依然有效！」龐義感動得說不出話來。這才發覺燕飛已多處淌血，更曉得燕飛雖然此刻威風八面，可是人力終有窮盡之時，他們的好景將捱不了多久。驀地下方喊殺聲震天，敵人隊尾處一陣混亂，人人露出惶恐神色。龐義心中升起希望，屠奉三的聲音遙傳上來道：「再撐一下！兄弟們來了！」燕飛此時已到了強弩之末，他的金丹大法雖能循環不休，不住產生真氣，可是卻遠比不上消耗的速度，尤其在這種沒法有半絲空隙回氣的時刻。聽得屠奉三打招呼，登時精神大振，硬把衝上來的一名敵人劈得連人帶斧倒跌下階，又撞倒另兩個敵人。燕飛一陣虛弱。前方刀光閃動。燕飛往後退開，心叫小命不保矣，龐義長矛從他身側刺出，命中敵人胸口。

屠奉三終於現身，領著十多名兄弟逐級殺上來。敵人終於崩潰。燕飛賈其餘勇，與龐義一劍一矛，退守入口處，阻止敵人逃入觀遠台。「呀！」正向燕、龐兩人強攻的三名敵人終於倒下，殺他們的是屠奉三等一眾兄弟。燕飛和龐義往後退開，不分先後同時坐倒地上，已是疲不能興。

屠奉三首先搶入，大叫道：「成功了！」順手發出一支火箭，在古鐘樓上方五丈許高空「砰」的一聲爆開成一朵鮮紅的光花。

燕飛心中一動道：「撞鐘報喜！」

「噹！噹！噹！」鐘音響徹邊荒集，從古鐘樓傳往邊荒，傳往潁水彼岸。佔據古鐘樓的邊荒戰士在觀遠台上齊聲發喊：「鐵士心死了！鐵士心死了！」小建康的兄弟首先發難，勁箭從樓房射出，先解決高據哨樓上的敵人箭手，再對付街上沒有掩護的燕兵。燕兵驟聞鐘音，且驚聞鐵士心死訊，疑幻疑眞、軍心動搖之際，忽然數千俘虜變爲武裝的戰士，從大小樓房殺出，猝不及防下根本沒有反抗的能力，遑論壓制從腹地蔓延往四面八方的變亂。

慕容戰領著數以千計的兄弟，有組織有陣勢地從小建康出口殺進碼頭區，此時燕兵早潰不成軍，只管四散逃命。泊靠碼頭的三十多艘破浪戰船，未及解纜開出，已落入他們手中。船上的燕兵紛紛跳水保命。對岸的拓跋儀見到古鐘樓上方的煙花訊號時，立即下令渡河，這時候紛紛上岸，與己方兄弟會合。燕兵大勢已去，再沒有反擊之力。邊荒聯軍依照計畫，先集中力量攻擊北大街和西大街，勢如破竹般將敵人驅逐離集，走得稍慢者頓成兵下亡魂，「邊荒行動」在聯軍如虹的氣勢、燕兵一面倒的情況下進行著。屠奉三等攻入古鐘樓後，兵分兩路，一路由屠奉三率領，殺上觀遠台援救燕飛和龐義，剩下七、八人死守底層入口，不讓以宗政良爲首的燕兵攻入鐘樓。幸好有卓狂生、程蒼古和費二撇三大高手壓陣，守得入口滴水不漏，捱到小建康的兄弟殺入鐘樓廣場，宗政良一方慌忙撤退。古鐘樓以北的邊荒集頓變屠場，含恨的荒人大開殺戒，見燕兵便殺，一時呼喊震天，燕兵全面崩潰。

燕飛剛迅速回復過來，與屠奉三和龐義在觀遠台監視天師軍的動靜，發覺對方的輜重部隊正從南門離開，沿潁水而行，登時喜出望外，有點不敢相信自己的眼睛。如天師軍向他們反擊，確實不易對付，現在他們拱手讓出古鐘場以南的佔領區，聯軍當然省工夫，且大幅減低傷亡。

龐義大笑道：「徐道覆這小子識相得很！」

屠奉三欣然道：「他不是識相，而是不得不退，在實力上我們佔有壓倒性的優勢，潁水更落入我們的控制，兼且楊佺期和聶天還都是他的敵人，縱使能擊敗我們，最後還不是便宜別人。」

龐義道：「我們要不要追擊老徐呢？」

燕飛目光投往集外西面荊州軍的陣地，搖頭道：「天師軍退而不亂，又左靠潁水之險，恐怕不是那麼容易收拾他們，最怕是楊佺期乘機發難，那我們千辛萬苦爭取回來的成果，就要拱手讓人。」

屠奉三瞧著對方隊尾離開南門，發出綠色的訊號火箭，指示己方人馬進佔天師軍放棄的地盤。吁出一口氣道：「世事之奇，往往出人意表，如此反攻成功，對我說服楊佺期大大有利。」

蹄聲轟響，一隊數百人的邊荒戰士馳過古鐘場，往天師軍撤出的佔領區馳去，顯示邊荒集北區已在邊荒聯軍絕對的控制下。當他們經過古鐘樓的時候，齊翹首上望，致敬喝采，在鐘樓上休息的戰士則報以歡呼怪叫，充滿失而復得的勝利氣氛，教人熱血沸騰。卓狂生等早從出口湧出，紛紛跳上兄弟們的馬背，朝南而去。龐義和其他兄弟亦怪叫連聲，往出口擠去。

到只剩下屠奉三和燕飛兩人，屠奉三笑道：「燕兄可知我心中正後悔呢？」

燕飛瞧著另一支從東門進入天師軍棄下的地盤的邊荒聯軍，訝道：「後悔甚麼？」

屠奉三嘆道：「我現在才想到假設我手腳慢點兒，遲上片刻才趕到觀遠台，燕兄肯定已在黃泉路上。那時我屠奉三不但可以少掉一個能左右我將來在邊荒集發展的勁敵，更可以少去一個情敵，又不虞有人知曉燕兄的遇害與我有一丁點兒關係。」

燕飛饒有興趣的問道：「這般做對屠兄確實有百利而無一害，屠兄為何白白錯過？」

屠奉三苦惱的道：「因為我到此刻才想到這毒計，已是知錯難返！」

兩人對望片晌，忽然同時放聲大笑，皆充滿得一知己，死而無憾的欣悅。

劉裕在樹梢端猿猴般跳躍，全速往邊荒集趕去，忽然撲附在一棵大樹枝葉茂密處，立足在橫伸出來的高樹幹，目光投往潁水的方向。邊荒集在兩里許處的岸旁，古鐘樓上只餘一枝大旗，雖看不清楚旗幟的式樣花紋，卻隱約認得是紀千千親手設計的飛鳥旗。邊荒聯軍竟已光復邊荒集？這是多麼教人難以置信，事情實在來得太突然。不過卻不由得他不信，一隊天師軍正沿潁水不徐不疾的南下，看其隊形整齊，旗幟不亂，便知是有秩序的從容撤兵，而非被趕出邊荒集。

約略估計，這支天師部隊有二千多人，騾馬車三百多輛，假如行軍路線不變，將於個把時辰後抵達聶天還的木寨。劉裕心中奇怪，憑此隊人馬的實力，雖可對兩湖軍造成威脅，但攻寨仍嫌不足，如此豈非送死去也？他心中一動，目光往西面瞧去，不旋踵已有發現，於西南方里許外察覺到鳥兒驚飛的情況，心中恍然大悟。邊荒集的兄弟集中力量對付鐵士心和宗政良，裏應外合下燕兵迅速崩潰。徐道覆見事不可為，立即退軍，乘機兵分兩路，突襲聶天還。想到這裏，心中已有打算，連忙掉頭去也。

邊荒集喜氣洋洋，卻沒有人偷閒飲酒慶祝，因爲荊州軍已推進至集外西面里許處，擺出可以隨時全面進犯的高姿態。眾人一方面忙於收拾敵人遺留下來的攤子，一方面設立工事防禦，以應付荊州軍在任何時刻發動的強攻。燕飛、屠奉三、卓狂生、慕容戰、拓跋儀、程蒼古、費二撇、姬別、呼雷方等一眾領袖，策馬馳出西門，遙觀敵況。

慕容戰道：「楊佺期是否是好勇鬥狠的人？否則在我們氣勢如虹之時，應該以靜觀變，而不是一副挑戰的模樣。」眾人知他是看在屠奉三分上，話說得婉轉，而事實上慕容戰眞正想說的是：楊佺期是否吃了豹子膽？竟敢來惹我們。諸人中與慕容戰想法相同的大有人在，邊荒聯軍實力在荊州軍之上，邊荒集又是他們的地盤，誰都不把區區一萬荊州軍放在心上。如非因著屠奉三與桓玄的關係，可能已對荊州軍迎頭痛擊。

屠奉三微笑道：「恰好相反，楊佺期此招非常高明，緊緊牽制住我們，使我們沒法調動水陸兩路的兄弟去對付聶天還。只要聶天還能守穩陣地，楊佺期便有和我們談判的條件。」

拓跋儀欣然道：「還是屠兄比較了解老楊這傢伙。那我們是否應先擊垮聶天還，斷去老楊的痴心妄想，方由你老哥出馬，說幾句話打發老楊呢？」

屠奉三淡淡道：「在現今的情況下，聶天還再難起任何作用，能全身而退已屬萬幸。老楊是明眼人，何用等到那一刻呢？我這就單人匹馬去見老楊，包管他乖乖聽話，立即退兵。」

慕容戰沉聲道：「人心難測，你不要太高估與桓玄的關係，楊佺期也大有可能乘機來個先斬後奏。最好是等聶天還敗返兩湖後，再逼楊佺期退兵。」

燕飛微笑道：「屠兄是怕楊佺期眞的發難，那他與桓玄將沒有轉圜的餘地，所以必須在此恨鑄成前，阻止楊佺期。我敢肯定屠兄會成功，楊佺期還沒大膽到連性命也不要。因爲他曉得若殺了屠兄，等於硬逼我們和他決一死戰。」

卓狂生欣然道：「燕兄的話深得我心，我們收服鐵士心的勇士當然看得很準。這裏是邊荒，而不是荊州，開罪我們荒人的肯定沒一個會有好的結果，我們已以鐵一般的勝利，向天下證實了我們荒人是絕不好惹的。邊荒若是個深潭，我們便是潭內最懂得生存之道的兇鱷。」這番話盡顯「邊荒名士」卓狂生的狂氣，也代表了光復邊荒集，對每一個荒人的深切意義。

屠奉三啞然失笑道：「多謝各位的關心和鼓勵，我們這回光復邊荒集，幹掉鐵士心，等於拔掉慕容垂一隻老虎牙，破壞他征戰天下第一步的成果。我從未有一刻比現在對自己更有信心。慕容當家可以放心，南郡公對邊荒是志在必得，與聶天還聯手亦不代表是放棄我這個老夥伴，只是代表他對邊荒集不容有失的心態，所以楊佺期在明知不可爲的情況下仍冒險揮軍進犯。我會讓老楊明白我是南郡公在邊荒集最後的希望，南郡公若想在邊荒集分一杯羹，只好繼續信任和支持我，再沒有別的方法。」又肅容道：「我們荒人當然沒有半個是貪生怕死的人，不過爲了從慕容垂的手上救回紀千千和小詩，我們必須保存實力，犯不著與楊佺期硬撼。」

聽到千千之名，眾人的心情立即沉重起來。收復邊荒集雖然是個好的開始，可是未來要走的路仍然遙遠和艱困。

卓狂生忽然振臂高呼道：「荒軍必勝！慕容垂必敗！」

附近的戰士聞言立時齊聲喊叫：「荒軍必勝！慕容垂必敗！」

呼喊聲潮水般傳開去，震徹邊荒集，遠傳往敵陣去。大笑聲中，屠奉三策馬馳出，一無所懼的朝楊佺期橫亙集外的大軍馳去。

劉裕趕返大江幫戰船隊所在的穎水河段，江文清正布置船陣，作好迎戰兩湖幫的準備。七艘被俘虜的糧船以鐵索串連起來，打橫排在河上，只在靠西岸處留下可容一船通過的缺口。糧資被卸下來，取而代之是淋上火油的柴枝。兩岸築起木構箭樓，既可作瞭望之用，又可以居高臨下以火箭封鎖這段較狹窄的河道。江文清見劉裕這麼快回來，大感奇怪。劉裕登上帥船，此時夕陽已避退西山，天地黯沉起來。

江文清訝道：「看劉兄一副興奮神色，是否已收復了邊荒集呢？」

劉裕登上帥船指揮台，江文清和席敬等七、八名大江幫將領，目光全集中在他身上。劉裕喘息著道：「確已收復邊荒集！」

指揮台上和附近所有人同時靜默下去，人人露出難以置信的神色，鴉雀無聲的情況維持了半晌，接著便被震船的喝采聲打破。其他戰船上和岸上工作的大江幫徒人人放下手上的活兒，朝他們瞧來。

江文清冷靜問道：「劉兄是否從邊荒集回來？」

劉裕道：「我尚未抵集，卻看到古鐘樓換上我們的飛鳥旗，而天師軍正兵分兩路撤離邊荒集，如我所料不差，徐道覆的臨別秋波，是要突襲聶天還的木寨，所以趕回來向小姐報喜。」

江文清一對美目亮起來，閃閃的打量劉裕好半晌，忽然嬌呼道：「我大江幫的兒郎聽清楚了！邊荒集光復了！」

四周立即爆起震盪整條河兩岸的歡呼和怪叫聲，人人激動得熱淚盈眶。劉裕心中欣慰。他終於不負謝玄的期望，助江文清重奪天下唯一能重振大江幫威名的根據地。假如他和王淡真私奔，眼前的激動場面或許不會出現，個人的得失在天下統一的大前提下，算得上什麼呢？

劉裕道：「徐道覆應會在天黑後攻打聶天還西岸的木寨，如我們現在從水路出擊，肯定可以湊湊熱鬧。」

江文清斷然道：「機會一去不返，席老師請率四艘戰船留此截斷聶天還的退路，其他戰船隨我北上。聶天還！我們討債來了！」眾將士齊聲答應，士氣昂揚至沸騰點。

王國寶和三十多名親隨好手，抵達離潁口兩里的淮水下游。一艘戰船從隱蔽處駛出來，王國寶忙領手下登船。

王國寶獨自進入艙廳，見到與他關係一向良好的司馬元顯，後者開門見山道：「見到大活彌勒嗎？」

王國寶在他身旁坐下，苦笑道：「師尊他老人家閉關百日，修練他十住大乘法第十二重功法，據惠暉師母所言，如師尊過得此關，他的成就將是曠古未有，獨步武林，即使慕容垂、孫恩之輩也不是他的敵手。」

司馬元顯急問道：「大活彌勒還有多少天出關呢？」

王國寶道：「尚有五十七天，哼！他出關之日，謝玄在世的日子，將屈指可數。」

司馬元顯獰笑道：「王大人該已做好準備接收謝家的家當。」

王國寶欣然道：「這個當然。屆時公子你若想要與謝鍾秀玩幾天，全包在我身上。」兩人對視大笑，似乎謝鍾秀已落入他們魔掌內，任他們狎侮。

司馬元顯壓低聲音道：「王大人還要在爹處多下點工夫，他對大活彌勒佛一向有戒心，怕他勢大後難制。」

王國寶輕鬆的道：「這方面由我負責，只要你爹肯讓師尊當國師，以彌勒教代替佛門，大家定可合作愉快。」又道：「我在歸途上遇到劉裕，卻被他以狡計脫身，否則我們已可除掉此獠。」

司馬元顯哂道：「劉裕算甚麼東西？不過區區一個北府兵的小將，若不是謝玄護著他，我要他生便生，死便死！哼！」

王國寶道：「正因他地位低微，我們才不好對付他。唯一之計，是透過北府的人整治他。」

司馬元顯咬牙切齒道：「我已有全盤對付他的計畫，爹正設法收買北府擁有實權的將領，唯一的阻礙仍是謝玄。」

王國寶雙目射出深刻的仇恨，沉聲道：「這麼多年我都等了，何況只是數十天光景。放心吧！即使謝玄沒有依傳言所指般傷重而亡，也逃不過師尊天下無敵的一對佛手。師尊是絕不會放過殺死二彌勒的人。」

司馬元顯雙目放光道：「謝安已逝，天下將是爹的天下，讓我們先安內後攘外，到統一南方，將是我們北伐之時。大晉的光輝，將會在我們手上恢復過來。」兩人交換個眼色，同時放聲大笑。

屠奉三在荊州乃家喻戶曉的人物，楊佺期的人縱然未見過他，也聽過他的名字。當屠奉三從邊荒集西門策騎馳來，報上名字，前鋒部隊的將領立即派人飛報在後方高地指揮的楊佺期。黑夜降臨大地，冷風刮過邊荒，天上密雲層疊，似是大雨的先兆。屠奉三並不是個喜歡以生命作賭注的人，更不會把自己投入絕境，若他沒有七、八成把握，定不會到這裏見楊佺期，因爲如對方翻臉動手，任他三頭六臂，也會在邊荒軍殺過來前被宰掉。他清楚楊佺期是怎樣的一個人。假如對方是桓玄，他絕不會冒這個險，因爲桓玄最愛冒險，只是殺了他屠奉三可惹得邊荒軍出集拚命這個誘因，桓玄就隨時可犧牲他來爭取勝利。桓玄就是這麼的一個人，自私自利，其他人只是他的工具。

四騎如飛馳至，領屠奉三去見楊佺期，領頭的將領叫程鋒，是楊佺期手下猛將，武功不俗。程鋒客氣的道：「請屠大人解下佩劍。」

屠奉三毫不猶豫把劍連鞘解下，拋給程鋒，程鋒一把接著，順手交給手下，木無表情的道：「屠大人請隨末將來！」策馬領路。

屠奉三跟在他馬後，接著是三名荊州戰士，此時他即使後悔，也沒法脫身了。這個險他是不能不冒的，現在仍未到與桓玄反目的時候，開罪桓玄，不單會禍及他振荊會的兄弟，他的族人親友亦難逃大難。在到邊荒集前，他一意改變邊荒集，可是當他融入邊荒集的生活方式後，方弄清楚是不可能改變邊荒集的，只能順著邊荒集的規矩來辦事。荒人已成爲有別於天下任何地方的異類，品嘗著自由開放的成果，誰也不能令他們開倒車，放棄獨特的生活方式。終於被改變的是屠奉三，而非邊荒集。

程鋒一言不發的在前方領路。沿途所見的荊州軍陣勢森嚴，不愧是能在南方撐起半邊天，與建康和北府軍分庭抗禮的精銳部隊。不過屠奉三卻在他們鼎盛的威勢後看出他們的疲倦和士氣低落，並不適合於此刻攻打邊荒集。這是可以理解的。楊佺期的部隊勞師遠征，日夜趕路穿越邊荒到邊荒集來，元氣仍未恢復，邊荒集的變化更是出乎所有人意料之外。他們面對的再不是烏合之眾，而是能力抗慕容垂和天師軍的雄師勁旅，現在更把強大的敵人逐離邊荒集。

程鋒馳上帥旗高懸的小丘。楊佺期在數名將領和數百親兵簇擁下，正冷冷瞧著他。

屠奉三長笑道：「楊將軍別來無恙！」

楊佺期大喝道：「停下來！」

屠奉三忙勒馬止步，事實上他也不得不停下來，因為前方的戰士人人舉槍持矛的將鋒尖向著他。另各有十多人從左右搶出，把他團團圍著，戰馬受驚人立而起，幸好屠奉三騎功了得，牢牢控制坐騎不逾越半步。

屠奉三不悅道：「我要下馬了！是否須先得楊佺期你批准？」

楊佺期沉聲道：「收起兵器！」

屠奉三甩蹬下馬，目光掃過包圍著他的戰士，雙目神光閃閃，不但顯示出他沒有絲毫懼意，還看得人人心中發毛。屠奉三在荊州威名極盛，開罪他的人，從來不會有好結果的。

楊佺期搖頭嘆道：「屠奉三你今天來錯了，你既背叛了南郡公，投向荒人，便該永遠躲在邊荒集內。現在任你舌敝唇焦也休想可以打動我，念在交往一場，我只好將你綁回去交由南郡公發落。」

屠奉三心中暗笑，楊佺期口中雖說得強硬，事實上卻是不敢殺死他。冷哼道：「若楊將軍如此魯莽，南郡公要治罪的絕不會是我屠奉三，而是你老兄。」

楊佺期踏前一步，怒喝道：「大膽！死到臨頭，尚敢口出狂言。」

屠奉三負手前行，逼得攔在前方的戰士不由自主地往後退，好整以暇的道：「敢問楊將軍，我屠奉三如何背叛南郡公呢？」

楊佺期略一錯愕，屠奉三又朝他趨前兩步，離楊佺期不到十步，隔著一群不知所措的親衛戰士。

楊佺期身旁一名將領大喝道：「再敢踏前一步，教你血濺當場。」

屠奉三銳利凌厲的目光只望定楊佺期一人，對喝著他的將領看也不看的道：「以下犯上，該當何罪？說話者給我報上名來！」那將領登時噤聲。

楊佺期皺眉道：「屠奉三你不要橫生枝節，如你仍效忠南郡公，就應在我軍抵達時立即與我們會合。」

屠奉三啞然失笑道：「我道是甚麼事令楊將軍誤會，原來竟是如此。我倒要反問一句，若我眞如楊將軍所言，掉轉槍頭，與楊將軍聯手對付荒人，現在的邊荒集還有我們荊州軍立足之地嗎？我更想請教楊將軍，在目前的情況下，楊將軍有多少攻陷邊荒集的把握呢？」

楊佺期差點語塞，稍作思索後道：「屠大人是否在長他人志氣？我們荊州軍人強馬壯，更有兩湖軍在水路助攻，荒人則在大戰之後，人困馬乏，憑甚麼來與我軍爭奪勝負。」只聽他不再直呼屠奉三的名字，改口稱屠大人，便曉得他留有餘地，不願與屠奉三結下解不開的嫌隙。須知屠奉三自幼與桓玄有交情，又向得桓玄信任。這次桓玄派楊佺期來邊荒集，只因認爲屠奉三任務失敗，而非要楊佺期來對付屠奉三。

屠奉三笑道：「楊將軍乃明智之人，當清楚荒人聯軍是否不堪一擊。至於聶天還，楊將軍不要對他再存任何不切實際的期望，他能全身而退，已可酬神謝福。邊荒是荒人的地頭，他們早適應了邊荒的生活，對邊荒瞭如指掌，若非如此，現在佔領邊荒集的便該是燕軍和天師軍。」

楊佺期默言不語，正深思屠奉三的話，而屠奉三說的正是眼前的事實，邊荒集已重歸荒人之手。楊佺期打量屠奉三片刻，沉聲道：「江海流已死，誰能與聶天還在水上爭鋒？」

屠奉三淡淡道：「江文清又如何？她的雙頭船隊比聶天還早一晚趁大雨闖過潁口，然後藏身於一道隱蔽的支流內。現在荒人沒收了黃河幫的三十多艘破浪舟，前後夾擊下，聶天還可以挺多久呢？」又冷笑道：「我很少說這麼多廢話的，一切只是爲南郡公著想。你們現在全賴潁水運送糧資和弓矢兵器，只要大江幫截斷潁水交通，你們將沒一個人能活著回荊州去。楊將軍明白嗎？」楊佺期胸口急速起伏，顯是猶豫難決。

屠奉三哈哈笑道：「南郡公方面將軍不用擔心，我已完成他派下來的任務。請代我上報南郡公，我屠奉三會留在邊荒集，爲他打好根基，從邊荒集賺取最大的利益。」

楊佺期苦笑無語。屠奉三知他意動，從容道：「我會修書一封，請楊將軍帶返荊州讓南郡公過目，保證他不會怪責楊將軍。楊將軍亦不必急於退兵，待弄清楚聶天還的確切情況後，再作決定如何？」

楊佺期聽他這番話說得合情合理，而事實上若聶天還被擊垮，他能全軍撤退已屬萬幸。點頭道：「如此有勞屠大人了！」

木寨熊熊起火，濃煙直衝雲霄。聶天還站在指揮台上，目送天師軍的離開，卻無計可施。兩湖軍的損失並不嚴重，在天師軍採取聲東擊西之計下，他們的人立即把糧貨從臨時碼頭送上戰船，駛往對岸。假如徐道覆向他發動全面進攻，他敢肯定可憑潁水佔盡上風。可是徐道覆乃深悉兵法的人，收小打擊面，集中兵力狂攻木寨。一擊成功，揚長而去，如此的臨別秋波，確令聶天還難受。二十五艘戰船在潁水上飄蕩，配襯著被烈燄吞沒的木寨，聶天還有一種無主孤魂的感覺。

邊荒集究竟發生了甚麼事？爲何徐道覆忽然撤走？徐道覆的退兵是算計中的事，卻不是如眼前般不但全身而退，還可以對他發動突襲。依照與楊佺期的約定，只要與燕兵達成協議，楊佺期會封鎖徐道覆的退路，再配合他的艦隊，務要令徐道覆全軍覆沒。更令他憂慮者是自昨天開始，再沒有運糧船駛來，他派出的兩艘偵察船一去無蹤。沿岸設置的哨站亦音訊全無。所有這些都不是好兆頭。蹄聲在東岸響起，一騎快馬沿河奔至。聶天還和指揮台上的五名將領，目不轉睛盯著從邊荒集回來的斥候兵，人人心中生出不祥的感覺。

斥候兵飛身下馬，跳上帥船，氣急敗壞搶上指揮台，在聶天還前下跪上報道：「稟告大龍頭，邊荒集已重入荒人之手，鐵士心當場戰死，宗政良率領殘兵逃返北方，黃河幫三十多艘破浪舟，全落入荒人手中。」

包括聶天還在內，人人聞訊色變。這是不可能的，偏在眼前發生。是夜天上層雲密布，星月黯然無光，唯只潁水上飄蕩的戰船亮著燈火，反給人成爲攻擊目標的危險感覺。

斥候兵續道：「天師軍悄悄撤走，把半個邊荒集拱手讓出來……」

聶天還打斷他的話，怒道：「廢話！荊州軍方面如何反應？」

斥候兵答道：「荊州軍全面推進，至集外西面里許處按兵不動，然後忽又後撤一里，原因不明。」

豆大的雨點從天上灑下來，接著雨勢轉密，潁水兩端陷入茫茫的夜雨裏，更添危機重重的感覺。聶天還心中湧起功虧一簣的感覺，環目掃視己方艦隊，其中七、八艘因超載糧貨，吃水極深，行動不便。他嘴角輕顫，好半晌才大喝道：「把多餘的糧貨輜重卸到水裏，立即撤軍。」

號角聲響起。人人相望，因爲號角聲並非來自他們的帥船，而是從下游傳至。聶天還猛一咬牙，舉手高呼道：「兒郎們迎戰！」大江幫的雙頭船從下游的黑暗裏鑽出來，向兩湖幫已萌退意的船隊展開猛烈無情的攻擊。

在滂沱大雨下，荊州軍不得不撤返營地。天氣雖然惡劣，從潁水下游兩湖軍立寨處傳回來的情報，卻從沒有間斷。當屠奉三離開後，兩湖軍木寨著火焚燒的濃煙，清楚可見。邊荒集的破浪舟立即傾巢而出，楊佺期曉得兩湖軍大勢已去。天明時雨勢漸歇，楊佺期終於下令撤兵，到黃昏時，最後一支部隊消失在荒人視野之外。「噹！噹！噹！噹！」卓狂生親自敲響古鐘，歡迎從潁水駛來的船隊。是役在雙頭船和破浪舟的前後夾擊下，兩湖幫傷亡慘重，陣亡者達千餘人，僅得十一艘赤龍舟趁大雨逃之夭夭。聶天還帥船不保，全賴逃上另一艘船，方能脫身而去。邊荒集舉集歡騰，夜窩子又亮起五光十色的綵燈。一天之內，便有近三千躲在邊荒各處的荒人興高采烈的返回邊荒集，似乎一切已回復舊觀。

燕飛孤單一人立在潁水岸旁，看著由雙頭船和破浪舟組成的艦隊，經過眼前的水段駛往上游的碼頭區。他離開了歡樂的人群，獨自感受光復邊荒集的諸般感觸，心裏沒有絲毫預期中的興奮之情，看到的只是人心的變化。鐘樓會議在江文清抵達後立即舉行，作出新一輪的權力分配。在以後一段很長的日子裏，各派系會設法鞏固手上的權力，爭取最大的利益，再無暇去理會之外的任何事。營救紀千千，只能靠自己的一人一劍。這並非說屠奉三、慕容戰、卓狂生等背棄自己的承諾，而是時機尚未成熟，以邊荒集現時的軍力去挑戰慕容垂，等於飛蛾撲火，自取滅亡。

風聲響起。燕飛不用看也知道來的是劉裕，心中湧起友情的暖意。

劉裕來到他身旁，欣然道：「我們終於成功了！」

燕飛心中暗嘆，對任何荒人來說，光復邊荒集都可算是曠世功業；對他來說則是徹底的失敗。

劉裕見他神情木然，微一錯愕，沉聲道：「收復邊荒集是我們營救千千的第一步，失去邊荒集、失去鐵士心，慕容垂不論實力和聲勢均被大幅削弱，如此我們更有把握把千千和小詩從慕容垂的手上搶回來。」

燕飛迎上他的目光，淡淡道：「在未來一段很長的時間內，邊荒集絕不宜輕舉妄動，否則可能把贏回來的全賠出去。」

劉裕欲言又止，最後頹然道：「事實確是如此。集內派系與邊荒外諸勢力有千絲萬縷的關係，縱使人人愛護千千，也沒法拋開一切去挑戰慕容垂。我們唯一可以做的事，是守好自己的本分，令邊荒集繼續成爲天下最賺錢的地方。」又道：「不過我們並不須與慕容垂正面硬撼，只要組成一支高手隊，與慕容垂鬥智而不鬥力，說不定可以救回千千和小詩。」

燕飛道：「你可以拋下北府兵不理嗎？孫恩和桓玄發動在即，你必須返回廣陵艱苦奮鬥，如此才不負玄帥對你的期望。」

劉裕聽得啞口無言。燕飛微笑道：「每一個人都有自己的責任和奮鬥的目標，我的目標非常清楚明白，就是讓千千主婢安然回到邊荒集，其他一切再不重要。」

劉裕愕然道：「你……」

燕飛拍拍劉裕肩頭，欣然道：「待會開鐘樓會議時，你代我宣布燕飛已離開邊荒集，去設法營救千千主婢，替我和所有人道別，並告訴他們，當有一天我需要荒人的援手，我會派人來通知你們。」

劉裕發呆半晌，苦笑道：「明白了！」燕飛哈哈一笑，灑脫的去了。

〈卷五〉

第五章◆先鋒部隊

第五章　先鋒部隊

燕飛正要橫過集南，再繞北而去，忽聞後方蹄聲轟鳴，回頭一瞥，眉頭大皺的停下來。龐義和高彥各乘一騎，正朝他追來，後面還牽著一匹空騎。

龐義哈哈笑道：「好小子！竟敢撇下我們私自行動，該當何罪？」

高彥喘著氣道：「幸好我對你燕小子心中的想法瞭如指掌，搖搖尾巴就猜到你向左向右，營救千千豈可缺我們一分兒？」

兩人在燕飛身前勒馬停下，三匹馬皆神駿非常，一看便知非凡。燕飛苦笑道：「你們想陪我去送死嗎？」

高彥躍下馬來，傲然道：「邊荒集是專門創造奇蹟的地方，從邊荒集走出去的人當然也可以創造奇蹟。我們怎會是去送死呢？我敢肯定可以把千千和詩詩迎接回來。」

龐義也跳下馬來，把空騎牽到燕飛身旁，欣然道：「這是沒有標記的鮮卑寶馬，可省掉我們實至名歸的邊荒第一高手不少的腳力。」

燕飛早有疑心，愕然道：「拓跋儀？」

高彥一手搭上他的肩頭，朝他臉孔噴著氣失笑道：「你這糊塗的小子，還以為自己神不知鬼不覺的，事實上人人對你古怪的行爲都看在眼裏，只是沒有說破罷了！哈！看到荊州軍撤兵大家都是興高采烈，獨有你落落寡歡，一個人到了潁水吹風，還不知道是怎回事的就是大蠢蛋。」

燕飛苦惱道：「我一個人去，要打要逃，方便得很，有了你們兩個隨行，我會多了很多顧慮。」

龐義不悅道：「你現在是要去救人而不是當刺客，是要鬥智而非鬥力，我們不但不會防礙你，反而還對你有很大的助力。更何況我們怕你一個人胡思亂想，最後想得瘋了，千千和小詩更沒有返回邊荒集的希望。」

高彥把他推到馬旁，喝道：「廢話少說，我們是跟定你了，快上馬！」

燕飛的目光投往南門。龐義豪氣干雲的道：「大家是明白人，不會有婆婆媽媽的送別場面。我們三個便是營救千千和小詩的先鋒部隊，邊荒集將永爲我們後盾。走吧！」

燕飛心中一陣感動，一切盡在不言之中。飛身上馬，高彥、龐義隨之。三人催馬疾行，絕塵而去，踏上漫長艱困的征途。

燕飛、龐義和高彥三人坐在泗水南岸，享受著由龐義親手燒烤的狼腿，馬兒們自由寫意的在草坡吃草休息。長風沿河拂至，吹得三人衣衫獵獵。

高彥移到燕飛旁坐下，問道：「燕爺啊！我們究竟要到哪裏去呢？可否請你老人家開恩賜示，不要像變了個啞巴似的。」

龐義沒好氣道：「小飛心情不佳，你不要煩他。我們當然是到洛陽去，慕容垂到哪裏去，我們便到哪裏去。」

燕飛頹然道：「我不知道！我眞的不知道。」高彥和龐義聽得面面相覷，如丈二金剛摸不著頭腦。

高彥抓頭道：「你的『不知道』究竟是甚麼意思？過泗水後我們踏入險境，隨時遇上敵人。如何在敵境潛蹤匿跡是小弟的拿手好戲，但總要有個目的地才行。」

龐義幫腔道：「小彥說得有道理，在北方我們是仇家遍地。鐵士心是你宰掉的，只要讓任何黃河幫眾發覺我們離開邊荒，必不顧一切來尋仇。你老哥又是慕容永兄弟懸賞通緝的人，燕人更不會放過你。所以我們必須有周詳的計畫，才可以走出邊荒，否則眞會應驗了你老哥說去送死的讖語。」

高彥嘆道：「你老燕形相獨特，不用擺姿態也一副邊荒第一高手的模樣，不想點辦法，眞的是寸步難行。」

燕飛苦笑道：「我並非不近人情，而是有些情況是你們不了解的，因爲我失去了與千千的聯繫。」

龐義和高彥你看我我看你，仍是一頭霧水。龐義皺眉道：「你和千千一直有聯絡嗎？」

燕飛點頭道：「可以這麼說，不過卻是一種心靈的聯絡，我可以聽到她的話，也可以把信息傳給她。之前能識破慕容垂對付我們的陰謀，全賴她告訴我。」

兩人聽得目瞪口呆，燕飛有奇異的感應，是邊荒集人盡皆知的事，並憑此除去花妖，卻從沒有人想過他的感應愈來愈神奇。

高彥失聲道：「你這小子竟練成傳心術了！」

龐義雙目發亮，大喜道：「如此我們將更有把握救她們回來。」

燕飛慘然道：「只恨在過去五天，我卻收不到她隻言片語。我是不能主動找到她的，只有當她心中強烈地想著我，我才可以感應到她，建立以心傳心的聯繫。」

龐義恍然道：「原來你擔心千千出了事，難怪一直哭喪著臉。依我看是因距離太遠，所以你的傳心術才不靈光。」

燕飛嘆道：「我也希望如此，可是對岸便是洛水平原，離洛陽不到三天馬程，該沒有距離遠近的問題。」

龐義和高彥均無言以對，心情立即變得沉重起來。難道千千眞的出事了？

龐義問道：「你最後一次聯絡上千千，是幾天前的事呢？」

燕飛道：「就是我進入鐘樓刺殺鐵士心的一刻，我感到她內心的悲傷，因爲她收到安公逝世的消息。」

高彥一震道：「可能她是因悲傷過度病倒了。」

燕飛勉強振作精神道：「不論如何，我們第一站是洛陽，到時候一切將見分曉。」

龐義道：「我明白你的心情，可是如此魯莽地硬闖洛陽，只會壞事。一旦讓慕容垂知道我們離開邊荒去營救千千和小詩，必定會盡出人手追殺我們，那時不但救不了人，還會自身難保，所以必須有周詳的計畫。」

高彥道：「平時看你一副英明神武的模樣，爲何在如此重大的事情上，反變得六神無主，進退失據？你是我們邊荒的最佳劍手，快拿出你當劍手的智慧和冷靜來。」

龐義接下去道：「慕容垂是北方最厲害的人，武功才智均不在你燕飛之下，若你發揮不出你的本領，如此只是送上門去供人宰割。」

聽了兩人你一言我一語，燕飛倏地冷靜下來，知道自己是過度緊張千千，又因急於求成，疏忽了欲速反不達的至理。沉聲道：「你們有甚麼好的提議？」

高彥道：「說到打聽消息，是老子我的看家本領，你們根本不用踏足洛陽半步，一切交給我去辦便成。」

龐義拍腿道：「好主意！高小子裝神似神，扮鬼似鬼，保證沒有人可以識破他的身分。到弄清楚情況後，我們再決定怎麼辦，如何？」

燕飛深吸一口氣道：「就這麼辦！」

劉裕踏入大江幫東門的總壇，忽然想起燕飛。他們三人離開邊荒集已十多天，不知情況如何呢？光復邊荒集後的第一個鐘樓會議，決定了新的權力分配。飛馬會、北騎聯和羌幫各自保持原有的地盤，漢幫的地盤理所當然地由大江幫接收，原漢幫的東門總壇變爲大江幫的總壇。屠奉三是新冒起的勢力，雄霸小建康，只畫出部分樓房予羯幫。姬別、費二撇和紅子春三人仍繼續當他們的邊荒集大豪，各自擁有龐大的生意。紅子春在邊荒集失陷之戰受創極重，到現在仍處於養傷期，不過卻沒有人敢打他的主意，因爲各派系間再沒有敵意，還互相扶持。整個邊荒集處於微妙和友善的均衡裏。鐘樓議會的席位增加三個，一個預留給光復邊荒集的大功臣燕飛，一個予夜窩族的新領袖姚猛，另一個當然虛位以待邊荒集的精神領袖紀千千。荒人從四面八方歸來，南北水陸交通暢順無阻，才十多天工夫，邊荒集再次興旺起來，且是前所未有的盛世時期。所有人都清楚明白，邊荒集將會有一段長治久安的時光，至於好日子何時終結，卻沒有人敢肯定。

江文清在她新設的書齋單獨接見劉裕，益發顯出她不單重視劉裕，且視他爲親密戰友。江文清仍是一副翩翩佳公子的男裝打扮，但劉裕現在總能在「他」的眉目表情和舉手投足間，捕捉到「他」女性柔媚的一面。連他自己亦感奇怪，為何以前當「他」是宋孟齊時卻沒有這樣的感覺，心理作用的確神妙。

劉裕在伏案工作的江文清前坐下，道：「我剛想來見小姐，便於此時接到小姐的傳召。」

江文清放下手中賬簿，朝他瞧來微笑道：「如此請劉兄先道出來見文清的理由，然後文清再告知要說的事如何？」

劉裕笑道：「小姐眞懂得先發制人。我是來向小姐道別的！現在邊荒集大局已定，大江幫站穩陣腳，復興只是時間問題，我在這裏則閒得發慌，所以應該是回去向玄帥報告的時候。」說到謝玄，劉裕神情一黯，顯然是想到謝玄來日無多。

江文清當然明白他的心事，她更是現在邊荒集內，除劉裕外唯一曉得謝玄死期不遠的人。輕描淡寫的道：「邊荒集不是從來不會令人發悶的地方嗎？聽說劉兄以前到邊荒集來，總愛和高彥逛夜窩子，為何這十多天劉兄竟沒有踏足青樓半步呢？」

劉裕大感尷尬，想不到她竟清楚自己這方面的事，雖然明知她是借題來開解自己，一時也有點不知所措。更不能告訴她自己之所以無心於歡場，原因在於王淡眞。只好苦笑道：「燕飛和高彥到了北方出生入死，我還何來如此情懷。」

江文清的清澈目光似能透視他的內心般細看他好半晌，「噗哧」嬌笑道：「劉兄臉紅了！好吧！暫時放過你。別怪我扯你後腿，你眞的認為我們大江幫的復興，只是時間上的問題嗎？」

劉裕微一錯愕，心忖在她面前說話確不可有任何含糊，她的伶牙俐齒會教任何人招架不來。正容道：「因為我對小姐充滿信心，所以認為小姐憑著邊荒集之利，必可重現昔日大江幫的威風。」

江文清嘆道：「在將來很長的一段日子裏，我們仍要處於掙扎求存的劣境，甚或可說是苟且偷生。

兩湖幫雖受重挫，可是有桓玄撐聶天還的腰，兩湖幫仍是獨霸長江的局面，直接影響整個南方的形勢。我們唯一可做和該做的事，是利用從邊荒集得到的財富，於邊荒集發展造船業，至於如何憑此振幫，要看劉兄了！」

劉裕心中暗讚，江文清不急於報仇，肯定是明智之舉。因爲大江幫元氣未復，兼且失去靠山，只宜偃旗息鼓，好好休養生息。邊荒集乃天下巧匠人才集中薈萃之地，而大江幫本身是造船的專家，若能以邊荒集爲基地，發展出既可圖大利又可壯大自己的造船業，是最佳的選擇和策略。他愈來愈感到謝玄助自己拉攏江文清，確是妙招，他當然不可以辜負謝玄的好意。點頭道：「這正是我要回廣陵的原因。」

江文清秀眸露出擔心的神色，柔聲道：「有玄帥在，你的安全該不成問題，可是玄帥若去，在北府兵內誰能保護你？又有誰願意保護你呢？劉牢之嗎？他始終出身寒門，不能不看高門的臉色做人，否則恐怕自身難保。」

劉裕從容道：「這正是我們必須先收復邊荒集的原因，從今天開始，我和貴幫的命運將連在一起，誰想得到邊荒集的龐大利益，只有透過我劉裕；而貴幫能否振興，則看我劉裕是否爭氣。」

江文清淡淡道：「你好像少算了一個人？」

劉裕微笑道：「我怎會疏忽屠奉三？在我離開前，我會和他見個面談談。我們都曉得屠奉三不是三言兩語可以爭取過來的人，且他也有他的野心。可是只要日後我能證明說出來的不是空口白話，終有一天他會發覺與我們合作，比當桓玄的殺人工具來得有利。」

江文清凝望他好半晌，點頭道：「我愈來愈明白爲何玄帥捨其他人不選，偏挑你作繼承人。屠奉三是個實際的人，否則不會站在荒人這邊，並因此在邊荒集取得根據地，得到荒人的認同。」又道：「劉兄準備何時離開？」

劉裕道：「我見過屠奉三後立即走。」接著嘆一口氣道：「玄帥最害怕的事，是『大活彌勒』竺法慶會到建康去，一旦讓彌勒教在建康落地生根，不但謝家家破人亡，南方佛門亦會遭到浩劫，其破壞力實難以想像。所以我曾答應玄帥，會盡一切辦法阻止竺法慶夫婦到南方去。」

江文清默然片刻，道：「這個我明白，幸好邊荒集是天下消息最靈通的地方，我們會盡一切辦法監視彌勒教的動靜，一有消息，立即飛報劉兄。」

劉裕感激道：「多謝小姐！」

江文清白他一眼道：「這是人家分內事嘛！還要那麼客氣。」

劉裕的心兒不爭氣地急躍幾下。說眞的，江文清的動人處實不在王淡眞之下，不過不知是否因她是大江幫主的特殊身分，還是因自己曾經滄海難爲水的情懷，總沒法聯繫到男女之情上去。只好在心中提醒自己，她是夥伴和戰友，絕不可將關係弄得複雜起來。乾笑兩聲，胡混過去。

兩人又商量好回到廣陵後保持聯絡的秘密手法，江文清直送他至總壇大門。江文清美目深注的道：「我們將會有好一段日子分隔兩地，劉兄要好好保重，若眞的感到事不可爲，不如回到邊荒集過些天高皇帝遠的日子。一天南北未統一，邊荒集仍是天下最自由的地方。」

劉裕心中一陣感觸，與江文清這美女此刻的情景，頗像情侶依依不捨的惜別，但事實當然不是如此。誠摯的道：「你也要小心，邊荒集是天下最危險和變化無常的地方。我走啦！」說罷掉頭便去。

江文清在背後嬌呼道：「告訴玄帥，大江幫永遠不會忘記他的恩德。」劉裕揮手表示聽到。下一刻他踏足東大街，朝夜窩子的方向走去，經過空蕩蕩的第一樓，更是百般感慨在心頭。第一樓已變成荒人

不可彌補的缺陷。心中夜窩子外另一片聖土，當第一樓重新於此矗立，邊荒集的光輝才能完全恢復過來，否則總留下一個

高彥的鳥鳴暗號在荒村後方的密林響起。燕飛睜開雙目，露出前所未有的懾人異芒，稍留即逝，雖回復平常的眼神，已比往日更深邃難測。方圓十多丈內任何聲息，包括蟲行鼠竄的微音，一一展現在他的聽覺網上。高彥的足尖點在鄰房的簷邊，接著投往他打坐處的破屋，只帶起微細的破風聲，顯示這小子的輕功又有長進，且是故意向他賣弄。

燕飛唇角顯出一絲笑意。在高彥到洛陽打探消息前，他用了一天一夜工夫，爲這小子打通奇經八脈，令高彥在武學上有所突破，跨前了一大步，現在終於見到成果。他的金丹大法實是自古以來從未出現過、介乎人仙間的奇異功法。以之修己，神通變化；以之助人，更是功效驚人。於對紀千千思憶和傷情的沉溺裏脫身出來後，他清楚明白若要從慕容垂手中成功奪回紀千千，自身必須超然於失落的情緒外，否則必然重蹈鎮荒崗慘敗孫恩手上的覆轍。所以他數天來潛心修練，亦趁此空閒爲龐義打通體內閉塞的經脈，開發他的氣竅，好使龐義能進窺上乘武道的境界。

高彥從破窗穿入，點地一個翻騰，落在燕飛身前，學他般盤膝坐下，舉起雙手道：「看！我的身手快要追上你了。」

燕飛笑道：「少說廢話！」

高彥仔細打量他，大喜道：「好燕飛！現在才像邊荒第一高手的模樣。冷然自若，深不可測。離開前我不知多麼擔心，窩囊成那樣子，如何去救人？」

燕飛心中欣慰，高彥永遠充滿活力和希望，在建康時受傷失意的高彥便像另一個人，不過高彥那時的失意有大半是因自己失去武功而來的。皺眉道：「打聽到甚麼消息？」

高彥四處張望道：「龐老闆呢？」

燕飛道：「他打獵去了。」

高彥道：「幸好這條荒村與世隔絕，所以還有獵物可捕，現在洛陽附近不但行人絕跡，鳥獸也逃命去也。唉！好好一個大好河山，整天你攻來我打去，弄得有如鬼域。依我看最後勝利的會是我們的邊荒國，因爲終有一天所有地方都會變成邊荒。」

燕飛從他惴惴不安的神情，已可大概想像到洛陽一帶的恐怖情況。戰爭摧毀了一切正常的生活，人民四散逃亡，盜賊逃兵四處殺人搶掠。他清楚高彥的性格，如此的開場白，正表示他打聽到有用的消息，故大賣關子。點頭道：「一天北方沒有統一，戰爭仍會繼續下去。苻堅本來是最有希望的人，可惜走錯了一步，輸掉佔盡上風的棋局。」

高彥道：「關中的情況更可怕，苻堅仍在作垂死掙扎，以慕容沖兄弟、姚萇和苻堅爲首的三大勢力互相攻伐，鬧得關中成了人間地獄，人皆流散，道路斷絕。噢！不要這樣看我，你的眼神快要了我的小命，慕容垂和千千並沒有到洛陽去。」

燕飛失聲道：「甚麼？」

高彥老氣橫秋的道：「甚麼甚麼的？若換了你去探消息，保證連慕容垂的影子也摸不著。他奶奶的！幸好是我老彥親自出馬，加上點運氣，找到以前在洛陽負責收風的眼線，方查到實況。」

燕飛失去耐性，道：「如你再兜圈子說話，我會把傳給你的內功收回來，那時便知道得而復失的滋味。」

高彥陪笑道：「我只是想多添點生活的情趣，這可是千千親傳的仙法，不論好事壞事，都可從中取樂。哈！說啦！你聽後會放下心事，但又會不快樂。千千病倒了！」

燕飛長長吁出一口氣，反輕鬆起來，道：「你的消息非常管用，證實了我的懷疑。事實上自第一次與千千展開傳心對話，我感覺到她的傳心能力一次比一次弱，該屬心力的損耗。當晚我把千千帶離敵船，已感覺到她的體力很差，所以當乍聞安公噩耗，她再撐不下去。」

高彥得意地道：「現在終證明千千仍然在世。眞教人難以相信，慕容垂竟會因千千不到洛陽督戰，而逕自率親兵團折往滎陽，留下高弼和兒子慕容寶攻打洛陽。而洛陽守將翟斌捱不到七天便開城投降。洛陽已入慕容垂之手。」

燕飛訝道：「你的線人確實神通廣大，竟能如此清楚慕容垂的情況。」

高彥道：「老子我在這方面當然有辦法，在現今的時勢裏，官職、權位都沒有保證，只有黃澄澄的金子能打動人心。老翟的手下裏有我的人，一錠金子不夠，塞他娘的兩錠，連啞佛都要開金口，盲眼金剛變開眼的。」

燕飛不由衷地道：「幸好你這小子死都要跟來。」又不解道：「慕容垂爲何不帶千千到洛陽養病，反避往滎陽去。」

高彥道：「慕容垂高明得教人心寒，任何漫不經意的一招，恐怕內中均暗藏殺機。洛陽現在十室九空，人人均曉得洛陽四面受敵，關中軍若出關，第一個目標便是洛陽。或許正因如此，慕容垂不願將千千主婢安置於險地。」

燕飛沉吟片晌，問道：「關中形勢如何？」

高彥道：「你要詳細的報告還是扼要的描述，任君選擇。」

燕飛沒好氣道：「你知道多少便說多少，任何外圍的變化，都會影響我們營救的策略。」

高彥欣然道：「我是在設法刺激你的小腦袋。關中的情況，須從數個月前一場大戰說起，苻堅和慕容沖在長安城西展開一場激烈廝殺，苻堅奮起餘威，殺得慕容沖逃往又名阿城的阿房宮去，豈知苻堅不知是失去信心，還是怕重蹈淝水之戰的覆轍，竟然抵城門而不入，自行返長安去，留下兒子苻暉對付慕容沖，結果當然是苻暉給打得人仰馬翻，且在被責後一氣之下自殺身亡。由此役開始，苻堅最終的噩運開始了。」

燕飛點頭道：「苻堅的確犯了致命的錯誤，不論對他如何忠心的將領，也曉得他再無復昔日之勇。」

高彥道：「此役後苻堅被迫退守長安，而慕容沖和姚萇則輪番攻打長安，希望能比對方先攻奪長安。根據關中逃出來的人估計，苻堅絕撐不了多久。」

燕飛一震道：「我明白了，此正爲慕容垂退往滎陽的理由。」

高彥一頭霧水道：「我不明白！關中發生的事怎會影響到慕容垂在關外的進攻退守？」

燕飛分析道：「現在北方的爭霸，將決定於關東和關西兩大勢力之爭。關東是慕容垂的天下，關西雖形勢未分，但勝負即將揭曉。不論是慕容沖兄弟或姚萇勝出，首先要應付的將是慕容垂的威脅。慕容垂在洛陽擺的是另一種空城計，目的是引關西的惡蛇出洞，待敵軍泥足深陷，再聚而殲之，如此慕容垂將可長驅直進，收復關西之地。當關東關西盡成其大燕領土，北方天下將是慕容垂囊中之物。」

高彥拍腿嘆道：「有道理！不過你說的是北方諸雄爭霸之戰，與我們營救千千的秘密行動有甚麼關係呢？」

燕飛道：「關係將大得很。我問你一個問題，在正常的情況下，如慕容垂一直寸步不離千千主婢，我們如何救人呢？」

高彥呆瞪著燕飛，像首次願實際面對殘酷的現實般，臉色漸轉灰暗蒼白，顫聲道：「根本沒有機會。」又頹然道：「若你燕高手是要刺殺慕容垂身邊某一個人，還有一絲成功的可能性，卻絕不是救走兩個人，且其中的小詩根本不懂武功。除非……」

燕飛鼓勵的道：「除非甚麼呢？」

龐義的聲音在入口破門處接下去道：「除非我們能打垮慕容垂隨身的精鋭軍團，如此方有拯救她們的眞正機會。」說罷把摘來的野蕉隨手拋在兩人身旁，頹然挨著門牆坐下，把臉孔埋進雙手裏。

高彥拍腿道：「好！讓我立即返回邊荒集去召救兵，把滎陽弄個天翻地覆。」龐義默然無聲，只有沉重的呼吸。

燕飛冷冷瞧著高彥。高彥發呆片刻，像在自問自答，又像在徵詢兩人意見的道：「難道不行嗎？」接著雙目濕起來，兩片嘴唇顫動，說不出話來。

龐義抬起頭來，兩眼直瞧著從屋頂破洞延長進來的野藤蔓，道：「即使出盡邊荒集的好手，要硬撼慕容垂的軍隊，只是自取滅亡。恐怕尚未到滎陽，早被打個落花流水。」

高彥嗚咽道：「縱然明知是送死，我們也要去試一試，就我們三個去想辦法，不要牽累邊荒的兄弟。死就死吧！千千和小詩是我們帶到邊荒集的，我們……」說到最後一句，已無法完句，代之是控制不住的哭泣。

燕飛任他哭了一會，神情冷靜，雙目精芒閃閃，道：「要救回她們，天下間只有一個人可以幫我們。」高彥一震，露出半信半疑的神情，呆看燕飛。

龐義問道：「誰？」

燕飛一字一字的緩緩道：「我的兄弟拓跋珪。」

高彥愕然道：「拓跋珪？」

燕飛目光掃視兩人，肯定的道：「楚雖三戶，亡秦必楚。慕容垂在北方根本沒有對手，只有拓跋珪是唯一例外，他更是慕容垂最顧忌的人，也唯有他訓練出來的部隊，可與慕容垂的無敵雄師在戰場上決勝負。救回千千和小詩的唯一途徑，是與拓跋珪全面合作，助他打敗慕容垂，他則助我們救人，再沒有另一個方法。」

龐義懷疑道：「拓跋珪眞的如此了得？」

燕飛淡淡道：「你有更好的提議嗎？」兩人無言以對。

燕飛目光投往窗外，道：「我到邊荒集去，是要逃避戰爭的殺戮生涯，豈知卻愈陷愈深，現在只好認命了！你們立即返回邊荒集，我則起程去盛樂找拓跋珪，用盡一切手段助他對付慕容垂，明白嗎？」

龐義道：「小彥回去好了，我要隨你一道去，此事我絕不會袖手旁觀，我寧願冒殺身之險，也不願度日如年的過日子。」

高彥失聲道：「我怎可以獨善其身？我也要到盛樂去。」

燕飛微笑道：「好吧！吃飽野蕉後我們立即起程。十來天的工夫，你們該會明白爲何我認爲拓跋珪是我們最後的希望。」

劉裕在小建康的原匈奴幫總部，現易名爲「振荊會」內見到屠奉三。對方在內堂接見他，沒有任何手下陪伴，包括其頭號心腹陰奇。只看如此排場，便知道屠奉三肯和他「談心事」。兩人隔几坐下，喝著香茗，優閒得有點像朋友敘舊聊天，事實上兩人是友是敵，只在一念的變化。

屠奉三首先進入正題，微笑道：「劉兄是否來道別呢？」

劉裕苦笑道：「屠兄猜得準呢！」

屠奉三淡淡道：「劉兄可知我爲何一猜即中？」劉裕繼續苦笑，緩緩搖頭。

屠奉三吁出一口氣，上望屋樑，徐徐道：「自邊荒集光復以來，有幾件事一直縈繞心頭，第一件當然是燕飛三人的拯救行動，而劉兄何時回廣陵去，也是我關心的事。」接著目光投往劉裕，迎上他的目光，雙目神光閃閃的道：「因爲劉兄愈早回去，愈顯示謝玄內傷嚴重，否則劉兄會長留邊荒集，因爲在這裏劉兄更能發揮效用。」

劉裕道：「我來找屠兄前，早曉得瞞不過屠兄，不過我仍決定來和屠兄好好談一談。」

屠奉三單刀直入的問道：「謝玄還有多少天的命？」

劉裕毫不猶豫的道：「或可多拖數十天，又或拖不過明天，恐怕玄帥本人也不敢肯定。」屠奉三一震無語。

劉裕道：「屠兄可把今日我來見你的事，或說過的其中一些話，包括玄帥的情況，知會南郡公，我絕不會因此怪屠兄。」

屠奉三豎起拇指道：「不愧是我屠奉三的好對手，屠某清楚哪些話該告訴南郡公，哪些話該隱瞞，劉兄請放心。」

劉裕感激道：「我這次回廣陵去，將會經歷人生中最凶險的一段時光，捲入朝廷和北府軍系間最激烈的鬥爭裏，生死成敗難卜，但我卻沒有絲毫恐懼之意，只會全力以赴，力爭到底。希望屠兄給我一點時間和機會。」

屠奉三凝望著他，似要將他看個仔細，唇角綻開笑意，點頭道：「明知山有虎，偏向虎山行。若我分析無誤，劉兄根本沒有半分成功的機會，只堪作謝玄的陪葬。」

劉裕淡淡道：「如我死不了呢？」

屠奉三哈哈笑道：「那我會對劉兄刮目相看。」

劉裕道：「只是這句話便足夠了。」

屠奉三皺眉道：「一句話怎足夠呢？我還可以幫劉兄一個忙，於上報南郡公的信函裏，指出劉兄是北府裏可以爭取的人才之一，如此將對劉兄有利無害。」

劉裕愕然道：「南郡公肯相信嗎？」

屠奉三欣然道：「有謝玄在，打死他也不會相信，可是謝玄若去，南郡公將成為司馬王朝外最有勢力的人，也成為對抗孫恩和北方諸胡的唯一希望，一切都會改變過來。」

劉裕比任何人更明白屠奉三正在試探他，看他是否是詭譎的政治鬥爭裏的好人才，如他執著古板、一成不變，可置他於不理。點頭道：「此計妙絕，多謝屠兄。」

屠奉三長笑道：「謝玄果然沒有看錯你，換了是其他人，必會斷然拒絕。只有劉兄明白到謝玄去後，整個南方將會出現天翻地覆的變化，任何事都會發生。」

劉裕道：「屠兄肯給我一點時間靜觀變化嗎？」

屠奉三坦然道：「在南郡公與聶天還結盟前，我絕不會爲任何渺茫的希望作出任何承諾，現在卻可以給你一個肯定的答案，你要我給你多少時間？」

劉裕道：「三年如何？」

屠奉三長吁一口氣道：「三年說長不長，說短也不短，劉兄有多少成把握？」

劉裕斷然道：「我有十足十的把握！」

屠奉三仰天一陣大笑，倏地伸手過來，道：「好！在這段期間內，我絕不會動大江幫半根毫毛，劉兄請放心回去。」兩手緊握在一起。

江陵城，大司馬府。桓玄三天前從宜都趕來，立即遣散府內婢僕，改換爲他的人。他敢保證沒有人敢說他半句壞話，因爲荊州的兵權已牢牢握在他手上，連司馬王朝都要看他的臉色做人，何況只是些下人。他不是不想殺盡府內之人，但那等於明白告訴別人他心虛，且會令他的聲譽受到折損，不利於即將展開逼司馬曜退位的行動。他站在當日與桓沖爭吵的地方，重溫著當日的情景。那時他只是感到憤怒，尚未動殺機。親兵來報，楊佺期到。桓玄道：「請他進來。」

對於司馬王朝，他是徹底地仇視，更曉得因桓溫當年求加「九錫」之禮，此爲歷朝權臣受禪之前的榮典，觸犯了司馬王朝的大忌，雖因桓溫早死沒有成事，已令司馬氏對桓家存有芥蒂。還記得他十六歲時隨兄桓沖到建康去，一日到琅琊王府參加宴會，碰上司馬道子喝醉，竟當著眾多賓客前問他：「桓溫晚年想做賊，是何緣故？」弄得仍少不經事的他狼狽不堪。就是這句話，令他立下決心，定要殺盡司馬氏的人，並取而代之，完成父親未竟的遺願。一直以來，他最尊重的人是培育他成才的兄長桓沖，最顧忌的是謝安、謝玄叔姪，現在桓沖和謝安已作古，四天前更收到屠奉三從邊荒集傳來的消息，指從劉裕處得到謝玄只有數十天的性命確鑿情報，使他感到奪取王位的時機終於來臨，故回到江陵。江陵是荊州刺史府所在之地，更是他桓氏世代盤據之所，在這裏桓家的勢力根深柢固，即使荊州名義上的施政者，刺史殷仲堪也須看他的臉色做人。

楊佺期在身後向他請安。桓玄道：「坐！」

楊佺期見他站著，哪敢坐下，忙道：「卑職站著便成。」

桓玄並沒有回頭來看他，不過對桓玄這種倨傲態度他已習以為常。楊佺期也是出身高門大族的士人，只不過他家渡江稍晚，故遠及不上桓家的顯赫。在自恃家世的桓玄眼中，當然不把他士族的身分放在眼裏。一個月前，他領兵從邊荒集返回荊州，向桓玄提出書面的報告，連同屠奉三的密函，送交宜都的桓玄，卻一直沒被召見。直到今天，在桓玄抵江陵的第三天，方獲接見。可以想像楊佺期的心情是如何惴惴不安。

桓玄終於轉過虎軀，冷冷瞧著他道：「佺期你告訴我，當日奉三來見你，你有甚麼感覺？」

楊佺期一呆道：「我不明白南郡公的意思。」

「南郡公」是尊貴的爵位，本屬桓溫。當桓玄五歲之時，桓溫的長子桓熙和次子桓濟等，力圖從最能幹和最得桓溫寵信的桓沖手上奪權。桓沖直忍到桓溫去世的一天，方下手對付仇視他的眾兄弟，又稱桓溫遺命由小兒子桓玄繼承爵位，於是桓玄五歲便成了南郡公。自此桓玄改稱桓沖為大哥，彷彿其他兄弟不存在的樣子。

桓玄舉步朝他走過來，兩手負後，神態優閒的道：「有很多事，表面上我們絲毫看不出有甚麼不妥當的地方，可是卻會有一種沒法解釋的感覺，隱隱感到事情不像表面般的簡單。我要問的就是你當時的感覺，有沒有感到奉三話雖說得漂亮，事實上卻是心存怨懟，兼且密藏背叛我的心？」

楊佺期整個人感到涼颼颼的，有一種不寒而慄的感覺，一方面是因桓玄這種不講理性，只憑主觀感覺和好惡對人作出判斷的態度，使他心生寒意。兔死狐悲，若現在或將來的某一刻，桓玄亦以這種方式來判斷自己的忠誠，教人如何適從？另一方面是來自桓玄本身，當他朝自己舉步走來，發自他身上一種奇異的似有似無的寒氣，正不住增強。此顯示桓玄身具的先天眞氣奇功，在過去一段時間有突破性的長進，因爲這是他以前從未在桓玄身上感驗過的。不論任何一方面，桓玄都是個可怕的人。

楊佺期裝出思索的神色，事實上他腦袋一片空白。道：「佺期當時並沒有特別的感覺，只是覺得屠大人之言合情合理，而當時我軍正處於進退兩難的劣勢，事情的變化實在來得太突然。」

桓玄在他身後五步許處立定，沒有作聲。楊佺期不敢回頭，不過從他發出的先天異氣，可清楚感覺到桓玄的位置，更掌握到桓玄處於絕對冷靜的狀態中。那是一種特級高手的境界。

桓玄忽然笑道：「你道奉三在信中寫了甚麼呢？」

楊佺期忙道：「卑職對屠大人信中所言毫不知情。」

桓玄輕描淡寫的道：「奉三的密函充分表現出他的才智，那並不是一封向我解釋他所作所爲的陳情信，而是向我描述在現今的形勢下，最佳的軍事策略。奉三確實了不起，令我不但不忍責怪他，還不得不支持他，讓他繼續當半個叛徒的角色。」

楊佺期訝道：「半個叛徒？」

桓玄沒有直接回答他的問題，道：「奉三的立論是一天南北沒有統一，一天邊荒繼續存在，將沒有任何勢力可以獨霸這無法無天的地方。而邊荒集存在的價值，正因它有別於天下任何一個城集。所以我們若要參與邊荒集，這個自古以來從沒有出現過的危險遊戲，必須依邊荒集的遊戲規則行事，如此方可以成為得益者。佺期認為奉三這個說法如何呢？」

楊佺期仍未弄清楚桓玄對屠奉三的「心意」，避重就輕的道：「荒人悍勇成風，且出現沒有人想像得到的空前團結，加上對邊荒的熟悉，故燕國天師兩軍雖費盡九牛二虎之力，勉強攻下邊荒集，可是慕容垂和孫恩一離去，邊荒集便被荒人收復。由此看來，要攻下邊荒集固不容易，保住邊荒集更是難比登天。」

桓玄又從他身旁走過，陷入深思中，移到一扇窗前，朝外瞧去，點頭道：「若沒有奉三，我們這次遠征邊荒集的行動確實是一敗塗地。可是我可以信任奉三嗎？他遠在邊荒集，我如何可以控制他呢？」

楊佺期聽得心中產生出另一股寒意，屠奉三是陪伴桓玄成長親如兄弟的戰友，仍如此被桓玄懷疑，其他人將更是不堪。他更清楚屠奉三一直對桓玄忠心耿耿，直至桓玄與屠奉三的死敵聶天還結盟。

桓玄嘆道：「奉三在信中表示明白我籠絡聶天還的原因，因為北府兵水師與我們實力相當。如我們再被聶天還牽制，將無法控制大江，與聶天還結盟是唯一的選擇。你看！奉三是多麼善解人意。」

楊佺期直至此刻，仍弄不清桓玄對屠奉三的態度，哪敢答話。桓玄從來不是以德服人，但他的威懾力同樣有效。

桓玄轉過身來，微笑道：「這次佺期做得很合我心意，因為如你不當機立斷的撤兵，我敢肯定你的遭遇會比聶天還更不堪，且會把奉三半眞半假的背叛變成眞的，而在當時的情況下，你們根本沒有還手的能力。」

楊佺期放下心事，回荊州後一直在恐懼裏過活，怕的當然是桓玄會因他無功而返降罪於他。不過另一方面又心裏不服，聽桓玄的語調，似是把屠奉三看得比自己高上不止一籌。低聲道：「卑職當時已作好最壞的打算。」

桓玄搖頭道：「奉三絕不會蠢得與你們正面硬撼，而會採用孤立和截斷糧線的持久戰，到你們捱不下去被逼撤軍時銜尾窮追。邊荒是荒人的地盤，優劣之勢清楚分明，你們絕沒有機會。以聶天還的精明，仍要損兵折將而回，若非一場豪雨，我們或會痛失夥伴。」他說的全是當時的事實，楊佺期登時語塞。

桓玄移到窗旁站立，像有點怕被射進來的夕陽光照耀著，雙目閃閃生輝，似在自答自問的道：「我可否信任奉三呢？」

楊佺期道：「只要看他往後的表現，不是可一清二楚嗎？」

桓玄道：「四天前他才教人送來了一批優質胡馬，並傳來一個可以影響我全盤計畫至關重要的消息。不用瞎猜也可知道他會有非常出色的表現。」

楊佺期訝道：「那主公還有甚麼好擔心的呢？」

桓玄微笑道：「這並不足夠。」接著盯著楊佺期，一字一句的道：「唯一能消解我對他疑慮的方法，就是把大江幫的餘孽斬草除根。當他把江文清的首級送到我案上的一刻，我才可以相信屠奉三仍是以前的屠奉三。」楊佺期聽得頭皮發麻，無言以對。

海南島，孤月崖。孫恩很喜歡看海，潮汐的漲退，猶如天地的呼吸，澎湃著力量和充滿節奏感。他盤膝坐在崖邊，心內的思潮亦如大海沖上石灘的波浪激烈地起伏。他之所以有今天的成就，除因另有傳承外，便是拜叔父孫泰所賜。孫泰曾仕晉爲太守，創立道堂，是爲天師道的前身，並致力栽培孫恩。孫泰本無反叛之心，專志道術，卻給司馬道子以道術眩惑士兵的罪名，親率禁衛高手夜襲道堂，殺盡孫泰家族。孫恩當時武功早超越孫泰，殺出重圍，逃往海南。自此創立天師道，以跟隨的五斗米信徒和土姓豪族建立起強大的天師軍，渡海攻陷會稽。他與司馬王朝不但有公怨，且有深如淵海的私仇。現在會稽、吳郡、吳興、義興、臨海、永嘉、新安、海南八郡豪強，全聚集在他天師道的大旗下，只在等待最好的時機。機會終於來臨。謝玄可以瞞過任何人，卻絕騙不過他。強行到建康去威懾朝廷和荊州桓玄，只會加速他的死亡。不過他仍耐心地等待謝玄的死訊。一天謝玄仍在，晉室仍是穩如泰山，人心不亂。徐道覆的部隊已返回會稽，天師軍亦需一段時間，從邊荒集勞而無功的軍事行動恢復過來，直至回復元氣。他隱隱感到邊荒集之行的失敗，仍是敗於謝安的手上，若燕飛、紀千千和劉裕沒有及時趕到邊荒集去，歷史應該改寫。不過一切已成定局，邊荒集的行動已成不可挽回的敗局。

在統一天下的戰爭裏，邊荒集只是其中一場戰爭，並不能影響他天師軍的成敗。現在他只須改變計畫，由主動進軍建康，改爲逐步擴展勢力範圍，誘建康軍來攻，亦同樣有勝算。司馬道子父子登場後，倒行逆施，摧毀謝安辛苦建立起來的穩定偏安，對他更爲有利。加上司馬道子既憂荊州的威脅，又慮北府兵桀驁難馴，因而力圖加強軍力，竟大發浙閩豪家的佃客爲兵，強徵入伍，此措施如若落實，將大削土姓豪強的勢力，更使民心思亂，大大有利天師軍招募兵將。現在大起義的條件已告成熟，天下將沒有人能阻擋他孫恩。

盧循此時來到他身後，跪稟道：「船隊已在碼頭候令，只待天師大駕，立即起航前赴臨海。」

孫恩長身而起，面向徒兒，道：「起來！」盧循跳起來垂手恭立。

孫恩淡淡道：「建康方面有甚麼消息？」

盧循答道：「謝玄在烏衣巷盤桓近半個月，期間不住接見各地來的權貴，包括王恭和殷仲堪在內，且三次入宮見司馬曜，據報司馬曜每次見謝玄時司馬道子都不在身旁。」

孫恩仰望夜空，皺眉道：「奇怪！」

盧循道：「這情況確異乎尋常，十多天前謝玄已返回廣陵，自此深居簡出，所有事務，全由劉牢之代行。謝玄應正如天師所料的，因強壓傷勢致病傷加劇，餘日已無多。」

孫恩嘆道：「他若能早點死便早點死，現在卻有充分時間安排後事。不過他的安排應是針對司馬道子父子和王國寶，又或荊州桓玄和聶天還，該無力兼顧我們天師道。」

盧循道：「天師明察，王恭現在已成為司馬曜最寵信的人，依我看司馬曜提拔王恭，隱含抗衡司馬道子的作用，所以謝玄一意籠絡。而王恭一向與殷仲堪關係密切。至少在名義上，是由王恭管揚州，殷仲堪管荊州，兩人連成一氣，確不可小覷。」

孫恩道：「聽說王、殷兩人將會結成姻親，是否確有其事？」

盧循答道：「確有此事，不過不知為何，通婚之事暫時擱置了。」

孫恩露出深思的神色，沉吟良久，忽然又問道：「殷仲堪與桓玄關係如何？」

盧循道：「兩人表面上關係不錯，事實上殷仲堪對桓玄畏忌甚深，事事對他退讓三分，最近殷仲堪的部將因對桓玄言語上不敬，觸怒了桓玄，殷仲堪竟慌得立即著部將逃回建康，方避過大禍。」

孫恩失笑道：「原來是這樣的良好關係！」又沉聲道：「司馬道子方面情況如何？」

盧循道：「司馬道子正全力栽培兒子元顯，又起用王國寶之弟王瑜和親姪司馬尙之，使之領軍，用人唯親，招來朝中大臣不滿。王國寶更變本加厲，大做高利貸的生意，又支持豪強經營賭場，弄得建康烏煙瘴氣。最要命是他崇奉彌勒教，不住鼓吹要迎接竺法慶到建康開壇作法，開罪了整個佛門。」

孫恩仰天大笑道：「這叫天助我也。若我沒有猜錯，謝玄一死，大亂立至。王恭將會在北府兵的助力下，討伐司馬道子，而我們則可坐收漁人之利。」

盧循欣然道：「天師的看法絕不會錯。」

孫恩上下打量盧循，微笑道：「循兒近日練功的情況如何？」

盧循謙恭道：「在天師指導下，徒兒功力大有進境。」

孫恩道：「一切全賴你自己的努力，我只是負指引之責。」又問道：「道覆的心情好點了嗎？」

盧循苦笑道：「表面看不出甚麼來，不過我懷疑他的創傷仍未平復。眞想不到以道覆一向玩弄女人於股掌上的能耐，竟會爲一個女子神魂顚倒。」

孫恩搖頭嘆道：「善泳者溺，這種事誰都幫不上忙。」再嘆一口氣，朝下崖之路舉步走去。

在午後的陽光裏，燕飛、龐義和高彥三人馳上一處高坡，看著半里許外陽光燦爛下的一座城市。一條大河從城西流來，朝東而去。表面看一切和平安逸，通往城市的道路商旅往來，沒有任何戰火逼近的氣氛。

高彥皺眉道：「這是哪座城池？千萬不要是中山，慕容垂的賊巢。」

燕飛搖頭道：「大燕的首都中山在此城東面數百里之處。此城名雁門，是長城內兩座大城之一，另一邊是平城，均爲兵家必爭之地。」

龐義喜道：「那我們不是很快可以出長城嗎？他奶奶的！長城我聽人說得多了！卻從未親眼見過，現在終於可以大開眼界。」

燕飛嘆道：「你找對了我這個帶路的人。我整個少年時代，就徘徊在長城內外，長城有點像我的故鄉。」

高彥笑道：「哪有人把長城當故鄉的，想起長城，只有想到你攻來我攻去。究竟你眞正的故鄉在哪裏呢？」

燕飛道：「假若你拿同樣的問題去問拓跋珪，他會口若懸河地把民族的歷史說給你聽，我和他是不同類的人，對這方面不大放在心上。我們的起源地，好像是嫩江東北，額爾古納河流域附近的地方。後來我們的代國被苻堅所滅，部族瓦解，苻堅把我們的族人分散，強迫安置在長城內平城和雁門間的地區，並且派遣官員監視，硬要我們從事農業生產，向大秦帝國提供糧食。」

龐義道：「苻堅出身遊牧民族，比任何人更明白遊牧民族逐水草而居的擴張和侵略天性，所以想出這個逼遊牧民轉型的控制手段，確實厲害，且是一石二鳥。」

高彥道：「強迫你們從馬上移往田間工作，肯定非常不好受。」

燕飛道：「何止不好受，簡直是奇恥大辱，所以族中有志者群起偷出長城，佔據盛樂，繼續我們原有的生活方式。當然也有怕死的留下來。」

高彥道：「你們不怕苻堅氣惱嗎？」

燕飛神色一黯道：「所以苻堅派出慕容文突襲我們在盛樂的地盤，族人一夜間死傷過半，而我和拓跋珪從此開始流浪的生活。」

龐義隱隱猜到燕飛於此役與慕容文結下血仇，導致後來燕飛在長安大街公然刺殺慕容文，轟動天下。忙岔開問道：「拓跋珪的根據地盛樂離這裏遠嗎？」燕飛道：「我們經平城出關，往西北走兩三天，便可以到達盛樂。」

高彥喜道：「原來盛樂如此接近長城，難怪慕容垂顧忌你的兄弟拓跋珪。從盛樂到慕容垂的賊巢中山，該在十多天的快馬路程內。如你的兄弟肯直搗慕容垂的老巢，我們的機會來了！」

燕飛道：「事情豈會是如此簡單，我們試試入雁門城，順道打探消息，好好睡一晚，明早起程如何？」兩人轟然答應，隨燕飛馳下坡去。

廣陵城。劉裕心情苦惱，度日如年，與謝玄更是失之交臂。在他到廣陵的前三天，謝玄離開廣陵，避往離東山不遠的始寧縣，在謝家的物業始寧山莊平靜地度過他最後的日子。沒有謝玄的照拂，劉裕變回尋常的北府兵小將，入住軍舍，處處受到軍規的管轄。他的頂頭上司仍是孫無終，可是劉牢之親下嚴令，劉裕任何特別的行動或出勤，必須經他親自批准，不能我行我素。劉裕三次透過孫無終向劉牢之請批去見謝玄，均被劉牢之斷然拒絕，以劉裕的沉得住氣，也不由首次對劉牢之生出恨意。幾乎就想那麼一走了之的去見謝玄，幸好給孫無終苦苦勸阻，方打消這可令他背上逃兵大罪的魯莽行動。更痛苦的是何無忌也隨謝玄一道去了，想找個人傾訴都苦無對象。唯一可堪告慰者是他多番出生入死的努力並沒有白費，特別是光復邊荒集一役更爲他掙得很大的聲名威望。在年輕的北府兵將士裏，他不單被視爲英雄，還代表著北府兵新一代的希望。

這天黃昏回到西門軍舍，與他一向友善同屬孫無終旗下的校尉魏詠之來找他，神秘兮兮的道：「孔老大今晚請你賞臉吃一餐便飯，你千萬不要拒絕，否則連孫爺都很難向他交代。」

孔靖是廣陵富甲一方的大豪，且是廣陵幫的龍頭老大，在揚州極有影響力，與孫無終一向稱兄道弟，劉牢之也要賣他的面子。照道理以這樣的一個人，該對自己這小小副將看不上眼。劉裕戒備的道：「他幹嘛要找我？」

魏詠之不耐煩的道：「見到他不就甚麼都清楚了嗎？他又不會吃人。快沐浴更衣，我在大門等你。」

劉裕道：「此事要不要知會孫爺呢？」

魏詠之沒好氣道：「孫爺還不夠忙嗎？要來管我們和誰吃飯。是不是要我扮娘兒幫你擦背？」

劉裕無奈依言去了，到出得軍舍大門，已是華燈初上的時光。劉裕問道：「到哪裏去見孔靖？」

魏詠之道：「當然是他開的醉月樓，他會在最豪華的廂房招呼你，我是沾你的光，才有這個機會。」

劉裕訝道：「孔靖要見我，何不透過孫爺，卻偏要透過你這種低級小將呢？」

魏詠之笑道：「我橫豎也是個校尉，還不夠資格嗎？孫爺不是不知道，只是詐作不知道。依我看此事孫爺是不宜插手。」

劉裕越發感到約會的神秘性，不由好奇心大起。

魏詠之湊到他耳旁壓低聲音道：「有王恭的消息，你想知道嗎？」

劉裕一顆心兒不禁忐忑跳動，爲的當然不是王恭，而是他的女兒王淡眞。不過他是機伶的人，見魏詠之故意強調是有關王恭的消息，擺明另有用意。忙裝作若無其事的皺眉道：「你說得眞奇怪，任何消息我都感興趣，並不在於是關乎某個人。」

魏詠之哂笑道：「不要裝蒜啦！彭中那小子告訴我，那晚他遇上你時你正和王恭的漂亮女兒走在一道，彭中說你和王淡眞神情曖昧，還以爲別人看不破嗎？」

劉裕大窘道：「休要聽彭中胡說。」

魏詠之大笑道：「我本來還半信半疑，不過這十多天來每晚拉你去逛窰子都給你推三阻四的，便知你想高攀人家的千金之女了。」

劉裕苦笑道：「哪有這回事，我從來都有自知之明。好啦！快說有甚麼消息是關於王恭的？」

魏詠之仍不肯放過他，笑道：「好吧！念在你一片痴心，就放些消息給你。王恭昨天從荊州江陵趕回來，立即找劉大將軍密談整晚，看來快有重大事故發生了！」

劉裕心中翻起滔天巨浪，王恭到江陵去，不是見桓玄便是見殷仲堪，而以後者可能性最大，因爲兩人關係密切。在桓玄和謝玄外，王、殷兩人乃建康朝廷外最有實權的大臣，他們秘密會面，肯定是有要事商量。觀之王恭見過殷仲堪後，立即匆匆趕來找劉牢之，可窺見事情的詭秘。道：「你怎會曉得此事呢？」

魏詠之道：「我剛負責守城門，你猜我是否知道呢？」指著前方笑道：「到啦！」

劉裕生出洩氣的感覺，沒有謝玄的提攜，他根本沒資格參與北府兵的軍事機密，只能當個聽命的小將。劉牢之肯保住他性命，不讓司馬道子或王國寶幹掉他，已屬萬幸，遑論其他。暗嘆一口氣，隨魏詠之登上醉月樓。

大司馬府，書齋。桓玄喝著香茗，聽首席心腹謀臣侯亮生向他提策獻謀。

侯亮生坐於他案前下首意興飛揚的道：「亮生此計，是關於主公小名靈寶的觸類旁通，如此方可以使人入信。」

桓玄興趣盎然的道：「快說給我聽。」

侯亮生欣然道：「就在一個盛夏之夜，當時夜空滿天星斗，主公的娘親司馬氏與幾個婦道人家在中庭納涼之際，忽然一顆拖著火尾的流星從天空急速落下，墜入銅盆水中，在水裏變成二寸許大的火球，晶瑩光亮，非常可愛。眾人爭相用水瓢撈取，卻被主公娘親搶先得到，一口吞下，就此有孕。到第二年春天，一日主公娘親房中異光照得滿室通明，香氣四溢，就在這時刻主公娘親誕下主公，故此取名靈寶。」

桓玄拍案叫絕道：「想得好！若能令此故事廣為流傳，對我他日登基會大有幫助。」

兩人再仔細商量，擬妥細節後，桓玄把屠奉三先後送來的兩封密函予侯亮生過目，然後道：「亮生怎麼看？」

侯亮生沉吟片刻，道：「將在外，軍令有所不受，皆因屠大人當時身在邊荒集，比我們更清楚當時的情況，所以沒有配合主公派去的部隊，是情有可原。現在證之屠大人能於邊荒集立足生根，實沒有負主公之所託。」

桓玄道：「可是我總有不妥當的感覺。」

侯亮生道：「那是因為屠大人能容忍大江幫分邊荒集的一杯羹，而大江幫目前是我們統一南方的一個障礙。」

桓玄欣然道：「亮生是最清楚我心意的人，所以我決定發出指令，命奉三把江文清的首級送來。」

侯亮生點頭道：「此不失為證明屠大人仍對主公忠心耿耿的好辦法，不過卻不宜逼屠大人立即進行，因他根基未穩，如此一來說不定會令屠大人變成邊荒集的公敵，壞了邊荒集的規矩。」

桓玄不悅道：「除此外難道還有更好的辦法嗎？」

侯亮生忙道：「當然不會有更好的辦法，卻可以給屠大人一年的期限，讓他可等待機會甚或製造機會，使江文清死得不明不白，如此既可讓屠大人表現他的忠誠，又可不損害屠大人在邊荒集辛苦得來的成果。」

桓玄同意道：「此不失為可行之策。另一件須你給我意見的事，是關於劉裕此人，他向奉三透露謝玄命不久矣，會不會是計謀呢？」

侯亮生道：「若此是詐，便是下下之策，皆因真相即要揭曉，所以我相信劉裕說的是實話。」

桓玄皺眉道：「據傳劉裕是謝玄栽培的繼承人，如此豈非出賣謝玄？」

侯亮生道：「屠大人在信中指出劉裕是我們可以爭取的人，當有一定的根據。在目前來說，謝玄若去，劉裕將無利用價值，我們可以靜觀變化，再決定如何處置他。」接著又道：「我們須提防的，反是楊將軍。」

桓玄一呆道：「楊將軍有甚麼問題？」

侯亮生壓低聲音道：「楊將軍最近和殷仲堪過從甚密，此事不可不防。」

桓玄微笑道：「殷仲堪只是沒有牙的老虎，他名義上的軍權，實質全控制在我的手上，即使佺期站在他的一方，我要他們生便生，死便死，哪輪到他們作主。」

侯亮生道：「事實確實如此，不過殷仲堪身爲荊州刺史，手上仍有可調動的部隊，楊將軍更是有實權的大將，精通兵法，我們若沒有提防之心，容易吃虧。」

桓玄冷哼道：「我量佺期他還沒有這個膽子，殷仲堪更是怯懦之徒，他做那一件事敢不先來問過我呢？」

侯亮生道：「最近他到汝南見王恭，不知有沒有請示主公？」

桓玄道：「此事是在我大力策動下進行，王恭對司馬道子深惡痛絕，是我們可以爭取的人。」

侯亮生心中一陣不舒服，如此重大的事，卻不見桓玄在事前向他透露半絲消息，致自己枉作小人。登時無話可說。

桓玄淡淡道：「我早想找亮生商量此事，不過必須待殷仲堪和王恭的商議有結果後，方有討論的方向。殷仲堪見過王恭後，仍未向我報告。」侯亮生聽了舒服了點。

桓玄沉吟道：「眞奇怪，王恭現在是司馬曜那昏君最寵信的人，卻暗裏與司馬道子作對，這代表著甚麼呢？」

侯亮生道：「當然是代表司馬曜對其弟司馬道子的專橫感到不滿。司馬道子硬捧兒子元顯登場，又重用王國寶，任用私人，敗壞朝風，只要是有識之士，都看不過眼。」

桓玄笑道：「這是天賜我桓玄的良機，若我不好好把握，怎對得起老天爺。」

侯亮生道：「時機確在眼前，不過主公暫時仍要忍耐，首先須待謝玄歸天，北府兵群龍無首，我們方好辦事。」

桓玄道：「謝玄若去，北府兵軍權自然落在劉牢之手上。眞奇怪，聽說劉牢之驍勇善戰，又屢立軍功，爲何謝玄不挑他作繼承人，偏會選出個微不足道的小卒劉裕？」

侯亮生道：「謝玄定有他的理由，或許是看穿劉牢之不是治國的人才。可以這麼說，假如謝玄去世，劉牢之將成各方面致力爭取的關鍵人物，劉牢之站在那一方，那一方便可穩操勝劵。」

桓玄點頭同意，轉到另一話題道：「聶天還吃虧而回，現在情況如何？」

侯亮生在桓玄與聶天還的結盟上，是負責穿針引線的人，與聶天還一直在互通消息，清楚對方的情形。答道：「聶天還遇到的只是小挫折，並不影響他在大江擴展勢力，接收大江幫的地盤和生意。我看不出一年光景，他將會完全恢復過來，繼續成爲我們的得力助手。」

桓玄雙目殺機乍閃，語氣卻平平淡淡，道：「聶天還和郝長亨均是野心家，我們和他們只是互相利用，必須謹記。」又道：「孫恩還未起兵造反嗎？」

侯亮生道：「他也在等待。」

桓玄仰天笑道：「謝玄啊！人人都在等待你一命嗚呼，你也該可以自豪了！」

此時下人來報，殷仲堪求見。桓玄吩咐道：「亮生你照我意思修書一封，讓我簽押後立即送往邊荒交予奉三，告訴他我很掛念他，同時送去二千兩黃金，聽說邊荒集是個有錢使得鬼推磨的地方，金子愈多，愈好辦事。」

侯亮生提醒道：「聶天還方面，是否該加以安撫呢？」

桓玄顯然心切見殷仲堪，隨口道：「這個當然，你看著辦吧！」

侯亮生暗嘆一口氣，桓玄就是這副性格，誰有利用價值，方可獲得他注意。隨即起立施禮告退。

〈卷五〉

第六章◆邊荒作用

第六章　邊荒作用

「叮！」三隻酒杯碰在一起。孔靖朗聲道：「喝過這杯酒，大家以後就是自家人，就是兄弟。」三人舉杯一飲而盡。孔靖個子不高，身形略胖，卻爽朗而有豪氣，精神十足，聲如洪鐘，說話開門見山，予人好漢的感覺。年紀三十許間，說話時神情動作都帶點並不惹厭的誇張。晚膳的地方是醉月樓二樓的豪華廂房，可容數十人的大空間只放了一張大圓桌，出奇地沒有從附近青樓召妓相陪，不符江左豪士的一向作風，反有點江湖聚會的味道。

孔靖揮退伺候的人，親自勸酒招呼，嘗遍各道美食後，向劉裕笑道：「我還怕劉大人不肯賞臉，想親往拜訪，可是詠之卻拍胸口保證，讓孔某可以親睹劉大人風采。」

劉裕到此刻仍不知孔靖看上自己那一點，謙虛道：「孔大哥不要折煞我劉裕，我劉裕算甚麼東西，你動一動指頭我都要趕著來。」

魏詠之橫他一眼嘲諷了：「你倒懂得在孔大哥面前扮乖，若不是我三催四請，恐怕你現在仍在軍舍發霉。」

孔靖開懷笑道：「都說是自家人，客氣話不用說了。」又向劉裕豎起拇指，道：「老的不說，現在軍中年少的一輩誰不服你老兄，人人都要叫一聲劉大哥。聽說你和邊荒第一名好漢燕飛是刎頸之交。燕飛確實英雄了得，先後與孫恩和慕容垂戰個不分勝負，又在敵陣中斬殺名震北方的鐵士心，誰不對他心服口服。」

劉裕開始有點明白，心忖邊荒集的成就正在自己身上發揮作用。孔靖是否看得上自己還言之過早，但肯定看上了邊荒集。像孔靖這種地方上有勢力的人士，可以對自己生出的作用是難以估計的，自己想爭取權位，當然須買他的賬。欣然道：「我和燕飛確曾並肩作戰，他是個很特別的人，甚得荒人的尊敬。」

魏詠之笑道：「不要謙虛了！誰不清楚你和燕飛有生死的交情。」

劉裕沒好氣的道：「你是要我大吹法螺嗎？孔大哥是明眼人，在他面前只有直話直說。」

孔靖笑道：「兩位是眞情眞性的人，我是看著詠之從馬前小卒爬上這位置來的，還爲他說過好話。來！再乾一杯。」

三人又盡一杯。劉裕感到自己頗爲喜歡孔靖，不但因他沒有擺龍頭大哥的架子，更因他的個性隨和。微笑道：「孔大哥今日召我來聚，是否有甚麼用得著我的地方？請隨便吩咐下來，力所能及的，劉裕必爲孔大哥辦妥。」

孔靖欣然道：「我早從荒人接納劉兄一事上，曉得劉兄是講道義夠朋友的人。大家是兄弟，有甚麼誰用得著誰的，最要緊是大家一起發財，有福同享、有難同當。」

魏詠之道：「孔大哥對我這兄弟的確不用客套，我最清楚他的爲人，答應過的事從來不會說了就算，否則孫爺不會提拔他，玄帥不會看他入眼。」

孔靖不住點頭，表示贊同，道：「如此我也不用拐彎抹角，以前我想和邊荒集做生意，先要透過壽陽的幫會，再由壽陽的人接觸大江幫，然後才得到分配。現在與劉兄結爲兄弟，當然再不用如此大費周折，被人重重剝削，對嗎？」

劉裕心中一動。要助孔靖直接和邊荒集做生意，對他來說是傳句話便成，卻未免浪費了自己在邊荒集的影響力。孔靖利用他，他也可以利用孔靖，建立互利的關係，當孔靖發覺水漲船高，劉裕在北府兵內愈有地位，愈對他有利，自然會全力支持劉裕。剎那間，這些念頭電光石火般閃過腦際，他已有主意。微笑道：「孔大哥想直接和邊荒集交易，我定可為孔大哥辦妥。可是我有個更好的主意，孔大哥想不想把生意做得更大一點？」

孔靖和魏詠之都呆看著他，此時的劉裕像變成另一個人，整個人神采煥發，雙目熠熠生輝，充滿強大的自信。

孔靖道：「怎樣可以做得大一點呢？」

魏詠之提醒道：「你要有把握才好，不要在孔大哥面前班門弄斧。」

劉裕在檯下踢魏詠之一腳，從容道：「我何時做過沒有把握的事？我的提議確實可行，就是由孔大哥作邊荒集在揚州的代理人，像以前大江幫是漢幫在南方的代理人那樣。孔大哥一向得我們北府軍的支持，肯定可勝任愉快。」魏詠之睜大眼睛瞧著劉裕，似乎到此刻才真正認識他。

孔靖目光與劉裕交會，好一會拍桌嘆道：「我服了你劉裕！假如你可助我做成這盤生意，我每年可從總利潤分出半成給你作酬金。」

劉裕欣然道：「我不要任何報酬，只要和孔大哥交個朋友。我會安排大江幫的新任幫主江文清，在十天內與孔大哥碰頭，談妥合作的條件。來！大家喝一杯。」

雁門城，長城客棧。客房內，龐義躺在床上，一副筋疲力盡的模樣。燕飛坐在窗旁的椅子，蹺起二郎腿，神態優閒，似有用不完的精力。名震天下的蝶戀花隨意地擱在旁邊的小几上。

龐義咕噥道：「眞想不到北陲的城市竟如此像我們漢人的地方。喂！燕飛！你有沒有在聽？」

燕飛道：「沒有漏過你說的一字一語。」

龐義仰望屋樑，道：「拓跋珪有挑戰慕容垂的能力嗎？」

燕飛淡淡道：「現在怕還差一點點。」

龐義猛地坐起來，道：「我們豈非要等待下去，小詩她……」

燕飛道：「須等多久，要看苻堅何時徹底垮台。那時關中關東的勢力再無緩衝，當他們正面衝突時，我們的機會便來了。」

龐義急促地喘了兩口氣，嘆道：「坦白說，我對拓跋珪完全沒有信心，眞不明白你爲何如此看重他？」

燕飛悠然道：「自高柳一役，在慕容垂的支持下，拓跋珪擊敗了窟咄，成爲拓跋鮮卑的新主，拓跋珪便把整個形勢扭轉過來。據拓跋儀所說，拓跋珪先打敗了佔據馬邑的獨孤部，佔領了黃河河套的產糧地區，又征服了陰山的賀蘭部，最近更趁赫連勃勃敗走邊荒，趁勢攻佔河套以西的鐵弗部的部分土地，進而兼併庫莫奚、高車和紇突嶺等弱小部落，不僅得到大量的土地，還得到大批人口和數以百萬計的牲畜，雄長朔方，一躍而成北方草原上最強大的力量。這樣的一個人，如不能助我，誰能助我？」

龐義道：「慕容垂竟肯容忍拓跋珪不停坐大嗎？」

燕飛道：「他們是在互相利用。拓跋珪因慕容垂的支持，在塞上不住擴張勢力，且是有策略和步驟的發展，代價是永無休止地向慕容垂進貢良馬，又作慕容燕國後方的守衛軍，使燕國沒有後顧之憂。不過隨著慕容垂支持赫連勃勃以壓制拓跋珪，他們的互利關係已難以繼續下去，現在赫連勃勃被破，更失去均衡的力量，正面衝突是早晚的事。」又微笑道：「現在你多了點信心嗎？」

龐義道：「我現在擔心的是在盛樂找不到拓跋珪。」

燕飛道：「至少有七、八成的機會。拓跋珪從小便有大志，看事情看得很遠，從不爭一時的意氣。當日在邊荒集，他明知我每天在第一樓喝酒，竟可以忍著不來見我，直至我陷身殺機險境才出現救我，你便可以清楚他是怎樣的一個人。」

龐義不解道：「這與他是否在盛樂有甚麼關係？」

燕飛道：「沒有直接的關係，不過卻可以助我推測他的行蹤。我這位兄弟是等待的專家，不住等待機會，也最懂得把握機會。從一開始他就選擇盛樂作根據地，因為盛樂是最接近長城的戰略據點，對長城內兩座大城平城和雁門有牽制之效，若他要在塞內取得立足點，非此兩城莫屬。盛樂、雁門和平城三城，在地理上成鼎足之勢，跨越長城內外，進可攻退可守，且立即可以威脅東南數百里外的燕都中山。以拓跋珪的為人，在慕容垂離都遠征關東諸城的當兒，怎肯錯過攻佔平城和雁門的良機。如待慕容垂凱旋而歸，掉轉槍頭攻打盛樂，他將永遠失去稱霸的機會。」

龐義點頭道：「有道理！該沒有人比你更明白從小一起成長的玩伴。這麼看來，拓跋珪不但身在盛樂，還有他養精蓄銳的主力大軍，隨時可攻進長城來。」

此時高彥意興飛揚的推門而入，一屁股坐在燕飛旁隔一張几子的椅子上，哈哈笑道：「你們猜我探聽到甚麼消息？」

龐義不耐煩的道：「我們不會花半個子兒向你這混蛋買消息的，快說！」

高彥笑道：「不要看我們輕易地買通守衛混進城裏來，原來這幾天雁門和平城局勢不知多麼緊張。這兩座城池名義上雖然屬於老賊慕容垂，事實上把守兩城的燕兵軍力薄弱，致幫會橫行。最大的兩個幫會一名朔方幫，一名後燕盟，前者親拓跋鮮卑，後者則受燕人支持。」

值此天下紛亂、戰禍連綿的時代，如此情況是常規而非例外。每當官方勢力轉弱，地方勢力便抬頭，甚至佔城據地，成為有政治勢力的豪強。慕容垂為要統一北方，亦面對同樣情況，主力大軍遠征關東，留守的軍隊唯有集中力量守護燕都中山和其附近具戰略性的城池，故而忽略了其他地方。

如不是燕飛已向龐義解說拓跋鮮卑的情況，龐義肯定掌握不到高彥的情報透露出的微妙處，此時卻拍腿道：「燕小子猜得對，拓跋珪蠢蠢欲動啦！」

高彥一呆道：「你在說甚麼？」

燕飛插話道：「高小子繼續說下去！」

高彥打量了龐義幾眼，又看看燕飛，續道：「十多天前，後燕盟秘密從各地抽調人手，突襲平城朔方幫總壇，殺得朔方幫幾近全軍覆沒。直至今天，後燕盟仍在各處追殺朔方幫的人。朔方幫該是完蛋了。」

燕飛心中不舒服起來，朔方幫該由定居長城內的拓跋族人組成，自己的族人遭劫，自然湧起敵愾同仇之心。

龐義嘆道：「這是慕容垂先發制人的手段，借地方幫會連根拔起拓跋鮮卑族在長城內的武裝勢力，亦狠狠重挫拓跋珪進軍長城的計畫。」

燕飛問道：「後燕盟的老大是誰？」

高彥答道：「他們的老大叫慕容勇，善使雙斧，是慕容鮮卑有名的勇士。後燕盟的總壇就設在此城內，你朝北門走去，最大的那座房子便是，門口還放了兩頭石獅子。」

龐義欣然道：「小彥打探消息確有一手。」

高彥苦笑道：「消息是要花金子買來的呢！」

燕飛淡淡道：「大家提早上床休息，明天你們到北門外的密林等我，我幹掉慕容勇便來與你們會合。」

龐義和高彥聽得面面相覷，燕飛從來不是如此好勇鬥狠的人，隱隱感到莫容垂劫走紀千千，現在慕容族又大肆殺戮長城內定居的拓跋族人，已激起佔他一半血統的胡人狠性，決定大開殺戒，與慕容族勢不兩立。

劉裕知會了大江幫派駐廣陵的聯絡人，著他通知江文清有關孔靖的事，這才返回軍舍。他有把握江文清會給他這個面子，因爲江文清也需要像孔靖這種地區代理人。大江幫在南方的勢力崩潰後，兩湖幫以狂風掃落葉的姿態接收大江幫在南方的生意，強迫沿江城市的大小幫會改向兩湖幫臣服，對大江幫當然有嚴重的影響。幸好長江的下游揚州仍是桓玄和兩湖幫勢力未及之處，揚州更是北府兵的地盤。一個得北府兵支持的地方勢力，應可和大江幫合作愉快。任何人想和邊荒集做大買賣，必須透過孔靖與邊荒集的大江幫作交易，如此對大江幫和孔靖均有百利而無一害。

西門軍舍是北府兵中層軍官的房舍，在這裏劉裕的軍階算是最高級的，分配的宿舍除臥室外尙有相連的小廳，環境不錯。魏詠之和彭中是他左右鄰居。北府兵的大本營在京口，京口的別名正是北府，也是揚州刺史府所在地，謝玄於此成立北府軍。不過隨著謝玄移陣更具戰略性的廣陵，北府兵的總部亦搬到廣陵來。不知是否被魏詠之勾起心事，加上喝了點酒，劉裕忍不住想起了王淡眞。伊人近況如何？她仍對自己餘情未了還是恨自己入骨，恨他不守承諾？只恨他比任何時間都清楚絕不可以惹這高門貴女，如讓王恭發覺自己與他女兒間的私情，恐怕天王老子都保不住他劉裕。他不敢打聽王淡眞的消息，如她仍在廣陵，他幾乎肯定自己會失控地去找她，後果不堪想像。王恭若對司馬道子有所圖謀，絕不會把女兒留在建康。

劉裕神魂顚倒的回到宿處，甫入小廳，立感有異。空氣中似殘留著淡淡的幽香。難道是王淡眞？旋又揮去此念，因爲這是不可能的。王淡眞雖略通騎射，仍沒法神不知鬼不覺地潛進守衛森嚴的軍舍來。會是誰呢？劉裕的心忐忑跳動，提高戒備，穿過小廳，跨進臥室內。臥床簾帳低垂，幽香從床上傳來。難道是妖后任青媞？她從來是不施香粉的，爲何今日例外？劉裕暗運功力，直趨臥床。帳內隱見有人擁被而臥，而當劉裕進一步肯定是動人美女任青媞時，漆黑的環境更添暗室香艷旖旎的氣氛。

一聲幽幽的輕嘆從帳內傳出，任青媞迷人的聲音響起道：「冤家啊！快進來吧！人家等得都要睡著了！」

劉裕暗嘆一口氣，解下佩刀，擱到床頭的小几上，揭開睡帳。在他的一對夜眼下，任青媞擁被而眠，星眸半閉，媚態誘人至極點。她的秀髮散披枕上，被外露出雪白的裸臂、半截豐滿的胸肌。劉裕幾敢肯定她身上只有肚兜一類的單薄衣物。苦笑道：「你究竟是來侍寢還是商量大事？」

任青媞伸手出來抓著他腰帶，把他硬扯上床，嬌笑道：「兩者一起幹，不是更有趣嗎？」

建康都城，琅琊王府。司馬道子和王國寶在內堂議事，兩人均神色凝重。

司馬道子皺眉道：「如此說，謠言竟然不是謠言了。」

王國寶冷哼道：「謝家的事，能瞞過任何人，卻怎能瞞得過我？謝玄這次回東山去，肯定不是休隱一段時間如此簡單，而是生於斯也願死於斯的心態。謝玄把他的情況連女兒都瞞著，知情者只有謝道韞、宋悲風、何無忌、娉婷那賤人和謝琰。幸好我早收買了那賤人的貼身小婢，那賤人躲暗裏哭過多少次都瞞不過我。」

司馬道子邪笑道：「不止是收買吧？」

王國寶淫笑道：「那妮子樣貌普通，身材卻是第一流，在床上更是騷媚入骨。哈！」

司馬道子沉吟片刻，道：「如謝玄確實命不久矣，對我們實是利害難分。近來皇兄不知如何，總在很多事情上刁難我，令我處處受制。而王恭的權力卻不住擴大，謝玄若去，我恐怕北府兵權會落入王恭手上。」又道：「你肯定謝玄傷勢眞的嚴重至此？」

王國寶道：「謝玄如非命不久矣，宋悲風絕不會陪他回東山去，因宋悲風與謝安曾有協議，謝安辭世後宋悲風可回復自由身，以宋悲風的性格，是不會戀棧不去的。」

司馬道子點頭道：「你這推論很有說服力，如此說謝玄應是命不久矣，他裝作若無其事地送謝安遺體回建康安葬，只是強壓下傷勢，以惑人耳目。」

王國寶道：「眼前的形勢清楚分明，誰能奪得北府兵的軍權，誰可佔盡上風。幸好北府兵一向與荊州軍勢如水火，對我們非常有利。」

司馬道子道：「以謝玄的爲人行事，怎會容外人於他死後輕易插手到他一手建立的北府軍內去？他到建康也不是白來的，他兩次向皇兄請辭，都被皇兄挽留，肯定從而得到甜頭。他更與朝中大臣眉來眼去，現在我們當然曉得他是在安排後事。事實上北府兵的權柄已逐漸轉移到劉牢之手上，如我們試圖改變北府兵的權力分配，等於把北府兵送給王恭或桓玄，此事萬萬不可。」

王國寶微笑道：「我們從劉牢之下手又如何呢？只要把劉牢之爭取到我們這一邊來，北府兵將可為我們所用。」

司馬道子道：「這個當然最理想，不過卻是知易行難。」

王國寶笑道：「此事說難不難，只要我們能令劉牢之感到自己並非能穩坐北府兵大統領的帥位，而我們是唯一可以完成他這個夢想的人，加上他對桓玄的恐懼，便有很大可能使他站在我們這一邊。」

司馬道子喜道：「可有妙策？」

王國寶湊過身去，在司馬道子耳邊說出自己的妙計。司馬道子聽畢拍案叫絕道：「果然是一石二鳥的絕計，唯一的問題是如何可以控制皇兄呢？」王國寶又在他耳邊說出另一奸謀，聽得司馬道子連連叫好。

王國寶欣然道：「先安內後攘外，除此之外，我更想出一計，可以助我們肅清朝廷上不聽話的人。方法非常簡單，便由我連同我方大臣，聯名上書皇上，要求給王爺加封殊禮，誰反對的，我們便以種種手段鏟除，如此權力將盡歸於王爺之手，何愁大事不成？」

司馬道子訝道：「國寶你這次北返，像變成另一個人似的，思如泉湧，隨手拈來都是妙絕之計，教人意外。」

王國寶赧然道：「國寶不敢隱瞞王爺，這些計策全由師娘親自提點，當然妙絕天下。」

司馬道子長笑道：「原來如此！好！如若事成，大活彌勒便是我大晉的國師，我司馬道子更不會薄待你王國寶。」

任青媞的纖手玉足像靈蛇般纏上劉裕，把他扯進被窩裏，這美女動人的肉體在他懷中水蛇般扭動，肉體的廝磨帶來強烈的刺激，滿懷女兒幽香的當兒，此女封上他的嘴唇，丁香暗吐，以劉裕的定力，一時也完全迷失在她蓄意爲之的誘惑裏。唇分。

任青媞嬌喘細細的道：「人家很掛念你呢！媞兒甚麼都聽你的，好不好？」

劉裕尚有三分清醒，伸手抓著她一對香肩，把她推開少許，道：「小姐你弄錯了！我並不是你的情郎，只是夥伴，不要破壞我們良好的合作關係。」

任青媞凝望他片刻，一對裸腿纏上他腰股，媚笑道：「我並不是淫娃蕩婦，而是貨眞價實的黃花閨女，不信可以試試看。」

劉裕心叫救命，說這美女不吸引自己就是騙人的，尤其在此暗室之中一被之內，更要命是自己酒意未過，又長時間沒有親近過女人。幸好他比任何人更清楚這是朵有毒刺的鮮花，如此一意獻身，肯定不會有好結果。強把高漲的慾火壓下，苦笑道：「虧你說得出口，如你眞是黃花閨女，爲何對男女之事如此熟練？」

任青媞嬌嗔道：「人家曾修習《素女經》嘛！現在拋開女兒家的羞恥心來討好你，還要這麼說人家。男人不是最喜歡佔女兒家的便宜嗎？你是否男人來著？人家肯讓你佔最大的便宜呢！」

劉裕心中叫苦，曉得再如此被她色誘，絕撐不了多久，忙改變策略道：「長夜漫漫，何用急在一時，男女間的事，要好好培養情緒方行，怎可操之過急呢？」說到這裏，心中一動，暗忖她既然開口閉口均堅稱自己是黃花閨女，沒有被其他人動過，看來不假。立即反客為主，一雙手滑進她的汗衣裏去，頑皮地活動起來，同時道：「王恭究竟是怎麼一回事？為何他偷偷去見殷仲堪，隨後又來廣陵見劉牢之？」

任青媞果然在他活躍的手下抖顫起來，臉紅似火，香體發熱，壓抑不住的嬌吟道：「你這樣人家如何說話呢？」

劉裕幾乎停不了手，把她再推開少許，道：「說吧！」心中不得不承認此妖女確實是天生尤物。

任青媞閉上美眸喘息片刻，然後半睜半閉地橫他嬌媚的一眼，再次閉目。當劉裕不知她會有何異動之際，任青媞幽幽嘆了一口氣，柔聲道：「謝安去世後，朝廷的變化很大，司馬曜的想法亦有改變。淝水之戰後，他一直擔心謝安叔姪趁勢北伐。現在謝安已死，謝玄因傷處於半退隱的狀態，而司馬道子則權傾內外，其左右之人，爭權弄柄，賄賂公行，刑獄謬亂，敗壞政局，司馬曜豈無悔意，與其弟司馬道子的矛盾開始浮現。」

劉裕道：「便是因此，司馬曜重用以王恭為首的大臣，以對抗司馬道子和王國寶？」

任青媞低聲道：「你信也好，不信也好，我們兩姊妹辛苦經營，全為你的將來鋪路搭橋。曼妙她點醒司馬曜，是希望司馬曜能從司馬道子手上奪回權力，如此便可以助你在北府兵裏扶搖直上，以對付孫恩。只恨王恭也是有野心的人，私下透過殷仲堪勾搭桓玄，令情況更趨複雜。尤可慮者，是司馬道子對曼妙生出疑心，以司馬道子現在的權傾朝野，曼妙已陷身險境，情況非常不妙。」

劉裕聽得慾火全消，皺眉道：「即使司馬曜能成功鞏固王權，仍沒法令我一步登天，坐上北府兵大統領的位置。北府兵講究的是資格，軍中更是山頭派系重重。如有幾年的時間，加上不住立功，或有少許機會。」

任青媞道：「這個我反不擔心，你是當局者迷，我卻是旁觀者清。現在劉牢之已穩坐大統領之位，謝玄把你安置在他旗下，正是給你最好的機會。南方大亂即至，以你的才幹，肯定可以大有作爲。我們可以爲你做的事已盡力做了，希望你不會忘記我們的協約。」

劉裕首次對任青媞生出憐意，不由把她摟緊少許，心忖自己已有負於王淡眞，而孫恩更是自己勢不兩立的大仇家，爲己爲人，也不應讓任青媞失望。保證道：「我劉裕豈是言而無信的人。」說出這句話後，方感慚愧，至少他對王淡眞便是言而無信。

任青媞擠入他懷裏，手足再次纏上來，吐氣如蘭的道：「原來我們的劉爺也有憐香惜玉之心。」

劉裕皺眉道：「你還有心情嗎？」

任青媞嬌笑道：「爲何沒有心情呢？且是心情大佳。我是故意試探你的，扮出可憐兮兮的樣子，看你會以甚麼態度對付人家。坦白告訴你，我雖然解散了逍遙教，但仍保留最有用的部分。帝君經多年部署，豈是可輕易被毀掉的，我對你依然有很大的利用價值。你不敢做的事，我可以代你出手。」

劉裕有點給她玩弄於股掌之上的無奈感覺，不悅道：「你如再對我用心機，我便和你來個一拍兩散，各走各路。」

任青媞輕吻他嘴唇，嬌媚的道：「劉爺息怒，奴家錯啦！任憑大爺處罰。」

劉裕正軟玉溫香抱滿懷，聞言心中一蕩，分外感到懷中胴體火辣辣的誘惑，充滿青春和健康卻又原始野性的驚人吸引力。盡最後的努力道：「我對你的處罰是命你立即離開，爲我好好辦事去。」

任青媞故意扭動嬌軀，嬌嗔道：「這可不行，其他任何處罰都可以，但必須在床上執行。劉爺啊！

媞兒眞的很想啊！你不要人家嗎？」

劉裕的慾火「蓬」的一聲烈燒起來，心忖擋得住她第一次的色誘，也擋不住她另一次的色誘，終有一次失守，既然如此，何須苦苦克制。就在此理智讓位於慾火的一刻，急驟的腳步聲由遠而近。任青媞一把推開他，低呼道：「截住來人！」劉裕滾出帳外，從地上彈起來。來者推門而入。

劉裕搶出房門，截著氣急敗壞、臉青唇白的魏詠之，駭然道：「甚麼事？」

魏詠之淚水奪眶而出，悲呼道：「玄帥歸天了！孫爺在主堂等我們。」他的話像青天霹靂，不但轟走劉裕體內升起的慾火，還轟得他腦袋空白一片，失去思索這個一直在等待的噩耗的能力。

「小姐！小姐！」紀千千逐漸清醒，本遠離她的意識一點點地回到她思感的空間內。曾有一段時間，她想放棄一切，可是或許因爲小詩，又或仍捨不得燕飛，她又留下來。只要她失去鬥志，她便可以離開這苦難重重的人間世。她不知自己病倒了多久，日子似在徘徊於甦醒和沉睡、生存與死亡之間。她想坐起來，立感全身痠痛，四肢乏力，眼前模糊，呼吸不暢，有種沉進水底遇溺般的感覺。「小姐！」小詩的呼叫聲比先前接近了點，同時她感到小詩正扶著她。紀千千似乎只剩下呼吸的氣力，下一刻又好了些兒，艱難地張開美眸。小詩的臉龐出現眼前，逐漸清晰。

「小詩！」小詩撲入她懷裏，悲泣道：「小姐！你不能棄小詩而去啊！」

紀千千發覺自己躺在床上，住處是間布置古雅的房間，窗外黑沉沉的，傳來古怪的聲音。她輕抱小詩，訝然問道：「這裏是甚麼地方？外面甚麼東西在叫呢？」

小詩梨花帶雨地從她懷裏坐起來，淒然道：「這裏是滎陽城的太守府，給大王徵用作行宮。外面叫的是秋蟬，快天亮了！」

紀千千駭然道：「現在是秋天嗎？」

小詩道：「小姐在到洛陽前病倒了，已有兩個多月，十二天前是立秋。小姐啊！不要再想燕爺好嗎？再這樣下去，你會……你會……」

紀千千感覺到恢復了點體力，雖然仍是虛弱，已好過得多。柔聲道：「我自有分寸，看！我不是好起來了嗎？噢！你瘦了！」

小詩垂淚道：「只要小姐沒有事，其他小詩都受得了。」

紀千千挨在床頭處，閉目低念了幾遍滎陽城，再睜開美眸道：「是否已攻下洛陽呢？」

小詩點頭道：「早攻下洛陽多時，現在關東地區，只餘下鄴城仍在苻堅之子苻丕主事下堅守頑抗，大王包圍此城日夜強攻，看來快守不住了。」

紀千千奇道：「聽你的口氣語調，像是站在燕人一邊的模樣。」

小詩抹淚赧然道：「小詩是自然而然依他們的語調說話罷了！小詩懂甚麼呢？只要小姐康復起來，其他一切小詩都沒有興趣去管。」

紀千千心神轉到燕飛身上，正要用心去想，驀地頭痛欲裂。「小姐！小姐！你怎麼了？」紀千千喘息道：「沒有甚麼！唉！」

小詩膽顫心驚的問道：「小姐要不要吃點東西？」

紀千千道：「先給我一點清水。」

小詩伺候她喝過清水後，怯怯的道：「小詩須立即通知大王，他說只要小姐醒過來，不論何時都要立即通知他的。」

紀千千皺眉道：「天亮再告訴他吧！我現在不想見他。」又問道：「他對你好嗎？」

小詩垂首道：「大王對小詩很好。他對小姐更好，每天都來看小姐，有時一天會來二、三次，有幾次還在床邊坐了超過一個時辰，只是呆看著小姐。」

紀千千心中湧起難言的滋味，她究竟該痛恨慕容垂，還是應感激他呢？慕容垂絕不像他表面般的冷酷無情，事實上他有深情的一面，只不過他的敵人永遠接觸不到罷了！

紀千千道：「有沒有邊荒集的消息？」

小詩茫然搖頭，道：「沒有人提起過邊荒集。」

紀千千發覺臥室的一角放置另一張床，微笑道：「你一直在陪我。」

小詩點點頭，目光投往窗外，輕輕道：「又一天了！」

窗外漸趨明亮。天亮了。可是紀千千仍感到自己陷身沒有天明的暗夜裏，未來是一片模糊。燕郎啊！何時我們再可以一起生活，永不分離呢？

侯亮生睡眼惺忪的來到大司馬府的內堂，桓玄正坐著喝茶，精神奕奕，一夜沒睡似對他沒有絲毫影響。「坐！」侯亮生欠身坐往一側，自有婢女來爲他擺杯斟茶。

婢女退出後，桓玄仰望屋樑，露出深思的神色，好一會嘆道：「好一個司馬曜。」

侯亮生莫名其妙的看著桓玄，不知該如何答他。桓玄明亮的目光朝侯亮生投來，語氣平靜的道：「謝玄於三天前在東山病發身亡，我桓玄在南方再無對手。」

侯亮生劇震道：「甚麼？謝玄死了！」

桓玄點頭道：「劉裕果然沒有騙奉三，奉三也沒有騙我。」

侯亮生道：「消息從何而來？」

桓玄道：「當然來自殷仲堪。原來謝玄早親告司馬曜，說自己沒有多少天可活，所以司馬曜秘密籌謀，力圖遏抑司馬道子和王國寶，遂以強藩制約朝中權臣之策，委王恭鎮守京口，接管北府兵，又派殷仲堪到我荊州入駐江陵，以犄角之勢箝制司馬道子和王國寶。哈！好一個司馬曜，這不是找死是幹甚麼呢？」

侯亮生至此方知桓玄在說反話。點頭道：「司馬曜的確非常愚蠢，以前他是支持司馬道子以壓抑謝安叔姪，到現在謝安、謝玄先後去世，又希望從司馬道子手上收回權力，豈知權柄從來易放難收，司馬道子怎會坐視權力被削，司馬曜是硬逼司馬道子向他動手。」

桓玄啞然笑道：「本來司馬道子仍不夠膽子，現在謝玄既去，當然再沒有任何顧忌。」

侯亮生道：「殷仲堪任荊州刺史的同時，尙有庾楷出任豫州刺史，此人亦爲司馬曜的親信，不知是否站在王、殷的一邊？」

桓玄顯然心情極佳，談興甚濃，柔聲道：「眼前形勢，誰有兵權在手，誰有說話的資格，庾楷雖爲當世名士，可是豫州之兵不過二千，頂多可作王恭和殷仲堪的應聲蟲，憑甚麼令人看重？」接著向侯亮生道：「我苦候多年的機會終於來臨，我應該如何做呢？」

侯亮生沉吟片刻道：「我認爲主公應讓王恭作先鋒。」

桓玄愕然道：「如讓王恭成功除去司馬道子，我豈非坐失良機？」

侯亮生微笑道：「主公認爲王恭有此能耐嗎？」

桓玄道：「王恭確實沒有此等能耐，可是如北府兵爲其所用，以北府兵的猛將如雲，建康軍豈是對手？一旦司馬曜重掌權力，我們再要逼他退位將非易事。」

侯亮生欣然道：「北府兵諸將自劉牢之以下，絕大部分出身寒門，又或沒落世家，一向爲建康高門所鄙視。王恭是高門裏的高門，以家世高貴而蔑視一切，只會把北府諸將當作呼之則來揮之則去的走狗。而此正爲北府諸將的大忌，是他們最不能容忍的事。在此事上我絕不會判斷錯誤，王恭肯定會把事情弄砸，到時主公便可以出來收拾殘局，一戰定天下。」又道：「兼且孫恩造反在即，就讓孫恩削弱建康軍和北府兵的力量，而主公則坐山觀虎鬥，實有百利而無一害。」

桓玄定神想了一會，長笑道：「好！就如你所言，讓王恭去當先鋒。王恭一直想做另一個謝安，我便乘機向他討點便宜。聽說他女兒生得國色天香，是建康高門的第一美女，足可媲美紀千千外的另一絕色，王恭若肯將女兒送我作妾，我便陪他暫且玩玩。」

侯亮生愕然道：「據聞王恭已把她的女兒許給殷仲堪的兒子，主公若向王恭作此要求，殷仲堪顏面何存？」

桓玄若無其事道：「只要王恭的美麗女兒尚未嫁入殷家便成，殷仲堪敢來和我爭嗎？」侯亮生爲之語塞，無話可說。

劉裕和三十多名北府兵的中層將領，包括魏詠之和彭中，已在北門參軍府的外堂等了數個時辰，直等到破曉，仍未輪到他們進內堂見劉牢之。劉裕等人到達時，劉牢之仍在和王恭說話，然後是何謙，接著是孫無終、竺謙之、劉襲等高級將領，他們這些中低層將官，只有在堂外候令苦待。劉裕的腦筋愈等愈是麻木，隱隱感到生命的轉捩點已經來臨，至於是禍是福，只有老天爺清楚。他生命中最美好的事物，隨著人事的遷變無常成爲不復返的過去。一手把他提拔上來的謝玄，他的死亡已是鐵般的事實。對謝玄，劉裕有一種近似對兄長和父親的依戀和孺慕，想起自己差點背叛他和傷害他，劉裕感到窒息般的內疚。

對於心愛的美女王淡眞，再不可以用愧疚來形容其萬一，而是一種他必須全力抑制和設法忘記的錐心痛楚。他不敢想她，不敢想像她的情況，甚至不敢知道她對自己是餘情未了，還是對自己背棄承諾恨之入骨？他情願她痛恨自己，永遠忘掉他這愛情的逃兵。最好的朋友燕飛正深入險境，去進行幾近不可能完成的任務，設法從慕容垂魔掌內把紀千千主婢救回來。假設劉裕能陪他一道去冒險，劉裕會好過得多，偏是他身負的責任，令他只能眼睜睜瞧著燕飛離開。對紀千千主婢，他也有絕對的責任，冷酷的現實，卻令他只可以坐視不理。人生爲何充滿無奈的事？做人究竟有甚麼意思？他當然不會就此自暴自棄，他已身處在不能掉頭，且生死懸於一線的險路上，只有往前直闖，方可能有出路。

足音從內堂傳來，劉裕與一眾年輕將領朝後門望去。孫無終等魚貫進入大堂，人人神情凝重、疲憊又掛著掩不住的悲痛。孫無終直抵劉裕身前，道：「大將軍要先見你。」包括劉裕在內，人人皆感愕然，曉得事情並不尋常。

燕飛、龐義和高彥在雁門城主街一間食鋪吃早點，三匹駿馬綁在鋪子門外的馬欄處，由於時候尙早，街上只有疏落的行人。鋪內只有兩三張桌子有客人，如此冷落的場面，於雁門這種位處邊陲，塞內外的交通重鎮來說並不常見，原因或許是受近日發生於平城的亂事所影響，令商旅不敢久留，甚至繞道不入城。

高彥細看燕飛，忽然向龐義道：「老龐你有沒有發覺？我們的燕公子今天心情特別好，連胃口都大有改善。」

龐義笑道：「你沒有吱吱喳喳的說話，我的心情也好多啦！」

燕飛笑而不語，他的心情的確好得多。今早快天亮前，他從睡夢裏乍醒過來，感應到紀千千。雖然遙遠而不清晰，可是他卻清楚無誤地感覺到她的存在，一閃即逝，但已令他精神大振。如此的感覺如何說清楚呢？所以只好任高彥發口瘋。

高彥壓低聲音道：「你是否仍依昨天所說的去踢館？」燕飛輕鬆的點頭應是。

龐義擔心的道：「我看多一事不如少一事，到見著拓跋珪再說吧。或許你的兄弟早有全盤攻入塞內的計畫，你如此打草驚蛇，可能壞了他的事。」

高彥也幫腔道：「老龐說得對，朔方幫的覆滅是既成的事實，你殺一個半個只是洩憤，於大局無補於事。常言道好漢不敵人多，你若有甚麼閃失，我們兩個怎辦好呢？」

燕飛大為感動。昨晚他決意出手刺殺慕容勇，一來是激於族人被欺凌殺害的義憤，更因心中充滿鬱結難平之氣，現在得知紀千千安然無恙，心情大有改善。現在他不能不顧及好友們的感受，且他們說得有理，報復亦不急在一時，正要答應，街上忽然傳來追逐喊殺的聲音。

三人愕然朝街上瞧去，一群如狼似虎的大漢正持刀提矛的在追殺另一名漢子，被追殺者雖是渾身浴血，仍悍勇非常，回刀劈飛一名惡漢，竟飛身跳上高彥的坐騎，正要劈斷繫索策馬而逃，忽又從馬的另一邊滾落地面。一把斧頭差之毫釐般在馬背上掠過，「噗」的一聲斧鋒嵌進食鋪的大門旁，引起鋪內食客一陣驚嘩。那漢子險險避過飛斧，在地上連續翻滾，滾到食鋪大門時彈了起來，撲進店來。眾食客夥計紛紛走避。七、八名大漢狂追而至。燕飛倏地起立，與被追殺的大漢打個照面，兩人同時一震。蝶戀花出鞘。

劉牢之獨坐內堂主位處，眉頭深鎖，像在一夜間衰老了幾年。劉裕直抵他身前施軍禮致敬。劉牢之朝他瞄上一眼，有點心不在焉的道：「坐！」劉裕仍不曉得他爲何要單獨見自己，避到一旁坐下。

劉牢之嘆一口氣道：「我早猜到玄帥受了致命的重傷，不過仍沒有想過他這麼快捨我們而去。」又望著劉裕道：「你知不知道我怎會猜到玄帥這次避隱小東山，或會一去不返呢？」劉裕搖頭表示不知道。

劉牢之嘆一口氣，苦笑道：「玄帥起程到小東山前，要我好好保住你。唉！你在我軍中的官階不高，卻是萬眾矚目的人物。正因你鋒芒過露，又開罪了很多人，包括司馬元顯和王國寶，所以能否保住你的性命，變成我北府兵和權貴間一個鬥爭的重心。」

劉裕明白過來，劉牢之從謝玄「臨危託孤」式的吩咐，猜到謝玄自知命不久矣，否則有謝玄在，何用勞煩德望遠遜於他的劉牢之。而謝玄更巧妙地點醒劉牢之，他劉牢之的權位已和劉裕的生死連結起來，若劉牢之保不住他劉裕，不單令軍心不穩，人人自危，更向外顯示出他劉牢之遠及不上謝玄的威勢。

劉裕恭敬道：「大將軍的關懷，下屬非常感激。」

劉牢之雙目精芒閃閃，上下打量劉裕，沉聲問道：「你和王恭的女兒王淡眞是甚麼關係？」

劉裕暗吃一驚，因爲不清楚劉牢之對事情知道了多少，一個對答不恰當，立即會破壞劉牢之對他所餘無幾的好感。苦笑道：「下屬第一次見到淡眞小姐，是在烏衣巷玄帥府上，只是點頭之交。後來從邊荒集趕回廣陵，傷重昏倒路旁，得她仗義相救，而我則適逢其會助她破壞了司馬元顯對付她的陰謀，這些事我均沒有隱瞞的上報玄帥。」

劉牢之「砰」的一掌拍在座椅的扶手處，嚇得劉裕心兒狂跳，以爲被揭穿有所隱瞞的時候，劉牢之怒道：「王恭實在太盛氣凌人，不知從哪裏聽到一些閒言閒語，竟說你對他女兒有野心，剛才便警告我，若你敢去惹他女兒，便派人打斷你的腿。哼！他娘的！高門大族是人，我們就不是人嗎？除安公和玄帥外，所謂的高門誰不是躲在後方關起門來當其名士，而我們則在前線出生入死來維護他們的風流飄逸。」

劉裕放下心來，同時看到王恭與劉牢之的矛盾，而這種矛盾是永遠不能化解的，高門寒門的對立是沒有人能醫治的絕症。王恭對劉裕的鄙視，激起劉牢之的憤慨。不過如此一來，能否保住自己，已變成高門寒族間的鬥爭。

劉牢之餘怒未消的道：「若非玄帥交代下來要我們支持王恭，剛才我就把他轟出府門，看他憑自己的力量，可以有何作爲。」

劉裕點頭道：「沒有我們北府兵的支持，王恭只餘給司馬道子宰割的分兒。」同時又想到王恭好說歹說，總是自己心上人的親爹，自己可以看著他和劉牢之交惡，甚至把性命賠上去嗎？忙補救道：「參軍大人千萬不要因我致影響玄帥的遺命，我受點委屈只是微不足道的小事。」

劉牢之瞪他一眼，似在說我當然不會因你而影響決定，只是沒有說出口來。劉裕當然有自知之明，不會因此難受。

劉牢之似是自言自語道：「王恭多番申明得到皇上支持。哼！就看王恭能否拿出事實來證明。」

劉裕隱隱猜到王恭是代司馬曜許下升官的諾言，亦只有名正言順的北府兵統帥之位，方可以打動劉牢之。不論誰人當權，包括司馬道子或桓玄在內，都要以種種好處籠絡劉牢之，否則北府兵會立即叛變。劉牢之也有他的爲難處，北府兵以何謙爲首的另一勢力仍有資格和他一爭長短，所以他在北府兵的位子尚未坐穩，兼之他在朝廷的聲望遠遜謝玄，又是出身寒門，所以亟須朝廷的任命和支持。看來暫時他仍要和王恭虛與委蛇。

劉牢之怎想得到他的推測如此精到深入，吁出一口氣道：「孔靖昨晚與你談話後來見我，告訴了我你的提議。唔！這件事小裕你做得很好，我們必須倚靠自己，自給自足，方可以挺起頭來做人。」

劉裕暗抹一身冷汗。孔靖去見劉牢之，是要取得他的支持，始敢把邊荒集牽涉到龐大利益的生意攬上身。而劉牢之可以從完全不同的角度去看這件事，例如他可以認爲劉裕是要私下勾結孔靖，以壯大自己的勢力，那便大禍臨頭，肯定沒命離開參軍府。

劉牢之又低聲道：「玄帥說過派你去邊荒集是有特別的任務，原來玄帥有此安排，你要用心去做好這件事，我們便不虞物資財源方面的匱乏。」

劉裕點頭胡混過去，亦想到劉牢之有他的野心，所以不單不怪責自己，還鼓勵他。現在邊荒集等於他劉裕的護身符，一天還有利用他的地方，劉牢之千方百計也要保住他，否則等於自斷財路。劉裕乘機道：「我想到邊荒集打個轉，安排好一切。」

劉牢之道：「在玄帥大喪之前，你最好留在這裏，我還要弄清楚邊荒集的情況。」又拍拍他肩頭道：「不論你與王淡眞是甚麼關係，便當作是一場春夢，以後你想都不要想她，當然更不可以與她私下有任何來往。」劉裕心中暗嘆一口氣，告退離開。

燕飛一砍一劈，橫掃直刺，均實而不華，劍招甚至令人感到平平無奇，看來很容易擋格似的，偏是追殺進來的七、八名胡人戰士，卻沒有人能擋得他一招半式，紛紛濺血倒地。高彥和龐義正一左一右挾著那名逃進來渾身浴血的鮮卑人，同時看呆了眼。他們以前屢見燕飛出手，都沒有這次的震撼。燕飛實已臻化腐朽爲神奇的地步，看似無意，卻是隨心所欲，再沒有任何斧鑿之痕，招與招間的變化欲斷還連，彷如天馬行空。

燕飛毫不停留迎著給他嚇慌了不知該殺進來還是退出去、攔在大門處的另四名敵人攻去，喝道：「扶小瓢上馬。」

高彥和龐義這才知道被追殺者是燕飛舊識。待要攙扶他出去，叫小瓢的猛地掙脫，嚷道：「我還可以騎馬！」搶到燕飛身後。

高彥和龐義雖感不是滋味，仍不得不暗讚一聲硬漢子。剛才扶著他時對方早全身虛弱發軟，只呼吸兩口氣的光景便回過氣來。

慘叫聲中，燕飛衝到長街上，攔門者全傷倒在地。街心處站著十多名武裝大漢，人人體形慓悍，殺氣騰騰，領頭者矮壯強橫，手持單斧，隔遠持戟指喝道：「來者何人？竟敢管我後燕盟的事！」

燕飛騰身而去，在戰馬上掠過，往敵人投去。長笑道：「原來是慕容勇送死來了。」

身在敵方勢力範圍內，只有速戰速決一途，如讓敵人後援殺至，他本人或可全身而逃，高彥等三人肯定命喪當場。那叫小瓢的首先飛身上馬，接著是機伶的高彥和龐義，先後拔出兵器斬斷繫索，夾馬朝北門奔去。他們均曉得明年今日此時肯定是慕容勇的忌辰，因爲慕容勇面對的不但是邊荒的第一高手，更是有可能成爲天下第一高手的燕飛。

「大王駕到！」正伺候紀千千的小詩慌忙跪在一側，靜待慕容垂大駕。紀千千擁被坐起來，秀眉輕蹙，花容消瘦的她確實令人憐惜。慕容垂威猛雄偉的身影出現入門處，穿的是儒服，爲他增添了不少雅逸風流的懾人風采，負手跨過門檻，雙目閃閃生輝地凝望著紀千千，似是世上除這動人美女外，再無他物。小詩見狀悄悄避了出去。

慕容垂直抵紀千千床頭，微笑道：「千千終於戰勝病魔，可以參與我慕容垂的登基大典，我心中的欣慰，怎樣才可以向千千表白呢？」

聽著慕容垂情意綿綿的話，紀千千心中也有點感動，有情的話語，出自本應是冷酷無情的魔君之口，分外使人感到稀罕。更清楚自己心有所屬，對方的諸般努力終難免落空，心中亦不無惋惜之意，不忍說狠話打擊和傷害他。避過他灼人的熾熱眼神，紀千千淡淡道：「我還以爲你早已稱帝了！」

慕容垂在床沿坐下，柔聲道：「那只是下面的人放出風聲，以添聲勢，事實上因時機未至，我只是立國稱王。」這位縱橫天下的超卓霸主，就坐在雙方氣息可聞的近處，以他的人才武功，天下美女還不是任他予取予求。

紀千千心頭一陣感觸，道：「現在時機成熟了嗎？」

慕容垂輕輕道：「苻堅已於五天前被叛變的將領狙殺。」紀千千「呵」的一聲叫起來，秀眸投向慕容垂。

慕容垂伸手撫上紀千千的臉蛋，雄軀一震，見到紀千千露出不悅的神色，又無奈地把手欲捨難離的收回去。道：「聽到天王的死訊後，我爲他守喪三天。對他，我慕容垂到今天仍是心存感激，想當年我被族人妒忌排擠，走投無路，如非他不理王猛的反對，收留了我，我慕容垂豈有今日。只恨國家爲重，個人爲輕，只能把對他的感激銘記心頭，且要永遠埋藏心底。」

紀千千感到他沉重的心情，想不到在他堅強的外表下，竟隱藏著深刻的矛盾，一時說不出嘲諷他的話。

慕容垂像得到唯一可傾訴心事的對象般，嘆一口氣道：「每個人都有一個冷暖自知的故事，誰能倖免？苻堅被迫走上末路，關鍵處在於慕容沖，千千可想知道苻堅和慕容沖間的瓜葛？」

紀千千一向關心局勢時事，聞言不由心動，道：「我在聽著呢！」

慕容垂見紀千千對他的話產生興趣，精神大振，侃言道：「慕容沖是前燕慕容儁的兒子，當年我助苻堅消滅前燕，慕容沖和他的姊姊清河公主被押送往大秦首都長安。清河公主是前燕著名美女，年方十四已長得亭亭玉立，被苻堅收歸後宮。慕容沖當時十二歲，長得眉清目秀，苻堅忍不住龍陽之癖而侵犯他。此事傳遍長安，市井間還流傳著描述苻堅和他兩姊弟『一雌復一雄，雙飛入紫宮』的順口溜。可知當年是如何轟動。」

紀千千露出不忍聽聞的神色。慕容垂接下去道：「王猛風聞此事，力勸苻堅，苻堅無奈下打發慕容沖出宮，讓他到平陽當太守。慕容沖一直視此爲生平奇恥大辱，念念不忘，只是奈何不了苻堅。現在帶頭猛攻長安的正是慕容沖，這不但牽涉到國仇家恨，還有個人私怨，因果循環，報應確實絲毫不爽。」

紀千千沉聲道：「殺苻堅者是否即慕容沖呢？」

慕容垂道：「殺苻堅者雖非慕容沖，分別卻不大，因是由他親自督師，攻陷苻堅的最後根據地長安都城，苻堅被逼逃往附近的五將山。姚萇趁火打劫，包圍五將山，抓著苻堅，先索取玉璽，繼而逼他禪讓，遭到拒絕後，派人到囚禁苻堅的佛寺內把他勒死。大秦就此完了，只留下幾許風流傷心事。」

紀千千聽他話裏充滿感慨，說不盡的欷歔傷情，深切感受到處於他這位置的人，不論表面如何風光，內裏確有一個如他所說的難以盡道的故事。不由對他的惡感減少幾分。

慕容垂苦笑道：「姚萇是我尊敬的戰友，想到將來或許須在沙場決一死戰，那種滋味眞可令人睡難安寢。」

紀千千淡淡道：「大王是否立即進軍關中？」

慕容垂腰脊一挺，神態立即變得威猛懾人，感懷傷情一掃而空，雙目芒光電射，沉聲道：「現在還不是時候。如我現在朝西挺進，只會逼姚萇和慕容沖聯手抵抗，我是慕容沖的叔父，很明白他這個人，他一直抑制對大秦的仇恨，現在仇恨像決堤的洪水般湧出來，必然盡情屠戮秦人，把長安變成血腥的人間地獄，如此焉能守得住長安？一座城市的存亡，在乎統治者與民眾的關係，邊荒集是最好的例子。我已等了多年，何用急在一時。」

紀千千訝道：「邊荒集發生了甚麼事？」

慕容垂知道這聰明慧黠的美女，已從他的語氣聽出端倪，苦笑道：「士心被你的好朋友燕飛成功刺殺，荒人已重奪邊荒集。」

紀千千「呵」的一聲坐直嬌軀，秀眸閃出難以掩飾的喜意。慕容垂心中一陣刺痛，長身而起，道：「千千貴體為重，好好休息，我還有很多事急於處理。」說罷頹然去了。

見過劉牢之後，孫無終又私下找劉裕談話，順道吃早點。在麵條鋪子內，兩人邊吃邊談。

孫無終道：「玄帥不在，一切都不同了。你以後行事不要獨行獨斷，玄帥可以容忍你，甚至欣賞你這種作風，其他人卻看不過眼。現在劉爺新官上場，志切立威，你千萬別觸怒他。」劉裕只好唯唯諾諾的答應。

孫無終道：「劉爺吩咐下來，暫時免去你軍中的例行職務，讓你可以專心處理邊荒集的事，直至有新的任命為止。」

劉裕心忖這或許是唯一的好消息，他早失去工作的情緒。北府兵中慣以「爺」來稱呼上級，所以在劉裕等輩軍官中稱孫無終作孫爺，劉牢之則變孫無終口中的劉爺。

孫無終沉吟片刻，道：「孔老大可算是我們半個北府兵的人，他發財等於我們發財，所以劉爺對你的提議非常重視，此事更是不容有失。在你去見孔老大前，我已為你在劉爺面前打過招呼。邊荒集最吸引人的地方是可以提供軍備，不用去求司馬道子那奸賊。」

劉裕肯定地道：「孫爺放心，此事我會辦得妥妥貼貼。」

孫無終嘆道：「司馬道子父子的勢力不住膨脹，希望劉爺可以頂得住他們，不過頂多能保住你的職位。玄帥既去，所有軍內的升遷都要上報朝廷，批核的還不是司馬道子，所以你最聰明的做法是韜光養晦，不求有功，但求無過。」

劉裕很想說那我還留在北府兵幹嘛？終不敢說出來。孫無終見他欲言又止的不服氣模樣，笑道：「年輕人，最要緊勿意氣用事。北府兵現在是你唯一保命之地。以你的本領，當然可以逃到邊荒集，可是你在京口的家人如何呢？他們將會被牽累。相信我，世事的發展往往出人意表，玄帥看上你，是一種緣分，你當時想得到嗎？現在長江下游有三股勢力，分別是建康軍、王恭的京口軍和我們北府兵。上游也有三大勢力，以桓玄的荊州軍居首，其他分別是殷仲堪的江陵軍和楊佺期駐守襄陽的軍隊，餘下的均不足道。」

劉裕皺眉道：「楊佺期不是桓玄的人嗎？還助桓玄打下巴蜀，開拓進軍關中之路。」

孫無終道：「表面看確實如此，如桓沖仍在，楊佺期肯定沒有異心。可是桓玄並不是桓沖。桓玄一向目空一切，自以爲家世高貴，性格驕悍。楊佺期雖是東漢名臣楊震的後裔，但桓玄卻因楊佺期晚過江而鄙視他，只當他是走狗和工具，故而楊佺期一直爲此憤怨不平，且和殷仲堪秘密來往。殷仲堪當然喜與楊佺期眉來眼去，可是他知道楊佺期兵法超群，勇猛大膽，對他也非全無顧忌。」

劉裕聽得頭都大起來，道：「原來如此。」

孫無終笑道：「我們大晉固是四分五裂，人人各懷鬼胎，北方諸胡亦是亂成一團，無暇南顧，在這樣的情況下，未來的變化誰能預估？還有是孫恩聲勢日大，亂事將臨，只要小裕你能沉得住氣，將來必有出頭的一天。」

劉裕心中感動，孫無終繞了個大圈，仍是爲了激勵自己。心忖不論將來形勢如何發展，自己怎都要維護孫無終，以報答他的恩情。點頭道：「小裕受教了！多謝孫爺。」

孫無終見振起他的鬥志，拍拍他的肩頭欣然道：「我要走先一步，你若和孔老大間有甚麼新的發展，記得先通知我，我會爲你在劉爺面前說好話。用心點幹。」說罷去了。

劉裕呆坐片晌，正要付賬離開，孫無終原先的位子已多了一個人。劉裕訝然瞧去，接觸到一對明亮如夜空明星，但也如夜星般神秘而美麗的大眼睛，深藏在掩去大半邊臉龐的斗篷和輕紗裏。劉裕想起燕飛曾提及的一位美女，一顆心兒竟忐忑跳動起來。

四人三騎，狂奔近兩個時辰後，遠離雁門城。他們在一座密林下馬休息，燕飛這才有空向高彥和龐義介紹叫小瓢的胡漢，原來竟是拓跋瓢，拓跋珪的親弟。

高彥道：「我行囊裏有刀傷藥……」

拓跋瓢笑道：「只是皮肉之傷，找條溪水清洗便可以了。」轉向燕飛道：「大哥沒有誇大，燕飛你的劍法果然了不起，只幾個照面便幹掉了慕容勇。」

燕飛正運功細聽，欣然道：「前方不遠處有條小河，恰好作你洗淨傷口之用。不要逞強，敷點刀傷藥總是有益。」

拓跋瓢不再堅持，四人拖著馬兒，穿林過野，前方果然有一道清溪，人馬同感興奮，馬兒趕去喝水，而拓跋瓢索性脫掉衣服，只剩下短褲，站在深可及腰的溪水中痛快地洗濯身上大小傷口。燕飛坐在溪旁的石上，雙足浸在冰涼的水裏，優閒自得。高彥和龐義俯伏溪旁，埋頭喝水，好不痛快。

拓跋瓢道：「想不到我們的小飛竟會到草原來，大哥必然喜出望外。大哥經常提起你，常說如有燕飛在旁並肩作戰，何愁大業不成。」

燕飛不答反問道：「你怎會弄至如此田地？」

拓跋瓢露出憤恨之色，狠狠道：「我奉了大哥之命，出使燕國中山，原意是和慕容垂修補瀕臨破裂的關係，豈知見不著慕容垂，卻給他的兒子慕容詳扣起來作人質，威脅大哥供應五千匹戰馬，否則便把我殺掉。幸好我覷準機會，在朔方幫安排下逃了出來，卻被慕容詳派人追殺，更幸運的是竟遇上你。」

高彥把頭從水裏抬出來，任由河水從頭臉涔涔流下，笑道：「你們需要的是像我這般的情報高手。竟然不知邊荒集發生的事，你們早和慕容垂決裂，還傻傻的到中山送死。」

拓跋瓢苦笑道：「對邊荒集的事我們不是沒有收到風聲，可是大哥為集中力量對付赫連勃勃，所以想先穩住慕容垂。現在證明此路不通，大哥會為此非常頭痛。」

龐義坐在溪邊，道：「我們這次不遠千里而來，正是要助你們對付慕容垂。」

拓跋瓢露出沒好氣的神色，瞪龐義一眼，轉向燕飛道：「以我們目前的力量，進攻慕容垂只是以卵擊石。一旦他的大軍回師，我們恐怕連盛樂也保不住。」

燕飛淡淡道：「待我見到小珪再說吧！」忽然露出傾聽的神色。三人呆看著他。

燕飛跳起來道：「有追兵到！」拓跋瓢忙從溪水躍起，投往岸邊。此時高彥等也隱隱聽到急驟的蹄聲。

拓跋瓢迅速穿衣，叫道：「敵騎超過一千之數，該是慕容詳的人。」聽到是慕容鮮卑的精銳騎兵，高彥和龐義均為之色變。他們的馬兒均勞累不堪，實難和敵人比拚馬力。

燕飛道：「隨我來！」首先牽著馬兒，沿溪水疾行。邊走邊道：「只要能捱到日落，我們將有機會偷出長城。」三人忙跟著他去了。

邊荒集。屠奉三和慕容戰聯袂到說書館找卓狂生，後者正和方鴻生研究今晚名爲「除妖記」的一台說書戲，那是方鴻生的首本戲，爲他賺得不少銀兩，最後一章「邊荒伏魔」當然是整台說書的高潮，由方鴻生現身說法，每晚都吸引了大批荒人來光顧。方鴻生見兩人至，知他們有要事傾談，客套兩句後離開，走時還告訴兩人他開了間巡捕館，專門提供查案尋人的服務，請兩人大力支持。屠奉三和慕容戰聽得相視而笑。

卓狂生把兩人引入館內，自己登上說書台的太師椅坐好，兩人只好坐到聽書者的前排座位裏。

卓狂生道：「有甚麼事呢？希望不是有關燕飛的壞消息。唉！我每天都在盼他們三人有好消息傳回來，讓我們可以在拯救千千小姐主婢一事上盡點力，怎都好過每天乾等。」

屠奉三和慕容戰聞紀千千之名均露出黯然神色，若有選擇，他們肯定會隨燕飛一道去，只恨兩人都是難以分身。

慕容戰苦笑道：「不是和千千直接有關，他奶奶的，屠當家你來說吧。」

屠奉三深吸一口氣，道：「消息來自滎陽，聽說慕容垂聞得鐵士心被殺，邊荒集又重入我們手中，爲此大發雷霆，矢言報復。現在正調兵遣將，要以壓倒性的兵力把邊荒集夷爲平地，以此立威天下，向所有人證明反對他的人都不會有好結果。」

卓狂生冷笑道：「最好他是親自率兵前來，我們便有機會了。」

慕容戰道：「這個可能性微乎其微，現在苻堅敗亡在即，慕容垂絕不肯放過攻入關中的千載難逢之機。」

屠奉三沉聲道：「在確定此消息的眞假前，我們必不可洩出風聲，只限在鐘樓有議席的人知曉，否則我們剛恢復元氣的邊荒集，會立即變成廢城。」

卓狂生皺眉道：「如慕容垂主動散播謠言又如何應付呢？」

屠奉三笑道：「說得好！我們可以不理其眞假，就當足謠言來辦，先由我們傳播開去，還特別誇大慕容垂正泥足深陷，沒法分身，只能派些蝦兵蟹將來應個景兒。」

慕容戰讚道：「屠當家的腦筋轉得眞快，先前還說不可洩露風聲，忽然又變爲由我們主動散播謠言。」

卓狂生點頭道：「這叫以毒攻毒，是上上之策，幸好今日的荒人已非昨日的荒人，是禁得起考驗和風浪的。」

慕容戰道：「我還有個因勢成事的建議，便是借慕容垂的威脅重組聯合部隊，定期演練，既可以安定人心，又可以爲將來拯救千千主婢作好準備。」

卓狂生拈鬚微笑道：「這叫一人計短，二人計長，我們邊荒集仍是有希望的。」

慕容戰忽然嘆了一口氣。兩人忙問何故。慕容戰道：「我在擔心和呼雷方的關係。」

兩人明白過來，慕容戰指的是一旦苻堅身死，呼雷方的羌族和慕容戰的鮮卑族間再無緩衝，將從合作化爲對敵，兩人的關係會變得非常尷尬。

卓狂生淡淡道：「到今天我們還不醒悟嗎？邊荒集是超乎一切之上，所有事均依邊荒集的規矩辦事。所以屠當家可以和文清小姐和平共存，這裏只講發財，其他一切均無關痛癢。」

屠奉三道：「該是舉行光復後第二次會議的時候了。」兩人點頭同意。

卓狂生嘆道：「希望燕飛有好消息傳回來的時候，我們已準備就緒，把我們美麗的女王迎回來。」

劉裕的桌子位於角落處，這位神秘的美女背著其他客人坐在劉裕對面，只有劉裕才可以窺見她半藏在斗篷輕紗裏的容貌，分外有種「獨得」的難言滋味。燕飛很少向他提及所遇過的人或事物，不過因此女與曾落在他們手上的天珮和地珮有關係，所以燕飛很詳細地把與她兩次接觸的情況說出來，更令劉裕感到熟悉她，縱然只是第一次碰面。與紀千千相比，她是另一種的美麗，屬於深黑的夜晚，不應該在大白天出現。

安玉晴深邃無盡的神秘眸子從斗篷的深處凝視著他，劉裕輕輕道：「安小姐！」

安玉晴步步進逼的問道：「是燕飛告訴你的嗎？」

劉裕點頭應是，反問道：「安小姐能在此時此地找上我劉裕，肯定費過一番工夫，敢問何事能如此勞動大駕呢？」這美女予他初見時的震撼已過，劉裕的腦筋回復平時的靈活，想到對方既然不認識自己，要找到他當要費一番工夫，明查暗訪，窺伺一旁，始能在此遇上自己，故有此一問。

安玉晴平靜答道：「我曾在建康遠遠見過你和謝玄、燕飛走在一道，這次到廣陵來是要警告你，任青媞已到廣陵來，大有可能是想殺你滅口，你要小心提防。」

劉裕心中叫苦，曉得自己因與任青媞的曖昧關係，已無辜地捲入道家各大派系的玉珮之爭裏，而自己更不得不為任青媞說謊，若將來安玉晴發覺自己在此事上不老實，會怎樣看他劉裕呢？

安玉晴續道：「我從建康追到廣陵來，途中兩次和她交手，均被她用狡計脫身。她的逍遙魔功正在不斷的精進中，憑她的天分資質，終有一天會超越任遙，你絕不可等閒視之，否則必吃大虧。」

劉裕心中一動，問道：「天珮和地珮是否已在安小姐手上，獨缺心珮？」這是合情合理的推想，當日在烏衣巷，安玉晴向燕飛表示對天地兩珮沒有興趣，唯一的解釋，是兩珮早落入她父女手裏，且正是她父親安世清硬從他和燕飛手上奪走。

安玉晴不悅道：「這方面的事你不要理會，否則恐招殺身之禍。眞奇怪！爲何你似不把任青媞放在心上。你可知她因何事到廣陵來呢？」

劉裕本因她語帶威脅的話而心中有氣，接著則是暗吃一驚，此女的聰明才智確實不可低估，一個不小心，會被她窺破心事。同時隱隱感到任青媞到廣陵來，並非只是獻身或聯絡那麼簡單，而是有點走投無路，故躲到這裏來。任青媞當然不會怕安玉晴怕得那麼厲害，或許是安世清親自出馬，所以任青媞不得不東躲西逃。想到那或可能是安世清的鬼面怪人，劉裕也不由心生寒意。

劉裕嘆一口氣道：「實不相瞞，當日我曾在邊荒被任遙、任青媞和王國寶等人追殺，正是在此役中任遙被孫恩突襲喪命。後來孫恩轉而追我，任青媞則改而與我聯手對抗孫恩，我還是借她的快艇逃出孫恩的魔爪，所以我認爲她沒有殺我的興趣。她的頭號大敵是孫恩，對其他人再不放在心上。」

安玉晴道：「我也曾風聞此事，卻知之不詳。如任青媞到廣陵來，會偷偷的去見你嗎？」

劉裕無奈點頭道：「機會很大，她現在視我爲與她並肩對付孫恩的戰友。嘿！我有一個提議，如我勸她把心珮交出來，小姐和她的瓜葛是否可以了結？」

安玉晴靜靜地透過輕紗凝望他，好一會後沉聲道：「我勸你不要枉費唇舌，更千萬不要當她是可以信任的人。你的好意我心領了，玉珮牽涉到道門一個千古流傳的秘密，只是曉得有這樣一個秘密，足可爲你招來殺身之禍，劉兄好自爲之。」說罷飄然而去，留下劉裕頭皮發麻地瞧著她優美動人的背影消失在大門外。

燕飛停了下來。三人亦隨他停下，均知已陷入敵人的重圍內。

拓跋瓢狠狠道：「來者肯定是慕容詳，否則不會如此了得，任我們用盡手段，仍沒法擺脫他們。」

高彥和龐義給嚇得面無人色，以他們四人的力量，甚至再多來幾個燕飛般的高手，也無法應付上千的慕容鮮卑精銳騎兵。

燕飛沉聲道：「我去設法引開敵人。」

拓跋瓢搖頭道：「沒有用的，以慕容詳的精明，又明知我們有四個人，絕不會中計，只須分出數百人便可殺死你。要死便死在一塊兒吧！」

燕飛指著左方一處山頭高地，道：「我們到那裏去，該處的地勢應較利於應付對方的衝擊戰術。」

驀地後方蹄聲轟響，迅速接近。燕飛跳上馬背，喝道：「上馬！」三人連忙飛身上馬，與燕飛一起馳上溪岸，朝目標山頭亡命奔去。

〈卷五〉

第七章◆拓跋之主

第七章　拓跋之主

燕飛、拓跋瓢、高彥和龐義四人三騎，馳上丘頂，敵人號角聲起，當是慕容詳發出圍攻他們的命令。燕飛和拓跋瓢首先躍下馬來，取得強弓勁箭，環目掃視遠近敵況，只一下就都看呆了，不明所以。

高彥和龐義共乘一騎，在馬背上看得更清楚，均發覺敵人異樣的情況。敵人本是從四面八方包圍抄截他們，此刻卻聞號角改變戰略，全齊集往南面另一座小丘處，千多騎捲起漫天塵土，聲勢驚人。

高彥咋舌道：「他們是算準我們的戰馬勞累不堪，所以先集中力量，再在平原曠野對我們施展他們擅長的衝擊戰術。」

拓跋瓢搖頭道：「不對！若我們重返樹林又如何呢？」

燕飛心中一動，別頭往北方瞧去，微笑道：「我們或許有救了！」

高彥等本已自忖必死無疑，聞言心中一震，循燕飛目光望去。北方塵沙大起，顯是有一批人馬全速趕來，只因被近處的敵騎蹄聲掩蓋，否則該聽到來騎由遠而近的蹄聲。

龐義隨高彥跳下馬來，疑神疑鬼的道：「會不會是敵人另一支部隊？」

拓跋瓢斷然搖頭道：「若是敵人增援的部隊，慕容詳便不用改採守勢，而是全力配合。」

高彥皺眉道：「會是誰呢？」

燕飛正在打量慕容詳，他的年紀該不過二十，長得高大威武，指揮手下進退神態從容，頗有大將之風，難怪慕容垂放心讓他留守中山，主持大局。聞言淡淡道：「在這裏敢挑戰慕容垂的只有一個人。」

拓跋瓢面露喜色，猛然點頭道：「對！定是大哥。」

此時蹄聲已清晰可聞，迅速接近。高彥乃第一流的探子，遙望塵沙起處，道：「至少有三百騎，若眞的是自己人，這回我們有救了！」

忽然西北方亦沙塵滾滾，顯示另有一支人馬從那個方向趕來。四人正不知是驚還是喜之際，東北方也見捲起的塵土。

拓跋瓢叫道：「撤兵了！」高彥和龐義朝慕容詳的部隊瞧去，見對方全體掉轉馬頭，馳下另一邊的丘坡，迅速離開。

後方蹄聲忽趨清晰，原來數以百計的騎士從林內衝出來，漫山遍野的往他們疾馳而至。拓跋瓢收起弓矢，舉手怪叫高呼，不用他說出來，高彥和龐義也曉得來的是拓跋鮮卑的戰士。領頭者形相特異，披肩的散髮在疾馳中迎風飄舞，高大魁梧，朝他們望來時雙目爆起精芒，眼尾望都不望慕容詳，只盯著燕飛，大笑道：「我的小飛終於來了！」不用燕飛介紹，高彥和龐義也知來者是曾經被稱爲北方最了得的馬賊，現今卻爲拓跋鮮卑族之主的拓跋珪。同時亦爲之愕然，原來奔出來的騎士只有二百許人，其餘百多匹竟是沒有戰士的空馬，高彥靠聽蹄音，遂作出三百多騎的錯誤估計。戰士們雖人數遠比估計中少，卻是氣勢如虹，旋風般捲上小丘。

拓跋珪拋離其他騎士，一馬當先抵達丘頂，飛身下馬，一把將燕飛摟個結實，欣喜若狂的道：「眞想不到，我的小飛眞的來了，還救了小瓢。」

燕飛亦反擁著他，笑道：「好小子！竟使計嚇走了慕容詳。」

拓跋珪放開燕飛，哈哈笑道：「燕飛就是燕飛，我的雕蟲小技怎瞞得過你呢？」接著向手下喝道：「敵人早去遠，立即通知兩邊的兄弟不要裝神弄鬼了！」

高彥和龐義仍是一頭霧水的當兒，一名戰士取出號角，「嘟嘟嘟！」的吹響。東北方和西北方的兩股塵沙迅速消散。

拓跋瓢來到拓跋珪身旁，「噗」地下跪，請罪道：「小瓢辦事不力，被敵所俘，且禍及朔方幫，有辱大哥威名，願領受任何責罰。」

拓跋珪一把將他扶起來，道：「過不在你，而是我錯估慕容垂對我們的態度。現在有小飛來歸，勝比千軍萬馬，我拓跋珪對老天爺再沒有半句怨言。」他舉手投足，無不透出強大的信心和不可一世的氣概，教人折服。

高彥和龐義看著兩方斂沒的塵土，逐漸明白過來。隨拓跋珪來的戰士只有三百多人，可是他卻巧施妙計，著其中百人棄馬移往兩方，於適當時候弄起塵埃，造出另有兩大批人馬分從東北、西北兩方殺至的假象，嚇走了慕容詳。登時對拓跋珪的才智生出深刻的印象。拓跋珪的應變固是盡顯其才智，而他能及時趕來，更展示出他有精密的情報網，對長城內兩大重鎮發生的事瞭如指掌。更可能慕容詳甫離中山，已落入他的監視裏。反是慕容詳沒法掌握拓跋珪的情況，不清楚拓跋珪進入長城的人數，致錯過了以眾勝寡的良機。不過也是因爲只有小量人馬，才可以神不知鬼不覺地潛入長城內。

拓跋珪目光轉到高彥和龐義身上，欣然道：「龐老闆和高兄弟好，你們既是燕飛的兄弟，就等於我拓跋珪的兄弟，客氣話不用說啦！」

高彥和龐義均有受寵若驚的感覺，他們乃見慣場面的人，看到拓跋族的戰士人人體形慓悍，人強馬壯，尤感到拓跋珪全身上下充滿懾人威勢。而拓跋珪甫見面就把他們當作自己人，當然令他們生出特異的感覺。

燕飛欣然笑道：「不用驚奇爲何他認識你們，在邊荒集，每一個人都是他偷窺的對象。」

拓跋珪笑兩句，道：「邊荒集的情況，一直在我掌握裏，更猜到小飛遲早來找我，因爲我是你拯救紀千千的唯一選擇。」接著喝道：「全體上馬，揮軍平城的大日子到哩！」以燕飛的鎭定功夫，聞言也爲之大感錯愕，遑論高彥和龐義，拓跋瓢更像不敢相信自己的耳朵般目瞪口呆。

拓跋珪飛身上馬，目光投往東北的方向，雙目精光閃爍，語氣卻平靜得異乎尋常，徐徐道：「由今天開始，有我拓跋珪便沒有他慕容垂，反之亦然。兄弟們！起程吧！」眾戰士轟然答應。

劉裕回到軍舍。自返廣陵以來，他一直視軍舍爲睡覺的地方，絕少在日間回軍舍，即使不用値勤的時間，也情願找軍友喝酒胡鬧，怕的是一個人胡思亂想，想起不該想的人和事。今天在日間返舍，卻是要證實心中一個懷疑。

悄悄把門推開，掩上。劉裕直入臥室，果然不出所料，任青媞正盤膝坐在床上，透過紗帳目光閃閃地盯著他，淡淡道：「劉爺今天不用當値嗎？」

劉裕移到床旁，低頭狠狠瞧著帳內的美女。紗帳把她淨化了，卻仍是那麼誘人，縱然她現在神態端莊，可是總能令任何男人聯想到男女之間的事，使人心兒怦怦跳動。

劉裕沉聲道：「你是不是借我的宿處好避開安玉晴呢？」

任青媞輕輕道：「我們是親密的夥伴嘛！不要惡狠狠的樣子好嗎？人家只是想靜心想點事情，藏在這裏又可使媞兒感到與你接近，你對人家好一點行嗎？」

劉裕氣道：「你在想東西嗎？依我看你是在修練甚麼逍遙功才是事實。唉！你是不是想害死我呢？我現在在北府兵內朝難保夕，如被揭破與你的關係，我恐怕立即要捲鋪蓋當逃兵，那時對雙方均有害無利。」

任青媞沉默片刻，柔聲道：「安玉晴找上你嗎？她說了我甚麼壞話呢？」

劉裕沉聲道：「心珮是否在你的手上？」

任青媞幽幽嘆道：「心珮是否在人家手上，與我們的合作有何關係呢？」

劉裕苦笑道：「我現在的煩惱還不夠多嗎？安玉晴如沒有找上門來，我哪來閒情理你們道門的事。現在我卻給夾在中間，被逼替你說謊話隱瞞事實，安世清父女隨時會找我算賬。」

任青媞喜孜孜地橫他一記媚眼，欣然道：「原來你仍是疼惜人家的，媞兒必有回報，劉爺呵！即使你不念大家並肩作戰的利害關係，也該想想媞兒現在孤立無援，安世清父女卻恃強凌弱，你沒有絲毫仗義之心嗎？」

劉裕為之氣結，道：「現在是你偷了人家的東西，人家來找你討回失物是天經地義的事。」

任青媞露出不屑的神色，嘴兒輕撇道：「道家聖物，唯有德者居之，並不存在該屬何人的問題。」又以哀求的語氣道：「劉爺呵！如今媞兒可以堅強地活下去的理由，除了要為帝君報血海深仇外，還有就是這方玉佩，你怎可以助敵人來壓逼人家呢？」

如任青媞語氣強硬，斷言拒絕，劉裕反有方法直斥其非。可是任青媞左一句劉爺，右一句劉爺，軟語相求，令劉裕完全拿她沒轍。劉裕乃智慧機伶的人，心中一動，問道：「照道理任大姊精通潛蹤匿隱之術，安玉晴為何可以從建康一直追你追到這裏來，又肯定你現在正身在廣陵呢？而你更要躲到我這裏來？」

任青媞嫣然一笑，白他一眼道：「劉爺果然是聰明人，想到這個節骨眼上。事實上人家正要為這個問題和你打個商量，看你可否助媞兒一臂之力。」

劉裕立即頭痛起來，知道不會是甚麼好差使，苦笑道：「答了我的問題再說吧！」

任青媞拍拍床沿，媚笑道：「法不可傳另耳，先坐到這處來，媞兒再全盤奉上。」

劉裕氣道：「不要耍花樣，有話便說，我還有其他事去辦。」

任青媞移前少許，揭開羅帳，其動作立即強調了她酥胸動人的曲線，非常誘人，看得劉裕心中一蕩之時，這美女呵氣如蘭的探頭出來道：「天地心三珮均是道家異寶，上應天星，道行深厚者，可對其生出靈異感應。在人多氣雜的城市，問題不大，因為感應模糊，可是若在荒野曠原，便像星火般惹人注目。唉！人家甚麼都告訴你了！你現在該知道媞兒的為難處吧。」

劉裕於床沿處頹然坐下，嘆道：「如你所說屬實，心珮豈非等於燙手的熱山芋，誰拿上手都要惹上麻煩？」接著正容道：「唯一的辦法，是你把心珮交出來，再由我把心珮交給安玉晴，將此事徹底解決。」

任青媞淡然自若地道：「你是不是不要命了？心珮若是從你手中交到安世清父女手上去，他們除了殺死你外，再沒有另一個選擇。」

劉裕不悅道：「你不要危言聳聽！」

任青媞沒好氣的道：「人家何來閒情嚇唬你？劉爺忘記了你曾看過天地珮合併的內容嗎？如再被你

看過心珮，說不定你可測破《太平洞極經》的秘密，尋得傳說中的洞天福地。我眞的不是危言聳聽，安玉晴還好一點，但以安世清的心狠手辣，只要對此有半分懷疑，肯定會殺你滅口，那時你劉大人才眞的是煩上添煩，吃不完兜著走。」

劉裕登時語塞。他並不是蠻不講理的人，給任青媞如此點化，登時信了一半，因為安玉晴確曾暗示即使任青媞肯交出心珮，此事也難善罷，又多次表明如他捲入此事，會惹來殺身之禍。至於安世清的心狠手辣，他和燕飛比任何人都要清楚，因為他們曾領教過。如非乞伏國仁「及時」趕至，他們早被滅口，且那時還未看過心珮。

任青媞柔聲道：「搖尾乞憐，對安世清絕不生效。劉爺和媞兒是同騎在虎背上，只有全力周旋，方有活命的希望。」

劉裕沉吟道：「天地兩珮既在他們手上，他們又是曾經擁有心珮的人，豈非已識破玉佩的秘密，找到《太平洞極經》的藏處？可是觀乎現在的情況，顯然不是這般容易的。」

任青媞耐心的道：「當然不容易，大有可能必須三珮合一，始有勘破秘密的機會，否則媞兒早已去把寶經起出來。可是人家不是說過了嗎？只要有一絲懷疑，安世清絕不容任何接觸過三珮的人活在世上。」

劉裕苦惱的道：「此事該如何善了呢？」

任青媞慵倦地伸個懶腰，爬到他身後，從背後伸手纏上他的寬肩，豐滿誘人的身體緊擠著他的虎背，小嘴湊到他耳邊道：「根本沒有善罷的可能性。唯一的方法，是從他們手上把天地珮奪回來，當三珮合一，變得完美無瑕，玉佩才會停止呼喚其失去的部分。」

劉裕一頭霧水道：「你在胡說甚麼呢？不要誑我！」

任青媞在他耳邊輕咬一記，嬌笑道：「人家怎捨得誑你呢？是千眞萬確的事嘛！玉佩不是凡玉，原本是一塊靈石，把它分成三片，就像拆散骨肉般，於是它們發出呼喚，圖能再次合成完整的一塊。明白嗎？只有三珮合一，它們才會安靜下來。相傳是這樣的嘛！」

劉裕難以置信的道：「是你編造出來的，玉石始終是死物，何來靈性呢？」

任青媞把臉蛋貼到他右頰，嚦聲道：「若我是胡說的話，安玉晴憑甚麼直追人家到這裏來呢？」

劉裕感到她又開始媚態橫生，主動挑逗，吃驚之餘更大感刺激，皺眉道：「不論你說的是眞是假，總而言之我是不會沾手的，更不會助你去奪取另外兩珮。」

任青媞一扭蠻腰，從後面轉到前方，坐到他膝上去，摟著他脖子獻上香唇，狠狠吻了他一口，秀眸發亮的道：「那人家只好藏在劉爺的床上，你何時歸來，人家何時侍寢，還要感激他們父女玉成我們的好事呢！」

劉裕正全力抵抗她香噴噴火辣辣的驚人誘惑，聞言一呆道：「你在威脅我！」

任青媞在他懷中不依的扭動道：「哪有黃花閨女用獻身侍寢來威脅男人的道理，媞兒是別無選擇呵！廣陵雖大，卻只有劉爺的床是最理想的藏身處，想不侍寢也不行，對嗎？」

劉裕心中叫苦，他對此美女的定力正一點一滴地崩潰，理智告訴他，一旦和此女發生關係，肯定不會有好結果，偏她又是如此誘人，此事該如何收拾呢？深吸一口氣道：「不要對我耍手段了，你究竟想怎樣？」

任青媞一聲歡呼，雙手從秀頸解下幼絲般的繫帶，再從密藏的襟口裏掏出一方圓形玉佩，改掛到他頸上，柔情似水的道：「很簡單，你只要爲我保管心珮便成，那麼媞兒便可離開廣陵，回建康爲你辦事。劉爺明白嗎？」

心珮貼上胸膛的感覺，令劉裕頭皮發麻起來。心忖若眞的如此，豈非身懷禍根，而安世清父女將變成永遠擺脫不掉的附骨之蛆？

任青媞一臉天眞無邪的惱人表情，於不足三寸的近距離看著劉裕，忽然間兩人都有點沒話好說的神態，四目交投，肉體卻有著親密的接觸。劉裕腦海一片空白，心中盤算的不但有懷璧其罪的想法，還有紅顏禍水四字。早在與此妖女秘密結盟的一刻，劉裕已想過會因她惹來種種煩惱，甚至因她自毀前程，眾叛親離，冒上最大的風險。可是仍沒想過煩惱會以這種方式出現，那他豈非從此須半步不出軍舍？

任青媞忍俊不住地「噗哧」嬌笑道：「你沒有表情的臉孔眞古怪。」

劉裕頹然嘆道：「你這不是擺明來害我嗎？」

任青媞先獻上香吻，柔聲道：「剛好相反，人家是向你投降才是眞的，一天心珮在你身上，你便可以控制媞兒。嗯！昨晚你向人家使壞既刺激又舒服，趁離天黑尚有點時間，你不先佔佔人家的便宜嗎？」

劉裕此時色念全消，斷然道：「休想我會蠢得幫你保管心珮，你聰明的話快把心珮拿回去，否則我會把心珮丟進河水去。」

任青媞裝出可憐兮兮的樣子道：「劉爺呵！你怎會是這種人呢？而且你帶著心珮一離開廣陵城，安世清父女會生出感應，一旦給他們追上，你小命肯定不保，還要賠上心珮，豈是聰明人所爲？」

劉裕腦筋一轉，道：「那我便隨便找個地方，把心珮深埋地下，他們找得到是他們的本事，卻再與我劉裕無關。」

任青媞欣然道：「讓人家告訴你一些心珮的奧妙好嗎？愈多人的地方，它的訊息愈弱，像廣陵這種大城市，它便等於消失了，只要你不是面對面遇上他們父女，保證他們無法察覺心珮藏在你身上。」

劉裕搖頭道：「我絕不會把它帶在身上的，你可以放心。我眞不明白，爲何你不找個人多氣雜的地方把它密藏起來，卻要來煩我？」

任青媞道：「問題在『洞極仙珮』乃千古流傳下來的異物，據口耳相傳下來的說法，在顯現其靈異前，必須緊貼人體，吸收人氣，方會在某一刻顯露秘密。如你把它深埋地底，心珮說不定會從異寶變回凡石，那一切都要完蛋。你現在是人家唯一可倚賴的人嘛！不找你幫忙，找誰幫忙呢？」

劉裕再沒法分辨她話裏的眞僞，心忖這還了得，天曉得安玉晴何時再來找他，屆時若給她發覺，豈非立即大禍臨頭？旋又心中一動，想到她話中一個破綻。冷笑道：「休要誆我，如心珮必須貼身收藏，你如何偷得心珮？」

任青媞悠然道：「還有一件事沒有告訴你嘛！仙珮上應日月天星，下應人傑地靈，若非如此，也難令道門中人對它如痴如狂。每當月圓之夜，它會變得灼熱難耐，必須遠離人身安放，到日出方可收藏回身上去。就是那麼多了！人家知道的全告訴了你啦！」

劉裕哂道：「對你們來說是異寶，對我來說只是禍根。不要怪我沒有警告你，我絕不會把這種東西戴在身上，識相的立即拿走，自己去想辦法，例如可把它交給曼妙保管，否則你走後我還是會扔掉它的。」

任青媞幽幽道：「若我可以交給曼妙，早交給她了！皇宮是天下最危險的地方，朝不保夕，何況曼妙說不定會據爲己有，不肯再交出來，只有你我可以完全信任。」

劉裕奇道：「你不怕我據爲己有嗎？」

任青媞媚笑道：「你捨不得那樣對人家的，這樣做更對你沒有好處。如媞兒發覺你根本不疼惜人家，只好來個同歸於盡，大家都沒有好處。」

劉裕色變道：「你又在威脅我？」

任青媞把他摟個結實，暱聲道：「媞兒怎敢。不過你如對人家狠心，媞兒也別無選擇呵！對嗎？我的劉大人。」

劉裕倏地冷靜下來，知道在此事上任青媞定要他蹚此混水，避無可避。事實上自己的命運亦與她結合在一起，如她讓兩人間的關係曝光，他肯定難以活離廣陵，甚至天下之大，亦無容身之所。不過一直被這妖女牽著鼻子走，也不是辦法，心中不由生出反制的意圖。想到這裏，再不猶豫，一對手滑進她衣服裏，邊活動邊道：「我給你三個月時間爲你代管心珮，三個月內你若不取回去，休怪我自行處置。」

任青媞不堪挑逗地在他懷中抖顫，臉紅似火的道：「冤家呵！你……」

劉裕將她整個人抱起來，抛回帳內床上，哈哈笑道：「如我今晚回來仍見到你，我會把心珮掛回你的脖子上，別怪我沒有先作聲明。」再打個哈哈，頭也不回的揚長去了。

疾奔近兩個時辰，拓跋珪終於下令停止前進，戰士們立即散往四方，佔據戰略性的丘崗，形成防禦性的陣勢。龐義和高彥對拓跋族戰士的效率感到驚訝，更增加了信心。這批人數在三百許間的拓跋珪精銳親兵團，不單人人慓悍勇猛，騎功了得，最使人激賞處是有高度的團隊精神，配合上無懈可擊。燕飛卻絲毫不以爲意，若非如此，拓跋珪早在苻堅手下大軍的追捕圍剿中，死去十多遍。

拓跋珪與燕飛並騎馳上一個山頭，龐義、高彥和拓跋瓢跟在後面。一座城池，出現在前方三里多外一列丘陵上，城牆依山勢而築，形勢險要護河環繞。在落日餘暉中，尤凸顯其雄偉輝宏的氣象。龐義和高彥看得倒抽一口涼氣，心忖若以三百人去攻打這麼一座山城，不論拓跋族戰士是如何勇敢和強悍，與以卵擊石並沒有任何分別。

拓跋珪和燕飛甩蹬下馬，其他人隨之。拓跋珪凝望暮色中的山城，嘆道：「平城啊！你的眞正主子終於來了！」

眾人感受到他話裏的語調透出的深切渴望和企盼，就像沙漠中的旅者找到水源，拓荒者經歷萬水千山後尋得豐沛的土地。平城不單是拓跋鮮卑進入中原的踏腳石，更是其爭霸天下的起點。一旦進佔此城，即走上不歸之路，拓跋族將公然與慕容垂決裂，不再是慕容燕國的附庸和馬奴，而是逐鹿中原的競爭者。

拓跋珪沉聲道：「漢高祖七年，高祖劉邦親率大軍遠征匈奴，遭匈奴王伏擊於平城，被困於此達七日之久，後賴厚賂匈奴王冒頓之妻，始得脫身，此戰令平城名傳天下，直至漢武帝出，方擊敗匈奴，重振漢朝聲威。」

龐義和高彥暗感慚愧，想不到拓跋珪對自己國家的歷史，比他們還要熟悉。燕飛默然不語。

拓跋珪卻似是滿懷感觸，續道：「長城內是農業民族的勢力範圍，長城外是草原遊牧民族的地盤，誰的力量大一點，便會越過長城，侵佔對方的土地。長城不但代表著農業民族和草原民族的分隔線，更是雙方力量和策略的象徵，以及對外政策須考慮的重點。」

龐、高兩人對拓跋珪有進一步的了解，此人的確是不凡之輩，不但高瞻遠矚，且能從一個宏觀的角度去看事情，如此人才，即使在南方中原文化薈萃之地，亦屬罕有。現在正是長城內以漢族為主的農業社會衰頽的當兒，戰禍連綿、政治動盪，長城外的民族紛紛翻越長城進入中土，建立政權。而拓跋珪有此一番話，正因他準備率領族人翻越長城，參與眼前正進行得如火如荼的爭霸之戰。

燕飛淡淡道：「在中土的歷史上，草原民族越過長城是從來沒有休止的情況，可是頂多只能擾攘一番，卻從未能統一天下過。」

拓跋珪仍目不轉睛地盯著平城，似要透視內中的玄虛道：「因為當草原民族進入長城，不僅獲得大量的牲畜，更得到眾多的人口，逐水草而居的遊牧經濟，再不足以維持統治人民的生活，不得不從草原民族的經濟，轉型至農業生產，亦因此而逐漸喪失草原民族的戰鬥能力。更致命的是入侵的統治者在思想和習慣上仍未能擺脫草原民族的方式，與中土漢族有民族間沒法解決的矛盾，在民族的仇恨和對立下，只能以失敗告終。」

龐義忍不住道：「拓跋當家之言深具至理，可是這些問題實非三言兩語可解決，且非人力影響可以左右的必然發展。為何聽當家的說法，卻似能與眾不同呢？」

拓跋珪哈哈笑道：「說得好！因為我比任何人都準備充足，早從遊牧民族轉化為半遊牧半農業的經濟，兼得兩者之長。」接著似重重舒出緊壓心頭的一口悶氣，徐徐道：「平城和雁門，將會成為我在長城內最重要的根據地，使長城內外盡歸我有，建立起跨越草原民族和中土農業民族的通道和橋樑，使別的草原民族不能遞補進駐我們在長城外的土地，令我們不會有後顧之憂。而在這兩城區域內聚居的烏桓雜人和雁門人，將為我們從事農業生產，以支持不斷的擴張策略，而我族將成戰鬥的主力，有需要時再徵召長城外各部落的壯丁入伍。如此中土的天下，終有一天成為我拓跋鮮卑的天下。」

龐義和高彥均生出異樣的感覺，他們雖是沒有國籍的荒人，但始終改變不了漢族的身分，聽著一個胡人侃侃而談其統一天下的大計，又是如此卓越的見地和周詳的策略，確不知是何滋味。

拓跋珪顯是情緒高漲，轉向燕飛道：「攻下平城後，小飛你猜中山會如何反應呢？」

燕飛苦笑道：「你攻下平城再說罷。」

拓跋瓢插口道：「平城已是我們囊中之物，慕容垂的守兵不足千人，城內大部分住民，更是我們拓跋族被苻堅強逼逐徙到這裏的族人，我們不發動則矣，一舉兵平城肯定是不戰而潰之局。」

燕飛淡淡道：「若我沒有猜錯，慕容詳該已率領手下逃入城內，大大增強了平城的防禦力，你再難以奇兵突襲。」

拓跋珪傲然笑道：「天下間只有慕容垂堪作我的對手，他的兒子算甚麼東西。我要兵不血刃的收伏平城，始可見我的手段。」接著道：「我們好好立帳休息，明天日出時，平城將會被包圍，如慕容詳不識相的話，他將永不能活著回到中山。」

蹄聲在西北方傳來，五人循聲瞧去，只見塵沙大起，來騎當在數千之數。拓跋珪笑道：「兒郎們的先鋒隊伍到了！」

劉裕坐在酒鋪內一角發呆。他在這裏喝悶酒近一個時辰，預期中的安玉晴並沒有出現。他的心情非常低落，一來謝玄的逝世仍影響著他，二來是因任青媞的糾纏不清，硬把他拖下水。另一個更重要的原因，是在擔心王淡眞。他完全不清楚她目前的情況，甚至她在哪裏也一無所知。他曉得的是她高傲和目中無寒門的父親王恭，已深深捲進詭譎的政治鬥爭裏，任何的失誤，均會爲他招來殺身大禍。只恨以他目前的情況，卻是無法爲她的爹做任何事。王恭雖是得司馬曜寵信的大臣，可是他實力的強弱，全看北府兵是否肯站在他那一邊，否則他在司馬道子的建康軍或桓玄的荊州軍前根本是不堪一擊的。像王恭這種出身名門望族，以家世名士身分入朝從政，既不察民情更不識時務，空有滿懷不切實際的理想，卻沒有付諸實行的能力。且因自視過高，一意孤行地急推行自己的鴻圖大計，把事情過度簡化，只會招禍。他的頭號對手司馬道子長期居於權勢之位，長於政治鬥爭，謝安謝玄在世時仍沒法奈何他，王恭更不是對手，徒令野心家如桓玄者有可乘之機。他甚至沒考慮過孫恩的威脅，沒有想過如孫恩發難，情勢將會出現更多難測的變數。

他劉裕可以做甚麼呢？想到這裏，更是愁懷難解，又再斟滿另一杯酒。對任青媞所說有關仙珮的異事，他直至此刻仍是半信半疑。說不定是她杜撰出來誆自己爲她保管心珮的謊言。唉！不過若她說的全是假的，又怎會把關係重大的寶貝交託給自己呢？他曾仔細研究過心珮，卻是大爲失望，因爲心珮除了在中間開有一個小圓孔外，平滑如鏡，不見任何紋樣，如非其玉質確與天地珮相同，他會懷疑任青媞拿塊假玉來騙他。另一個沒法懷疑是假心珮的原因，因爲珮的大小剛好與天地珮間的空位吻合。胸膛涼冰冰的，心珮並沒有因吸取他的體熱而轉暖。此爲心珮另一異常之處。難道眞的在人多氣雜的地方，安玉晴再感應不到心珮的所在？否則爲何她直至此刻仍沒有現身尋寶呢？想到這裏，自己也覺既可笑復可憐。

舉起酒杯，移至唇邊。剛要把酒喝下，一人直趨身前，在他旁坐下道：「宗兄別來無恙？」

劉裕舉頭一看，欣然道：「原來是老哥你。」

來人中等身材，生得方面大耳，相貌堂堂，神情友善。此人叫劉毅，與劉裕同在京口出身，說起來確有些宗族的關係，不過由於劉裕家道中落，而劉毅的家族卻在京口平步青雲，所以兩家沒有來往。後來聽說劉毅也加入了北府兵，且因功而升作偏將，在淝水之戰時兩人在軍中碰過頭，說過幾句客氣話。

劉毅訝道：「我還以爲宗兄現在必是前呼後擁，想不到你會一個人在這裏喝悶酒呢？」

劉裕苦笑道：「此事一言難盡。你老哥現在哪裏發財？」

劉毅嘆道：「除非有宗兄提挈，否則在軍中能發甚麼財呢？我現在何爺下面作跑腿，怎及得宗兄你風光。」

劉裕方想起他屬於何謙的系統，不解道：「我有何風光呢？」

劉毅湊前點壓低聲音道：「我們收到風聲，你正爲孔靖和邊荒集的江文清穿針引線，難道此事是假的嗎？」

劉裕暗吃一驚，放下酒杯，心忖此事竟如此快就傳入何謙一方人的耳中，確實非常不妙。

劉毅低聲道：「何爺想見你！」

劉裕心叫救命，曉得因邊荒集的關係，自己忽然變成劉牢之和何謙兩大系統力爭拉攏的人，此事如何可以善了呢？

燕飛坐在營地外丘坡處一方石上，仰望星空，心中思潮起伏。自昨晚曇花一現地感應到紀千千後，再沒有收到新的信息。爲了紀千千，他改變了自己人生的方向，全心投入北方戰爭的風暴裏。回到拓跋珪身旁，他像離鄉背井的遊子，有些兒倦鳥知還的感覺。縱然他的心不願承認，可是事實上他這位兒時最好的夥伴，已變成他救回紀千千主婢的唯一希望。拓跋珪是北方唯一有可能擊敗慕容垂的人，其他人都不成。

早在少年時代，拓跋珪已想出保族之道，大力發展養馬業，而最令他賺錢的生意，是透過邊荒集向南方賣馬，然後憑得來的錢財支持他強大的盜馬賊團。他的盜馬賊群正是縱橫中土的遊牧式部隊，來去如風，避過敵人的屢次圍剿。而多年的經驗，形成他獨有遊牧式的作戰風格。拓跋珪手下大將長孫嵩的二千先鋒部隊到來會合後，他們的兵力大增，再不懼慕容詳的反擊，可是對如何攻下平城，燕飛仍弄不清楚拓跋珪葫蘆裏賣的藥。拓跋珪來到他身旁，肩並肩的坐下。

燕飛淡淡道：「你爲何派小瓢到中山去？難道你認爲拒絕了慕容垂的策封，你在邊荒的人馬又公然反抗他，燕人仍要對你客客氣氣嗎？」

拓跋珪微笑道：「現在族內，只有你一個人敢當面質問我，不過我的感覺卻非常好。知道嗎？我愈來愈感到孤獨和寂寞，誰敢來和我談心事呢？你回來了眞好。」

燕飛道：「你仍未回答我！」

拓跋珪仰天重重舒出一口氣，道：「你該清楚我是個怎樣的人，不冒點風險，怎能成就大業。論兵力，我們不但遠比不上慕容垂遠征洛陽的大軍，亦不及留守中山的兩萬燕兵。我們能調動攻打平城和雁門的人馬，不足一萬之數，如讓慕容詳在事前收到半點風聲，調軍來防守平城，我們將錯失進入長城的最佳時機。在這樣的情況下，不行險用詐怎麼成？」

燕飛別過頭來瞧他道：「你早猜到慕容詳會爲難小瓢，對嗎？」

拓跋珪若無其事的道：「可以這麼說，我派小瓢去和燕人修好，是故意示弱，令慕容詳誤以爲我因羽翼未豐，仍不敢輕舉妄動。果然不出我所料，慕容詳未敢殺害小瓢，只扣他作人質，逼我立即獻上五千戰馬，如果我們眞的屈服，數年內我們休想翻身，燕人也除去了我們拓跋族附背的威脅。」

燕飛道：「你也早猜到，燕人會威脅你進貢大批戰馬。」

拓跋珪一拍他肩頭，啞然失笑道：「慕容詳遠不及乃父，也比不上慕容寶，怎可能是我的對手？我裝作答應，就藉把馬分批送入長城的情況，把戰士混進長城來。同時派人把小瓢救出來，慕容詳仍未醒覺，率親衛窮追小瓢，以爲只要逮著小瓢，就可與我們交換戰馬。」

燕飛稍爲釋然，因爲拓跋珪並非完全置親弟的安危不顧，道：「你可知小瓢差點給人逮著？」

拓跋珪道：「因爲我低估了慕容詳，沒想過他會指使後燕盟，把依附我們的朔方幫連根拔起，致小瓢抵達雁門後不單沒有人接應他，還落入後燕盟的陷阱，致使隨行高手全體陣亡，只他一人孤身逃出。幸好遇著你這天降救星，否則爲大局著想，只好犧牲小瓢。」

最後兩句聽得燕飛默然無語，拓跋珪就是這麼一個人，爲了皇圖霸業，誰都可以犧牲。不過也不能完全怪拓跋珪，因爲拓跋族的傳統一向如此，爲了部族的生存，每個戰士都有心理準備，須爲部族灑熱血拋頭顱。

拓跋珪伸手摟著燕飛的寬肩，每一句話都發自內心，一字一句的緩緩道：「自我懂事以來，我最喜歡和信任的人就是小飛你，最崇拜的人卻是慕容垂。我一直在學習他的成功，故沒有人比我更了解他。你想救回你的美人兒，天下間只有我幫得上忙，卻要依照我的方式和手段，否則我們只是自取滅亡。」

燕飛道：「若我們攻下平城和雁門兩大長城內的重鎭，慕容垂會如何反應？」

拓跋珪淡淡道：「只要慕容垂不是親率部隊回師應戰便成。」

燕飛心中一震。他終於明白，這次拓跋珪進入長城，完全是孤注一擲，賭的是慕容垂無法分身掉轉槍頭來對付他，若非如此，拓跋珪將難避族滅人亡的後果，因爲他仍遠不是慕容垂的對手，不論在兵法上或是實力上，如換作其他人，則拓跋珪仍有一線希望。

拓跋珪苦笑道：「現在你該明白這次攻打平城是冒險一搏，而此更爲我唯一的機會，趁慕容垂現在的注意力全集中在關中的當兒，不會分身揮軍而來，參與統一北方的龍爭虎鬥。」

燕飛沉聲道：「即使來的是慕容垂我們也不怕，因爲慕容垂有個致命的破綻。」他心中明白，拓跋珪尚有另一個不得不行險的理由，因爲如拓跋珪不設法牽制慕容垂，以慕容垂不容忍失敗的作風，定會向邊荒集作出玉石俱焚式的可怕報復，以雪拜把兄弟鐵士心被殺之辱。而邊荒集卻是拓跋珪擴張政策的命脈，且可與他遙相呼應，不容有失。

拓跋珪劇震道：「慕容垂竟有如此破綻，小飛不要哄我開心。」

燕飛道：「我哪來哄你開心的閒情。知己知彼，百戰不殆，如果我能清楚掌握慕容垂的行動，讓你從容布置，你是否可穩握勝券？」

拓跋珪立即雙目發亮，道：「慕容垂以善用奇兵名著當世，如用奇不成，當然威力大減，甚至再不足懼，不過這怎麼有可能呢？」

燕飛沉聲道：「小儀有沒有告訴你，我們如何避過慕容垂在蜂鳴峽設下的陷阱，且在中途截上慕容垂船隊一事？」

拓跋珪點頭道：「小儀對此事有詳盡的報告，整件事非常神奇，你像未卜先知似的曉得慕容垂在蜂嗚峽埋伏，更感應到紀千千的所在，致慕容垂差點被你奪回紀美人。」

燕飛淡淡道：「我不是能未卜先知，而是千千告訴我的。」

拓跋珪一呆道：「我不明白！紀美人如何可以告訴你呢？」

燕飛道：「你相信有傳心術嗎？」

拓跋珪與他目光牢牢鎖緊，露出無法置信的神色，道：「你是說你可與紀美人作心靈的對話，不是說笑吧？」

燕飛輕描淡寫道：「從小到大，我曾騙過你嗎？」

拓跋珪彈起來，再單膝跪在他前方，雙手抓上他的肩頭，大喜道：「若你眞能與紀美人以心傳心，主動權將完全掌握在我手上。進攻退守，我可從容部署，將是絕對不同的另一回事。你眞的可以隨時從她那裏得到情報嗎？」

燕飛毫無隱瞞，把與紀千千以心傳心的情況道出，聽得拓跋珪又喜又驚；喜的當然是燕飛有此異能，驚的卻是傳心之法並不像人與人間對話般輕鬆容易，其中包含許多不測的變數。例如紀千千病倒了，又或慕容垂再不把她帶在身旁。

拓跋珪站了起來，負手望天，然後長長吐出一口氣，道：「你說的話我當然沒有絲毫懷疑，這麼說，紀千千就是慕容垂唯一的破綻，我會利用這個破綻，令慕容垂吃敗仗。慕容垂呵！枉你英雄一世，到頭來竟會失陷在一個情字上，眞教人意想不到。」

燕飛道：「只要我與千千能建立心靈的對話，我們可以預先曉得究竟是慕容垂親自回師，還是另遣他人。」

拓跋珪低頭凝視他，雙目熠熠生輝，沉聲道：「你是注定須與我並肩作戰，直至打垮慕容垂，奪回美人，那時天下將是我拓跋珪的天下。小飛呵！忘記了你半個漢人的身分吧！你體內流的該是我拓跋族的鮮血，你的命運是要助我振興我們的代國，完成我族征服中土的崇高目標。」

燕飛苦笑道：「到擊破慕容垂再說吧。」

劉毅去後，劉裕再不敢喝酒，因為他須盡量保持清醒，以作出可以影響前程的重要決定。究竟是見何謙還是不見？此事該不該通知劉牢之？如瞞著劉牢之去私會何謙，消息一旦傳入劉牢之耳中，他會立即被劉牢之視為叛徒，情況將大大不妙。劉毅雖說會面會保密，然而人心難測，說不定何謙自行把消息洩漏出去，以逼劉裕靠往他那邊去。可是若拒絕何謙的邀請，又立即開罪何謙，他可不像司馬道子、王國寶般遠在建康，而是在北府兵中有實權的大將，勢力僅在劉牢之之下，即使劉牢之有重要決定，也要找何謙商量。他劉裕如此不給他面子，後果難測。劉毅的幾句話，立置他於進退兩難之局。登時酒興全消，心忖這種事唯有先找孫無終商量，聽他的意見。孫無終怎都比他更清楚劉牢之和何謙現在的關係。

正要離開，另一人朝他走來，劉裕一眼瞧去，差點拔刀。

對方露出笑容，豎起雙手向著他表示沒有惡意，一屁股坐入劉毅剛才的位子，笑嘻嘻道：「劉兄不要誤會，我是講和來的。」來者赫然是太乙教教主江凌虛的得意傳人奉善，此時他的道袍換上普通行旅的裝束，配上胖胖的體形和笑容，怎麼看也只像個和氣生財的小商人，而非是能與「妖道」盧循抗衡的邪教高手。

奉善笑嘻嘻道：「汝陰一別，小道一直惦掛著劉兄和燕兄呢！」

劉裕回想當晚的情況，他和燕飛在盧循擊退奉善後方出手搶奪天地珮，與奉善並沒有照過面，不過如奉善躲在一旁窺看，當然可以看清楚他們的長相。劉裕心忖一波未平，一波又起，自己眞不知走的是甚麼運道。苦笑道：「天地珮並不在我身上，不過你若要找我麻煩，我劉裕可以奉陪到底。」

奉善忙道：「所以我說劉兄不要誤會，天地珮落在何人手中，我們早查得一清二楚。」

劉裕大訝道：「若非爲了天地珮，你來找我幹嘛？」

奉善壓低聲音道：「我來找劉兄，與天地珮沒有半點關係，而是看看可否攜手合作，對付我們一個共同的敵人。」

劉裕愕然道：「共同的敵人？」

奉善湊近少許，道：「竺法慶又如何呢？」

劉裕皺眉道：「爲何找上我？你認爲我會和你合作嗎？」

奉善好整以暇的道：「當然是看到大家有合作的可能性，我才會奉師尊之命來廣陵找你。劉兄你該不願看見彌勒教把南方弄得烏煙瘴氣，而首當其衝的更是失去了謝安和謝玄的謝家。對嗎？」

劉裕被他擊中要害，很想從他口裏套出有關「大活彌勒」竺法慶的情況。不過別看奉善一副天眞沒有心機的外貌，其實是既奸且猾的老江湖，除非答應與他們合作，否則休想從他身上得到任何有用的消息。奉善在眼前出現，實已敲響警號，表示竺法慶南來在即，而自己卻沒有收到半絲風聲，只是這點，他已不得不和奉善虛與委蛇。皺眉道：「貴教和竺法慶有甚麼過節呢？」

奉善嘆道：「不是甚麼過節那麼簡單，而是竺法慶乃敝教死敵，太乙教和彌勒教勢不兩立，爲了對付他，我們是不惜一切。唉！我很少對人這麼坦白的，來前還想好一套說詞好打動劉兄。現在見到劉兄，發覺最好的說詞是實話實說，如劉兄沒有興趣，我們只好憑一己之力和竺法慶周旋到底。」接著又低聲道：「我們現在已化整爲零，讓竺法慶那對奸夫淫婦沒有攻擊的目標。此事對敝教聲威的損害難以估計，但只要能殺死竺法慶，任何犧牲都是値得的。」

劉裕不解道：「聽你老哥的語氣，與彌勒教的對立並非現今的事，爲何以前不用躲起來，現在卻如此戒愼恐懼？」

奉善笑容斂去，露出凝重的神色，道：「因爲據我們的情報，竺法慶閉入死關，潛心修練十住大乘功最後的一重功法，一旦他功成出關，天下再無人能制。當然！我是指單打獨鬥而言。」

劉裕心忖不想和對方合作也不行，至少太乙教對彌勒教的情況瞭如指掌，自己則一無所知。對付彌勒教乃他劉裕義不容辭的責任，現在南方捨他還有何人呢？道：「令師爲何如此看得起我劉裕，認爲我有資格在此事上幫忙呢？」

奉善道：「首先你是謝家指定的繼承人，當然不容任何人向謝家報復。其次是你在邊荒集有影響力，而邊荒是竺法慶到建康的必經之路，只有你能策動邊荒集的力量對付竺法慶，配合我教包括師尊在內精銳高手團，將有十足把握令竺法慶永遠到不了南方去。」

劉裕心忖原來如此，重點還是邊荒集。道：「你們可否掌握竺法慶的行動？」

奉善欣然道：「對於敵人，我們當然清楚。最近竺法慶的徒兒到彌勒山找竺法慶，卻因竺法慶閉關修練而見不著。王國寶離開彌勒山三天後，尼惠暉的得意女徒『千嬌美女』楚無暇便起程往南方去，我們怕打草驚蛇，所以沒有對付她。嘿！此女乃男人床上的恩物，任何人試過都會對其他女人索然無味。劉兄明白嗎？」

劉裕心中一顫，登時隱隱猜到此事與王國寶有關，更大的可能是針對曼妙而來。因爲即使司馬道子和王國寶如何後知後覺，也該猜到曼妙有問題。而此女正是要取代曼妙。此事必須立即通知任青媞。唉！不過她可能早已離開廣陵。自己究竟是希望今晚回軍舍時，她仍在自己床上擁被而眠，還是去如黃鶴？此時他對奉善準確的情報再沒有懷疑，沉聲道：「依你的估計，竺法慶何時會起程來南方呢？」

奉善道：「該還有個許月的時間。」又興奮道：「劉兄是決定與我們合作了？」

劉裕正容道：「教我如何拒絕？不過我們的合作只限於此事上，我們並不是朋友，在一個月內我將會到邊荒集去，大家最好約定聯絡的手法。」

奉善早有準備，仔細說出聯繫的方法，又約定在邊荒集會合後，才進一步奉上有關彌勒教的情報。

奉善最後道：「北府兵在此事上可否幫上點忙呢？」

劉裕心中苦笑，但當然不可立即揭出底牌，道：「待我想想看。」奉善拍拍他肩頭，逕自離開。劉裕則頭皮發麻地坐著，腦中一片空白。

紀千千坐在靠窗的椅子裏，喝著小詩爲她預備好的參茶。

小詩低聲道：「小姐的精神好多了！」

紀千千聽她說的話沒氣力似的，瞥她一眼，愛憐地道：「你今晚好好睡一覺，不要不住來看我有沒有蓋好被子。我康復了！可以自己照顧自己。你可知你自己的臉色很難看呢？再這樣下去，累也累出病來。」心中卻在想，好好睡一覺後，明天定要試試召喚燕飛，與他暗通心曲，希望頭不會再痛就好了。

忽然感到不妥當，朝小詩瞧去，見她閉上眼睛，額角滲出豆大的汗珠，還搖搖欲墜。紀千千大吃一驚，慌忙放下參茶，起立把她扶著。叫道：「詩詩！詩詩！」

小詩整個人倒入她懷裏去，紀千千病體初癒，兩腿發軟，哪撐得起小詩，人急智生下，把她放在自己原先的座位中去。

紀千千撲在她身上駭然道：「小詩！」

小詩無力地張開眼睛，淚水淌流，淒然道：「小姐復元了！詩詩再沒有放不下的心事。小姐你想辦法走吧！我是不成的了！只有燕公子才可以令小姐快樂。小姐再不要理我。」

紀千千出奇地沒有陪她哭起來，肅容道：「詩詩你聽著，你絕不可以放棄，我和你都要堅強地活下去。我爲你留下來，我走時也會帶著你。你現在只是累病了，休息幾天便沒有事。我現在去找大夫來看你。無論如何，你也要爲我戰勝病魔。」同時暗下決心，直到小詩痊癒，她絕不再在心裏召喚燕飛，因爲現在最需要她的是小詩，她絕不能再次因心力過度損耗而病倒，她不可以冒險。

將軍府，內堂。孫無終聽罷劉裕遇上劉毅的情況，皺眉沉吟良久，然後道：「何謙想殺你。」

劉裕失聲道：「甚麼？」

孫無終道：「我並不是危言聳聽，玄帥一直不大喜歡何謙，嫌他做人沒有宗旨，往往見風轉舵，不能擇善固執。」

劉裕愕然道：「何大將軍竟是這麼的一個人？」

孫無終意有所指的道：「他是否這樣的一個人，很快便會揭曉。」

劉裕呆看著他。孫無終露出惆悵失落的神情，頹然道：「玄帥太早離開我們了！」

劉裕心裏完全同意，如非謝玄壯年遽逝，他便不用與任青媞攜手合作，現在也不用與太乙教妖道聯手對付竺法慶，而是可以放手而爲，爲謝玄派下來的任務奔走出力，不用在軍中事事仰人鼻息。

孫無終道：「我和參軍大人早猜到何謙會對付你，只是沒想過他如此急於向司馬道子邀功。玄帥死了才多少天呢？」

劉裕劇震道：「何謙竟投靠司馬道子？」

孫無終嘆道：「自玄帥傷重一事傳出來後，何謙又看出玄帥屬意劉爺作北府兵的大統領，竟然秘密與司馬道子搭上關係，雙方眉來眼去。」

劉裕大感頭痛，原來北府兵內部分化至此。要知何謙在北府兵的勢力雖仍比不上劉牢之，卻是所差無幾，如若何謙變爲司馬道子的走狗，那北府兵將瀕臨分裂的邊緣，後果不堪想像。

孫無終續道：「原本我們對何謙僅止於懷疑，可是在劉爺見過王恭後，找他說話，他卻大力反對支持王恭對付司馬道子，令劉爺進退兩難。難道自家兄弟先要打場大仗，方可作出決定嗎？」又道：「現在北府兵大統領之位因玄帥過世而懸空，名義上決定權是在司馬曜手上，但眞正握權的人誰都曉得是司馬道子，在此情況下，何謙肯定急於向司馬道子表示忠誠，最佳的獻禮莫過小裕你項上的人頭，你等於玄帥的關門弟子，更是劉爺不惜一切要保護的人。」

劉裕明白過來。謝玄的去世，立即激發北府兵內權力的鬥爭。不論劉牢之或何謙，眼前最急切的事，是名正言順的坐上大統領的位置。最關鍵處是誰有此權柄，是皇帝司馬曜還是權臣司馬道子？王恭是司馬曜最寵信的大臣，代表司馬曜來找劉牢之談判，假設劉牢之肯全力支持王恭，司馬曜便許之以大統領之位。何謙則清楚一旦劉牢之成爲北府兵大統領，他的權力會逐漸被削弱，終有一天在北府兵內沒有立足之地。而他唯一希望是司馬道子，為了討好司馬道子，故找上他劉裕來做祭品。深吸一口氣，道：「現在我該怎麼辦呢？」

孫無終苦笑道：「我們北府兵九萬大軍，有近三萬人是控制在何謙手上，除非沒有選擇，劉爺仍不願與何謙正面衝突，所以只好盡量容忍他。我立即去見劉爺，聽他的意見。你留在軍舍裏不要外出，有我的消息後，再決定明天是否去見何謙。」劉裕懷著沉重的心情，領命去了。

營帳內。高彥的打鼾聲從一角傳來，燕飛躺在另一邊，在黑暗裏睜開眼睛，聽著刮得營帳不住晃動抖顫的寒風。紀千千是否已上床就寢呢？小詩的膽子那麼小，會不會給嚇得每夜難以熟睡，還不住作噩夢。他很想向拓跋珪詢問慕容垂是怎樣的一個人，卻總提不起勇氣，怕得到的是不想知道的答案。在他透過心靈和正面動手的兩次接觸裏，慕容垂給他的印象是很有英雄氣概，很有風度的一個人。但亦清楚慕容垂是那種一旦決定該怎麼做，絕不會放棄的人。他會施盡渾身解數去奪取和征服紀千千的心。

紀千千會向他投降嗎？他本來從不擔心紀千千對他的愛會有任何改變。可是從雁門到這裏，紀千千再沒有傳來任何心靈的信息，終使他的信心首次動搖起來。這個心的破綻，使他沒法平靜下來進行每晚臨入睡前的進修。忽然間他再沒有明確的目標，生出不知該幹甚麼的低落情緒。各種想法像帳外的風搖晃著他曾堅持不懈的信念。他感到自己的人生只可以失敗兩字作形容，縱使成功為娘討回點血債，實亦於事無補。他的初戀更是最傷痛的回憶，在他以為失去了一切希望，失去了一切生存下去的意義時，紀千千像一道燦爛的陽光透射進他灰黯而沒有色彩的世界裏來，改變了一切，令他的生命再次回復生機，縫合了他心靈的大小傷口。但這會不會只是曇花一現的錯覺？紀千千追求的是有別於建康名士風流的生活方式，她是個多情的美女，她愛上的或許是邊荒集而非他燕飛，而她會不會因同樣的理由，被充滿魅力的慕容垂吸引，最終改投向他的懷抱呢？他再不敢肯定，至少沒有以前那麼的有信心。假設紀千千不站在他這一方，又或保持「中立」，他和拓跋珪都要賠上小命。因為再沒有能令慕容垂落敗的破綻。

燕飛感到無比的孤獨。在邊荒集遇上紀千千前，他常感孤獨，但那種孤獨寂寞的感覺是不同的，無聊但卻有安全清靜的感覺。現在的孤獨則是種難忍受的負擔和折磨。再沒有一件事是可以肯定的。

「窸窣」聲起，龐義爬到他身邊道：「高彥這小子真令人羨慕，這邊躺下去，那邊便熟睡如死豬。」

燕飛把雙手扣起來，放到後頸枕著，道：「睡不著嗎？」

龐義嘆道：「想起千千她們，怎睡得著呢？胡人一向視女性為貨畜，最怕慕容垂惱羞成怒下，做出禽獸的行為。」

燕飛道：「慕容垂該不是這種人。」他還可以說甚麼呢？

忽然龐義欲言又止。燕飛皺眉道：「說吧！」

龐義頹然道：「千千是否再沒有和你傳心事？」

燕飛始明白他睡不著的原因，更清楚龐義擔心小詩，只是沒說出口來。安慰他道：「千千或許是怕損耗心力，所以沒必要便忍著不來和我心靈對話，不要胡思亂想，她們不會有事的。」

龐義嘆了一口氣，岔開道：「你的兄弟拓跋珪是個很厲害的人。」

燕飛淡淡道：「是否厲害得教你心寒呢？」

龐義苦笑道：「你代我說出不敢說的話，和他合作也不知是凶是吉？」

燕飛明白他的心事，道：「不要想得那麼遠，只有像他這樣的人，方有資格挑戰慕容垂，其他人都不行。」

龐義道：「我怕他只是利用你，而不是眞心爲你救千千主婢。」

燕飛道：「這個你反可以放心，我和他是眞正的好兄弟，他可以算計任何人，但絕不會算計我。」

龐義道：「但人是會變的，一旦你的利益和他統一天下的目標起了衝突，他大有可能不顧念與你的兄弟情義。你也看到的，他一邊派親弟和燕人講和，另一邊卻秘密策畫攻打平城、雁門兩鎭，厲害得讓人心寒。」

燕飛坐起來道：「不要多心！我曾問過他此事，他說早安排了小瓢脫身之計，只是過程中出了岔子，小瓢才會差點丟命。」

龐義顯然好過了些，有點不好意思的低聲問道：「高彥這小子一向唯利是圖，這回爲何肯不顧一切地隨我們來呢？」

燕飛當然明白他的心事，微笑道：「人總有另外的一面，在某些情況下才會顯露出來。因是高小子大力支持千千她們到邊荒集去，所以感到對千千主婢被俘該負上最大的責任，與任何其他事都沒有關係。這樣也好，若讓他留在邊荒集，我怕他會忍不住去找那頭小雁兒，那就眞教人擔心。」他曉得龐義在男女間事上面膚淺得很，故採迂迴曲折的方式點醒他，高彥鍾情的是尹清雅而非小詩，好安他的心。

龐義道：「攻佔平城和雁門後，我們會不會向中山進軍，逼慕容垂回師作戰？」

燕飛知他心切救出千千主婢，不想直告眞實的情況，道：「我們必須先鞏固戰果，再看情況決定下一步的行動。」

龐義擔心的道：「我本以爲邊荒集的兄弟可在此事上幫忙，可是想深一層，這等於義助你的兄弟去爭天下，怕很多人會不願意呢！」

燕飛道：「應該說現在仍未到召集邊荒集眾兄弟來的時候。不過你試想一下，如慕容垂攻佔關中，人人成爲亡國的亡命之徒，會是如何的一番情況？」

龐義欣然道：「我的確沒有你想得那般周詳。對！當甚麼慕容戰、呼雷方全變作眞正的荒人，便沒有國家派系的阻隔。」又沉吟道：「可是如北方統一在拓跋珪的鐵蹄下，他大有可能把非拓跋族的胡人驅離邊荒集，結果矛盾仍沒有解決。」

燕飛知道他沒法壓下內心深處對拓跋珪的恐懼，沉聲道：「那只會重演當日苻堅的大秦與南晉對峙的局面，誰敢動邊荒集，誰便等於發動戰爭。一個不討好，還會激使荒人群起反擊拓跋族。拓跋珪是不會如此魯莽的。」

龐義舒一口氣道：「不瞞你說，失去了邊荒集，我會失去生存下去的意義。救回千千主婢後，我們回去重建第一樓，再過我們以前舒適寫意的日子。可以過多少天便多少天，像所有荒人一樣，誰都不去想明天會如何。」

燕飛笑道：「睡覺吧！明天將會是你不得不去想的一天。」

劉裕喜出望外地脫鞋爬入帳內，一把將任青媞摟個軟玉溫香滿懷，兩人倒在床上。

任青媞想都沒想過他如此有侵略性，登時處在下風，顫聲道：「你想怎樣呢？」

劉裕大樂道：「你在床上等我，我再控制不住自己爬上來尋歡，你道我想怎樣呢？」

任青媞玉臉泛霞，象徵式地掙扎幾下，然後癱瘓在床上，美眸緊閉的道：「人家是第一次嘛！當然會害羞。」

劉裕道：「不要騙我，以前你是看準我不會有實際的行動，所以故意逗我，現在發覺情況有變，所以害怕起來，對吧？」

任青媞睜開大眼睛，喘息道：「好啦！你愛說甚麼就說甚麼。來吧！」

劉裕嗅著她迷人的體香，看著她動人至極點的媚態，似忽然從自身的諸般煩惱解脫出來。當然他不會和這危險的美女眞箇銷魂，因爲孫無終隨時駕到，但捉弄她一下，亦可稍洩被她玩弄於股掌之上的鳥氣。他從她的玉頸吻起，直抵她的臉蛋兒，最後湊在她晶瑩如玉的小耳旁柔聲道：「我要爲你寬衣解帶了！」任青媞嗯唔一聲，再無力地閉上美眸，也不知是抗議還是鼓勵。劉裕感到自己慾燄狂燒，暗吃一驚，把騰升的慾念硬壓下去。心知肚明自己在玩火，一個把持不住，肯定糟糕透頂。他和任青媞的結盟已是不可告人的事，若還和她發生肉體的關係，後果更不堪設想。

任青媞忽然張開眼睛，目光灼灼地瞪著他，道：「不是要寬衣解帶嗎？現在人家身上的衣服似乎沒少半件呵！」

劉裕以苦笑回報，道：「我剛見過太乙教的奉善。」

任青媞一震道：「他因心珮而找上你嗎？」

劉裕道：「他一點也沒察覺心珮在我身上，只是有事來找我商量。」

任青媞美目完全回復平常的精靈，道：「人家眞的沒有騙你，或許奉善不懂得感應心珮的功法吧！」

劉裕沉聲道：「告訴我，你已去掉心珮的包袱，爲何仍留在我的床上？」

任青媞道：「信任人家好嗎？媞兒怎捨得害你呢？我是想和你再多說幾句話，方才離開嘛！」

劉裕步步進逼道：「說甚麼話呢？」

任青媞嗔道：「給你這般胡搞人家，忽然甚麼都忘記了。我喜歡你這樣子對我，挺有男子氣概的。」

劉裕聽得心中一蕩，又爲之氣結，知她對自己不盡忠實。可是他怎有閒情和她計較。正容道：「奉善是想和我合作對抗竺法慶，不過這並非最重要的，更要緊是奉善向我透露王國寶見過尼惠暉後，竟派出愛徒楚無暇到建康去，你道有甚麼陰謀呢？」

任青媞登時色變，一把推開劉裕，整理亂了的秀髮衣裝，卻沒有說話。劉裕不受控制地掃視她舉手整衣的動人體態，也想不到她的反應如此激烈。

任青媞忽然別頭嫣然笑道：「舊愛怎敵新歡？尤其是彌勒教的千嬌美人，逼不得已下，我們只好走最後一步棋。」

劉裕愕然道：「最後一步棋？」

〈卷五〉

第八章◆攻陷平城

第八章　攻陷平城

劉裕呆坐在沒有燈火的小廳裏，表面看去彷如一尊沒有生命的石像，事實上他心中充滿激盪的情緒。他知道自己正陷於恐懼之中。任青媞沒解釋半句「她的最後一步棋」究竟是如何的一步棋，便斷然而去，但劉裕卻看破了她眼中深藏的殺氣。她是要去殺人。殺誰呢？劉裕自懂事以來，首次壓不住心中狂湧的懼意。因爲他終於猜到任青媞想殺的是何人。任青媞在之前曾說過「舊愛怎敵新歡」這句話，不正是曼妙、司馬曜的關係嗎？司馬道子將會重施故技，獻上楚無暇以作代替曼妙的新歡，再次利用女人來影響司馬曜，使之成爲受操控的玩偶，如此司馬道子便可粉碎王恭針對他的所有行動，因爲王恭已不再是晉帝司馬曜的代言人。

司馬曜的最大弱點是好色，見到美麗的女人完全沒有自制的能力，但他更是見慣美女的人，一般美色根本不能打動他，又或引起他的興趣。只有像曼妙這種女人中的女人，精擅媚惑男人之道的妖女，方可迷得他神魂顛倒。司馬道子和王國寶並不是蠢人，看出司馬曜對他們態度上的改變是因曼妙而來，可是一天未弒君篡位，仍奈何不了曼妙。而司馬道子在時機未成熟下，也不敢動司馬曜半根寒毛，所以只好重施美人之計。可以想像曼妙要影響司馬曜是最容易不過的事，因爲她只須說出眞話，司馬曜肯睜大眼睛張開耳朵，便可以看到、聽得乃弟敗壞朝政，威脅到他皇權的眞相。要把這情況逆轉過來，絕非單憑美色可以辦到，所以王國寶要去求尼惠暉幫忙，派出「千嬌美女」楚無暇，先迷惑司馬曜，令司馬曜把曼妙打入冷宮，然後楚無暇會以種種邪門手段，將司馬曜變成任他們擺布的人。

如此，王朝的權力將完全集中在司馬道子手上，他除了仍奈何不了桓玄外，其他人均變成任他宰割的情況。王恭和殷仲堪的權力任命均來自司馬曜，失去司馬曜的支持，一個任命或調職便可令他們變成無關重要的角色，再不能起任何作用。謝家更是首當其衝，任司馬道子和王國寶宰割。北府兵更是危險。如司馬道子提拔何謙作大統領，劉牢之不是起兵造反，就是倉皇逃命，再沒有另一個選擇。在如此情況下，桓玄肯定立即叛變，大晉將陷於四分五裂之局，孫恩哪還不乘機混水摸魚，擴展勢力。他劉裕也完了，唯一容身之所將是邊荒集。而任青媞苦心籌畫的報仇大計，也盡付東流。唯一的方法，也是任青媞所說的最後一步棋，就是趁北府兵尚未發生內鬥，倒司馬道子的勢力正在形成的當兒，由曼妙殺死司馬曜。因為曼妙是由司馬道子獻給司馬曜，如發生此事，司馬道子和王國寶肯定脫不了關係，各方勢力便可名正言順討伐司馬道子，而彌勒教在這風頭火勢的情況下亦難以大搖大擺的到建康來。

所有這些推想和念頭在電光石火間閃過劉裕的腦海，令他心神激震。最後一步棋不失為妙招，只是牽涉到弒君的行動，令劉裕感到難以承受。他是少有大志的人，期望能在軍中建功立業，直至謝玄一意提拔他，他最大的願望仍只是當一員北府兵的猛將。統軍北伐只是一個夢想，也是每一個北府兵將士，或建康名士大臣的夢想和人生最高目標，並沒有異常之處，也不代表他劉裕是個有野心的人。當他曉得謝玄命不久矣，他才認真地想到當大統領的問題，不過仍是個遙不可及的目標，以目前的情況來說根本是不可能的。可是忽然間，他卻和可以改變整個南方形勢的弒君大事聯繫在一起，雖不是由他策畫，更不是由他下手，可是他卻難置身事外。這個想法令他生出驚心動魄的懼意。一切都被打亂了。成為任青媞的夥伴，他早猜到會被牽連在種種難以預測的煩惱裏，卻從沒想過與當朝皇帝的生死有關。他該怎麼辦呢？

孫無終的聲音在他身旁響起道：「小裕！」劉裕嚇得整個人彈了起來，知道自己心神失守，茫不知有人接近。

正要去點燈，孫無終在他身旁隔几坐下，道：「不用燈火，我們在黑暗裏說話安全點。」劉裕重新坐好，忍不住急促地喘了幾口氣。

孫無終道：「不用緊張，劉爺怎樣都要護住你的。」

劉裕暗嘆一口氣，眞恨不得把心中所有煩惱向這位等於半個師傅，又是愛護自己的上司盡情傾吐，偏是不能洩漏半句話。如此下去，自己心中將不斷積聚不可告人的秘密，唯有靠自己孤獨地去承擔。

孫無終道：「劉爺同意我的說法，何謙確有殺你好向司馬道子邀功之意。」

劉裕勉力收攝心神，道：「他不怕和劉爺衝突嗎？」

孫無終道：「何謙有他的爲難處，命令該是司馬道子親自下達的，何謙若連這麼一件小事都辦不到，如何向司馬道子交代？這更是向司馬道子表示效忠的機會，殺了你，劉爺和他再沒有轉圜的餘地，但劉爺一時仍難奈何他。」

劉裕皺眉道：「現在他派人來召我去見面，豈非打草驚蛇嗎？他難道沒想過我會通知劉爺？」

孫無終道：「此正爲我和劉爺想不通的地方，以何謙的老奸巨猾，肯定有陰謀手段。當時劉毅有沒有立即邀你隨他去見何謙呢？」

劉裕道：「沒有！他只是要我這兩天抽空去見他，並提醒我不要讓人曉得。」

孫無終沉聲道：「不論此事如何，已告一段落。劉爺已派人去警告何謙，要他不要動你半根寒毛。」

劉裕聽罷全身如入冰窖，由頭髮到腳趾都是寒颼颼的。劉牢之這一招不知是害自己還是幫自己，把他推至與何謙完全對立的位置。下不了台的何謙以前縱使只有三分殺他的心，現在必增加至非殺他不可的地步。

孫無終道：「我和劉爺均清楚何謙是怎樣的一個人，自恃得司馬道子撐腰，以為自己可以坐穩大統領之位，所以自玄帥離開廣陵後，便任意妄為，不把劉爺放在眼裏。哼！終有一天他會非常後悔。」

劉裕心忖劉牢之認定王恭可把他捧上大統領之位，所以敢如此和司馬道子對著幹，卻不知司馬道子另有手段。如此看來，任青媞的一步棋，不但是最後的，也是唯一的可行之計，只不過……唉！他已完全放棄了阻止任青媞行此一著的任何念頭。人是現實的，自身的利益最重要，一旦讓司馬道子完全控制乃兄，操掌升遷大權，劉牢之說不定會投向司馬道子，那他劉裕將肯定完蛋，且死得很慘。他對劉牢之有此看法並非偏見，只看他既不滿王恭，卻仍要忍受他看不起寒門的閒氣，可知他為了權力名位，可以作出犧牲。所以謝玄沒有挑劉牢之作繼承人，因為謝玄清楚劉牢之雖是沙場上的猛將，卻是個利令智昏、沒有骨氣的人。何謙更是不堪。謝玄挑選他，是要劉裕代他完成未竟的北伐壯志，更曉得他靈活多變。想到這裏，忽然間他再不把任青媞的最後一步棋視為心中重擔，而是沒有辦法中的唯一反擊之法。

能成就大業者，必須有過人的手段，他劉裕只好豁出去了。

孫無終的聲音在他耳邊響起道：「你在想甚麼？」

劉裕重重舒出心頭一口氣，沉聲道：「何謙想殺我還不容易，只要派出麾下高手，趁我落單時聚眾圍攻，我必難逃大劫。之所以要如此要手段，是因為他想活捉我，再押解到建康任由司馬道子處置，如此方可以洩王國寶和司馬元顯對我之恨。」

孫無終點頭道：「對！」

劉裕苦笑道：「以後我的日子將很難過。」

孫無終道：「我和劉爺商量過這方面的問題，均認爲你最好先避避風頭，待劉爺正式坐上大統領之位，再回來歸隊。」

劉裕心中暗喜，這或許是近日來最好的消息。事實上他正苦於如何可脫身到邊荒集與奉善等聯手對付竺法慶，忽然間問題已迎刃而解。道：「是啊！我還要爲孔老大與江文清穿針引線呢！」

但另一難題又生於心底。如任青媞沒有說謊，自己帶著心珮離開廣陵，豈非會引來安玉晴甚或安世清窮追不捨嗎？不由又暗恨起任青媞來。

孫無終道：「你可以先趕往邊荒集，再和江文清一道來見孔老大。哈！差點忘記了，最近我們緝獲數批私鹽，數量有百車之多，劉爺交代下來看你可否與江文清交易，換回五百匹上等戰馬。私鹽在北方的利潤很大，該算是公平的交易。」

劉裕心中暗罵劉牢之，一車私鹽換兩匹戰馬還差不多，百車私鹽換五百匹戰馬，還要上等貨色，當然不是公平的交易。不過他可以說甚麼呢？沉聲道：「五百匹可能多一點，四百匹如何呢？」

孫無終道：「劉爺指明不可以少於五百之數，你看著辦吧！」

劉裕終認識到劉牢之的貪婪，只好希望江文清肯看在他分上，做一次賠本的生意。他本想告知劉牢之對付竺法慶的行動，希望能得到劉牢之的助力，畢竟劉牢之是謝玄一手提拔的人，謝家有難，劉牢之該不會袖手旁觀。可是進一步認清楚劉牢之的爲人行事後，便怕謝玄將對付竺法慶的事交給自己去辦，會引起劉牢之對自己的猜忌，所以終於打消念頭。道：「我該何時走呢？」

孫無終道：「當然是立即走，不過卻像我們怕了他何謙似的。所以待明天劉爺做好文書上的安排，正式任命你到邊荒集探聽敵情，才大模大樣的離開。」

劉裕失聲道：「如此豈非教何謙派人來追殺我？」

孫無終笑道：「不要瞎擔心，我們會派戰船送你到潁口，到時你隨便找個地方下船，憑小裕你的山野飛縱術，誰能截得著你呢？」又道：「由此刻開始，你離開軍舍半步，都要有自家兄弟陪著。我會調派魏詠之和幾個武功高強的兄弟出入相隨，如此便不怕何謙可以弄出甚麼花樣來。」說罷起立道：「不用擔心，司馬道子已沒幾天好日子，只要劉爺登上大統領之位，何謙能否保命也是個問題，小裕你暫忍一時之氣吧！」接著低聲道：「以鹽換馬的交易必須辦妥，劉爺愈倚仗你，你愈安全。好好幹吧！」拍拍他肩頭，逕自去了。

劉裕坐回位子，暗下決心，自己若想活命不負謝玄所託，只有拋去婦人之仁，不擇手段地繼續鬥爭。

帳外夜梟鳴叫。燕飛坐起身來。

龐義一呆道：「甚麼事？」

燕飛把蝶戀花掛到背上，微笑道：「仍在擔心小詩嗎？」

龐義道：「去你的！是否要我動手揍你？嘿！這麼晚到哪裏去？」

燕飛答道：「是小珪喚我，你好好睡覺。」說罷揭帳而出，拓跋珪已等候帳外，一身夜行勁裝，名著北方的雙戟交叉掛在背上，戟長三尺七寸，襯得他更是威猛無比。

燕飛泛起既溫暖又傷情的感觸。年少時每當拓跋珪來找他去玩耍，便像剛才般學鳥鳴梟叫，這成為他們約定的暗號。而燕飛聞訊後會千方百計溜出去與他會合，現在回想當時的情景，娘親早明白是拓跋珪在裝神弄鬼，只是不忍阻撓他們兩人的玩意。

拓跋珪湊到他耳旁道：「開心的時候到啦！」這正是每次拓跋珪偕他去玩說的話，不同的只是這回以漢語說出來，忽然間，逝去了的童年歲月又似重現眼前。

拓跋珪怪叫一聲，領頭奔出營地。燕飛如影隨形地追在他身後，兩人迅如流星的直馳出營地，遇林穿林，逢丘過丘，繞個大圈朝平城的東北方掠去。他們有時會跳上樹梢，又連續翻幾個觔斗回到地面，像一對愛嬉鬧的小孩子，誰想得到他們一個是有機會問鼎天下的一方霸主，另一個則是有機會成為天下第一劍手的超卓人物。一口氣下，他們走了近三十里路，來到平城東北方里許近處的一座小山崗。兩人不約而同的蹲下來，俯瞰平城。他們對視而笑，因此為他們兒時的慣常動作，只不過看的或許是平原的野馬，又或鄰營的美麗女孩。

拓跋珪嘆道：「佔領平城是我自小以來的一個夢想，不論對我們或漢人來說，平城都是必爭之地。塞北有那一座城池，位於漢胡交界之衝，內外長城之間？長城就在其北面的高山峻嶺之間蜿蜒起伏。」

燕飛點頭道：「平城西界黃河，北控大漠，東連倒馬、紫荊之關，南據雁門、寧武之險。境內山巒起伏，溝壑縱橫，形成無數天然關塞，進有依托，守有屏障，確是兵家必爭之地，我眞不明白燕人怎會如此疏忽，任你大軍南來，幾近沒有設防。」

拓跋珪笑道：「怎會沒有設防呢？慕容垂在平城北面長城關防長期駐有一支約三千人的部隊，為的就是要阻止我們南下。不過我們這次借口進貢戰馬，大概成功混進了二千人吧！」

燕飛一呆道：「你們只有二千人混進來？不是說這二千人只是先鋒部隊嗎？」

拓跋珪苦笑道：「的確是先鋒部隊，不過我們只能憑這支部隊攻陷平城，還要在一天內完成，否則若讓慕容詳把駐守長城的三千人調來，我們勢要全軍覆沒。」

燕飛駭然道：「你不是說笑吧？長城外竟沒有大軍牽制對方的部隊？你究竟是來送死還是攻城？」

拓跋珪道：「這已是我能抽調的人馬，我們正和赫連勃勃處於對峙的險峻形勢，又要鎮壓賀蘭族仍在負嵎頑抗的部落，能有二千多戰士來攻打平城，已相當不錯。」

燕飛頹然道：「虧你還說要兵不血刃攻下平城，眞不知該好氣還是好笑。」

拓跋珪沒有赧色的微笑道：「當然要兵不血刃地智取才成，假如訴諸勇力，二千多人不消一個時辰全要伏屍城牆之下。明白嗎？我的小燕飛。」

拓跋珪凝望平城，從容道：「慕容垂的幾個兒子慕容寶、慕容詳和慕容麟，表面看去精誠團結、威風八面，其實只是仗著父勢，更怕失去父寵，所以裝出這個樣子。事實上人人各爲己利，明爭暗鬥，我早看透他們。」

燕飛明白他的個性，深謀遠慮，早在少年時已著手部署復國的大計，對於一直在暗裏支持他的慕容垂，當然是瞭如指掌。

拓跋珪淡淡道：「慕容寶最擅長收買人心，故能在慕容垂的手下重將裏贏得良好聲譽，也最得慕容垂重視。慕容垂自立爲燕王後，便以慕容寶爲太子。」又啞然失笑道：「慕容寶或許是沙場的猛將，不過為人剛愎自用，只顧眼前之利而缺乏遠見，最大的缺點更是沉不住氣。只要能針對他的弱點，不論其所率之兵如何強大精銳，仍是有隙可尋。」

燕飛心忖這番對慕容垂兒子們的看法，該一直深藏在拓跋珪心底，到此刻才找到自己這傾訴的好對象。拓跋珪也不是興到閒聊，而是藉與自己談話，整理好對付慕容垂的全盤戰略。知己知彼，始有擊敗此超級霸主的可能性。拓跋珪對攻陷平城顯然已有周詳計畫，也不是因要重溫兒時樂趣和他到這裏看平城的風光，而是在耐心靜候。點頭道：「對他們你的確下過一番工夫。」

拓跋珪道：「慕容驎狡詐多變，輕情薄義，曾出賣長兄慕容令，害得慕容令兵敗慘死，一直不為慕容垂所喜。到淝水之戰後，仗點小聰明立下軍功，方再得慕容垂重用，被任為撫軍大將軍。不過其奸詐反覆的性格始終難改，現在是小心翼翼夾著尾巴做人，但終有一天會成為燕國內爭的禍源。」又微笑道：「至於慕容詳，更只是庸才一個，好大喜功，卻從不發憤圖強，慕容垂遠征軍去後，天天飲酒行淫，不但不愛惜士民，還刑殺無度，以高壓統治平城和雁門，盡失人心。你也親眼看到的，昨天他竟被我以詐兵嚇走，可知他是膽小如鼠之輩，縱然有堅城可持，如何擋我拓跋珪呢？」

燕飛心中一動道：「你是想把他再次嚇走，對嗎？」

拓跋珪伸手搭著他一邊肩膊，笑道：「小飛該知我從來是謀定後動的人，自我踏足長城內的一刻，整個爭霸天下的行動已告展開，沒有人可以阻止我拓跋珪，即使是慕容垂也辦不到。」

燕飛沉聲道：「城內是否有你的伏兵？」

拓跋珪答道：「很快便有答案。」

燕飛皺眉道：「朔方幫的人不是已被後燕盟連根拔起了嗎？」

拓跋珪冷然道：「豈是如此輕易？朔方幫有數千徒眾，經營多年，早在平城、雁門區域落地生根，深得我們被苻堅強迫遷移到這裏的族人支持。幫主叔孫銳更是機伶多智的人，我在邊荒集回來時早知會他，在慕容垂出征之後，或有不測之禍發生。」又嘆道：「慕容詳事實上是幫了我一個大忙。」

燕飛皺眉道：「我不明白！」

拓跋珪道：「道理很簡單，慕容垂是識大體的人，故能善待這區域內我族的人民，讓他們可安心耕種，供應食糧，且容許朔方幫和我們進行貿易買賣。人民安居樂業，當然不會有異心。可是慕容垂把中山交給慕容詳打理後，他卻因恐懼而縱容後燕盟，對我族人民敲詐勒索，無惡不作。只有官才可以逼民反，於是人民的心朝向盛樂，否則即使我得到平城又如何？民心不向，早晚會回到慕容詳手上，你說我該不該感激他？是他逼朔方幫完全投向我這邊來的。」

燕飛審視城防的情況，沉聲道：「你是否想潛入城內，希望在朔方幫倖存者的協助下，號召城內的族人起義呢？」

拓跋珪沒有直接答他，道：「你看有慕容詳坐鎮的平城防衛多麼森嚴呢？他正規軍的力量只有二千人，加上後燕盟的烏合之眾總人數也不過五千，要形成如此嚴密的防守必須全體出動，於此不但可見他的膽怯，更可知他的愚蠢，不曉得讓手下好好休息，以養精蓄銳。到了天明，沒闔過眼的防軍已成疲憊之師，還如何應付城內城外的突變？」

燕飛道：「他的策略並非完全錯誤，所依恃的是長城的駐兵來援，只要他能堅守至那一刻，可不懼你攻城。說不定中山還另有部隊在來此的途中，所以他是不容有失。」

拓跋珪冷笑道：「沒有兩天的時間，長城的駐軍休想抵達平城，屆時他們會發覺平城已換上我拓跋珪的旗幟，只好黯然逃回中山。平城既失，雁門當然是我囊中之物。」接著別頭朝東面瞧去，道：「來了！」

燕飛循他目光望去，東面地平起伏處隱見燈火。暗吃一驚道：「不是敵人的援軍吧？」

拓跋珪微笑道：「當然不是，而是每十天一次，從平城東面大城代郡來的商旅大隊。」

燕飛訝道：「商旅大隊？」

拓跋珪解釋道：「我在塞外征討四方，被擊破的殘餘部落有些避進長城來，不安分的淪爲盜賊，聯群結黨的搶掠到塞上來做買賣的商旅。形勢所逼下，商旅爲求自保，共同上路，先在代郡集合，每十天便結隊西來平城。要神不知鬼不覺的入城，此爲最佳方法。由於人多車多貨多，根本查無可查，明白嗎？」

燕飛嘆道：「你攻城的時間拿捏得很準。」

拓跋珪道：「當商旅大隊經過那片疏林時，便是我們找藏身處的良機，憑我們的身手，兼夜色的掩護，該是輕而易舉。」

燕飛訝道：「他們爲何這麼晚才到達平城呢？」

拓跋珪輕描淡寫的道：「幾個虛張聲勢的馬賊已足可延誤他們的行程，明白嗎？來吧！」

燕飛心中不由不佩服他的策略，更進一步明白龐義對他恐懼的原因，暗嘆一口氣，追在他身後去了。

高彥一覺醒來，發覺帳內只剩下他一人，不見燕飛和龐義，忙穿好衣服，走出帳外。不遠處龐義正和拓跋瓢在說話，見到他，兩人朝他走過來。

高彥問道：「燕飛呢？」

龐義笑道：「燕小子捨我們而去啦！」

高彥當然曉得他在說笑，詢問的目光投向拓跋瓢。拓跋瓢一身輕甲，其威風處實難令人記起他差點喪命雁門時的狼狽模樣。欣然道：「燕飛已隨大哥去為攻城一事作預備。我們要出發了！」

高彥環目掃視，眼見處的營帳全收拾妥當，他沉睡一晚的安樂窩已有人在動手拆營，所有拓跋族戰士整裝待發。欣然道：「大軍是否到了？」

拓跋瓢展現一個神秘的笑容，道：「可以這麼說。」接著大喝道：「馬來！」手下牽來三匹戰馬，其一是拓跋瓢的坐騎。三人飛身上馬。

拓跋瓢策著坐騎打了一個轉，又拉韁令戰馬前足離地而起，發出嘶鳴，盡展其精湛騎術。笑道：「請兩位緊隨我左右，我奉大哥之命保護你們。」大喝一聲，策騎朝平城方向馳去。兩人忙追在他身後，接著是數以百計的親兵。到馳上一座山丘，兩人方知二千多名戰士早在山坡下結成陣式，蓄勢待發。號角聲起，全軍發動，潮水般朝進攻的大城湧去。

多一事不如少一事。劉裕起床後，依孫無終的指示，沒有離開軍舍。軍舍的守衛增加了十多人，均為孫無終派來的人，現在任青媞若要潛進來，將沒那般容易了。他在軍舍的飯堂吃過早點，與奉命陪他的魏詠之等閒聊幾句，再回到宿處發呆。假設自己沒有了邊荒集作籌碼，劉牢之會不會犧牲他呢？對此他沒有肯定的答案。對劉牢之的行事作風，他感到失望，亦開始明白謝玄不挑選他作繼承人的道理。不過謝玄對他的恩寵，亦使他在失去謝玄的支持後立即陷入險境。他現在只能看風使舵過日子。

此時一個他意想不到的訪客來了，竟然是宋悲風。宋悲風神采如昔，一點也看不出因謝玄過世而有的悲哀，不過從他眼神深處，劉裕捕捉到密藏的憂慮和傷痛。高手畢竟是高手，尤其宋悲風並不是一般的高手，而是能與任何九品高手媲美的不平凡之輩。經過重傷而復癒，宋悲風比以前更能深藏不露，雙目神藏，顯然在劍術修養上大有精進。魏詠之把他直送入小廳，然後知趣地告退。兩人隔几坐下。劉裕爲他斟茶，順口問道：「宋大哥見過參軍大人嗎？」

宋悲風淡淡道：「循例打個招呼！若我直接來見你，會太引人注目。」

劉裕心中湧起見到親人的感覺，假設世上有個絕對可以信任的人，那人將是宋悲風而非燕飛，因爲宋悲風對謝家的忠誠是毫無保留的。而因謝玄和他的關係，宋悲風亦將毫無保留地支持他，包括他或許做錯了的事。只寥寥幾句話，便知宋悲風在謝玄去世後，一心一意來見他，爲的當然是謝家的榮辱盛衰。他們均清楚謝家正處於前所未遇的危險裏，一個不好，勢必將造成毀家滅族之恨。

劉裕道：「玄帥他……」尙未說出完整的語句，他的熱淚已奪眶而出。自謝玄的死訊傳來，他一直硬把悲傷壓下去。可是見到宋悲風，心裏的傷痛再不受抑制，岩漿般爆發出來。

宋悲風嘆道：「現在不是悲苦的時候。老實說我也失去了方寸，三爺更一病不起，看來活不了多久，琰少爺則只會向下人發脾氣。老天爺對謝家何其不公平呢？」

劉裕抹掉淚水，強壓下波動的情緒，半嗚咽的道：「玄帥臨死前有交代甚麼嗎？」

宋悲風道：「他告訴我你會有辦法令謝家避過災劫，要我全力助你。唉！我眞不明白大少爺，在目前的情況下，你能保住性命，已相當不錯。不過無忌對你很有信心。」

宋悲風口中的三爺是謝安之弟謝石，自謝安去世後，一來因年事已高，又傷痛兄長的亡歿，一直臥病在床。無忌是何無忌，謝玄的親衛頭子，劉牢之的外甥，奉謝玄之命扶助劉裕。琰少爺是謝安的兒子謝琰，爲人高傲自負，恃著世家的尊貴身分，看不起寒族，才幹德行均遠比不上謝玄。

劉裕倏地平靜下來。宋悲風說得對，現在的確不是悲傷的時候。他身旁一直缺乏一個像宋悲風般的特級高手，有他在旁並肩作戰，即使遇上安玉晴父女，仍將有一拚之力。對付起竺法慶，更是如虎添翼。問題在自己必須讓宋悲風清楚自己的處境，否則若讓宋悲風對他生疑，極可能會壞事。自己應不應向他透露所有秘密呢？

宋悲風道：「牢之曾問我有甚麼需要幫忙的地方，我並沒有答他，一切待見過你再作決定。你心中有何想法？」

劉裕沉聲道：「昨晚太乙教的奉善來找我，想說動我聯手去對付竺法慶。」

宋悲風愕然道：「竟有此事？」

劉裕把心一橫，將奉善的話一字不漏的轉告宋悲風，連王國寶請出楚無暇以與曼妙爭寵的猜測也如實道出。

聽罷，宋悲風的神色凝重至極，呼出一口涼氣道：「如王國寶奸謀得逞，以他的狼子野心，不但會毀掉謝家，謝氏子弟的下場還會非常悽慘。」

劉裕深吸一口氣，緩緩道：「在非常的形勢下，必須有非常的手段，方可有回天之法。我想告訴宋大哥一個秘密，此事我不但瞞著玄帥，且沒有告訴燕飛。假如宋大哥不能接受我的做法，宋大哥可以放棄我，但請爲我保守秘密，否則我只好永遠躲到邊荒集去。」

宋悲風呆看他片刻，點頭道：「我立誓爲你保守秘密，有甚麼事令你須瞞著大少爺呢？」

劉裕坦然道：「因爲我怕玄帥反對我的做法。」

宋悲風道：「說吧！」

劉裕沉聲道：「司馬曜現在最寵愛的張貴人，眞正的身分是逍遙教主任遙的寵姬，也是妖后任青媞的親姊。」

宋悲風失聲道：「甚麼？你怎會曉得的？」

劉裕道：「是我和燕飛猜出來的，我從邊荒集趕回來，正是想將此事親告玄帥，後來卻不得不隱瞞此事，因爲我已和任青媞結盟，她的目標是要助我掌權，透過我去爲她報孫恩殺任遙的深仇大恨，我則是別無選擇，只有讓曼妙爲我營造諸般有利形勢，我才有趁亂崛起的機會。」說畢劉裕整個人輕鬆起來，似乎肩上的擔子已轉移到宋悲風肩上，他再沒有任何負擔。又似面臨被判刑的重犯，大局已定，是坐牢還是斬頭即將揭曉。

宋悲風瞪大眼睛看著他，好半晌後出乎他意料之外的長嘆道：「到現在我才服了安公相人的眼光，如非福緣深厚的人，如何會有此說出來擔保沒有人相信的際遇？」

劉裕愕然道：「你沒有怪我隱瞞玄帥嗎？」

宋悲風道：「你和大少爺的不同處，正因你沒有名門望族的身分負擔，故可以放手而爲，從沒有生路的局面裏打出一條生路。如你是循規蹈矩的人，早被王國寶害掉了你的小命。」又道：「可是眼前的危機，你又如何應付？一旦被楚無暇迷惑了司馬曜那昏君，我們將會一敗塗地。」

劉裕平靜的道：「殺了那昏君又如何呢？」宋悲風渾身一震，睜大眼睛再說不出話來，憑他劍手的修養，仍有如此反應，可知這句話對他的震撼。

經過一晚充足的休息，二千多名拓跋鮮卑族的精銳戰士，精神抖擻地在平城北門外二千步外排開陣勢，分成左中右三軍，兵鋒直指北門。他們既沒有任何攻城工具，與城牆更隔著護城河，而即使有工具又如何？以這樣區區之數的兵力去進攻平城，實與送死沒有分別。可是人人士氣昂揚，凝聚成強大的信心，令敵人產生高深莫測的感覺。高彥和龐義立馬在拓跋瓢和長孫嵩馬後，兩人互望，均不明白拓跋瓢等人有甚麼奇謀妙計可戡定平城？拓跋珪和燕飛的不知所蹤，更透著一股神秘兮兮的味道。忽然後方異響傳來。高彥和龐義轉頭瞧去，只見數里外塵埃大作，漫山遍野均是疾馳而來的戰士，飄揚的更是拓跋珪的旗幟，乍看最少五、六千人之眾。兩人心忖主力大軍終於殺到，難怪拓跋瓢等如此好整以暇，有恃無恐。交換個眼色，露出這才像點樣子的釋然神色時，拓跋瓢和長孫嵩已帶頭大聲吶喊歡呼，眾戰士齊聲回應，更揮動武器，情緒高漲至極點。反之牆頭上敵人無不露出驚駭神色，顯是膽爲之喪。

「砰！」更令人意外的事發生了，城內不知何人放出煙花火箭，直衝上天空，爆開紅色的火花，儘管是在光天化日下，仍是非常奪目。拓跋瓢拔出馬刀，狂喝道：「東門破啦！兒郎們隨我來。」龐義和高彥仍摸不著頭腦，戰號早已吹得響徹城內外，二千多人如臂使指，掉轉馬頭，繞城疾跑，似是要改攻東門。城牆上的敵人亂成一團，城內隱有喊殺和兵器交擊聲傳出來。北方的大軍則不住逼近，愈添形勢的緊張和對守城敵人的龐大壓力。龐義和高彥糊裏糊塗的跟著大隊走，轉眼繞過城的東北角，東門竟然放下吊橋，還有大批人正與守城的敵人展開浴血搏殺。高彥和龐義兩人喜出望外，均曉得慕容詳完蛋了，只是這二千三百精銳戰士，已足可大破平城，何況還有正全速趕來的主力大軍。戰士吶喊聲中，騎隊已勢如破竹踏著吊橋直殺入城內去，敵人立即潰不成軍，四散逃命。

夕照之下，戰船開離廣陵。船上不但有劉裕、宋悲風，還有孔靖和他十多名保鏢。今早劉裕從大江幫派駐在廣陵的人得到確切回應，江文清會在兩天後的清晨與孔靖在穎口會面，所以劉裕透過孫無終請示劉牢之，邀孔靖同行。孔靖對宋悲風非常尊重，又見宋悲風隨劉裕北上邊荒集，登時對他刮目相看，再沒有絲毫懷疑謝家對劉裕的重視。劉裕站在船尾，滿懷感觸。當日與紀千千乘船到邊荒集的情景，仍是歷歷在目，如今人事卻不知變了多少回，他現在擔心的竟是安世清父女會不會窮追不捨。

宋悲風來到他身旁，低聲道：「小裕在廣陵的日子肯定很不好受，現在我也心如鉛墜，患得患失。」

劉裕苦笑道：「誰給捲進弒君的事情裏，都不會好受。」

宋悲風道：「即使我們明知是可行之計，又力所能及，可是因忠君愛國的思想太過根深柢固，想想還可以，卻沒法付諸行動。謝家也有這麼一個包袱，否則以少爺的兵權，安公的威信，要取司馬王朝而代之，實乃易如反掌的事。只有逍遙教的妖女，才會視弒君只是捏死一隻螞蟻般簡單。」

劉裕問道：「宋叔也認爲此乃可行之計？」

宋悲風嘆道：「我眞的不知道，只知若司馬曜變成司馬道子的應聲蟲，謝家將片瓦無存，你我肯定受盡凌辱而亡。可是司馬曜如忽然駕崩，那甚麼事都可能發生，各方勢力必以此爲藉口聲討司馬道子和王國寶，把一切罪名推在兩人身上，因爲不論是張貴人或楚無暇，均是在司馬道子同意下由王國寶獻給司馬曜。在如今的情況下對我們是愈亂愈好，謝家始終是南朝第一世族，司馬道子和王國寶在自顧不暇的情況下，焉敢觸犯眾怒對付謝家。北府諸將亦不容許這種事情發生。」

劉裕對宋悲風有種莫以名之的感覺，首先宋悲風有點像謝安和謝玄的代表，因爲他熟知兩人的想法。其次是兩人頗有同病相憐之處，因爲他們均是以司馬道子爲首的權力集團欲得之而誅的人，同樣須爲保衛謝家而不惜一切。

劉裕道：「玄帥怎樣看參軍大人？」

宋悲風淡淡道：「大少爺從沒有直接評論劉牢之，只說過一句話，那是當我問及劉牢之肯不肯維護你時，他答道那就須看你劉裕對他的利用價値有多大。小裕明白嗎？」劉裕聽得心中佩服，目前的情況確實如此。

宋悲風道：「你有沒想過另一個嚴重的問題，這次到邊荒集去，你會面對燕飛，假如安世清父女確因玉佩直追到邊荒集去，你如何向燕飛解釋呢？此事必牽涉到妖后任青媞，何況紙終包不著火，以燕飛的靈異，終會發覺你向他說謊。」

劉裕尚未有機會向他說及邊荒集的現況，道：「暫時我們不用擔心這方面的問題，因爲燕飛爲拯救紀千千主婢，將有很長的一段時間不在邊荒集。唉！我的感覺眞矛盾，既希望他在邊荒集，憑他的蝶戀花對付竺法慶的十住大乘功；又希望他不在邊荒集，那就不用面對被他識破我與任青媞的交易問題。」

宋悲風是唯一明白他心情的人，嘆道：「想起千千小姐被擄北去，我便心焦如焚，可是又不能置彌勒妖人的事不理。」

劉裕道：「千千主婢並沒有立即的危險，更何況她們在慕容垂的手上，急也急不來。當時機來臨之際，我們可爲她們拚命出力。」

宋悲風頹然道：「我對此事想法灰暗悲觀，即使傾盡邊荒集的力量，對上慕容垂，在自保上仍岌岌可危，遑論主動出擊，從他手上救出千千小姐主婢。」

劉裕道：「燕飛只差一點便大功告成。」

宋悲風道：「那或許是唯一的機會，可惜得而復失，痛失良機，但也使人從心底欣賞千千小姐對婢子的情義。」

劉裕訝道：「你曉得其中經過？」

宋悲風道：「此事早傳遍建康，也令燕飛坐穩邊荒第一高手的寶座，成爲能與孫恩、慕容垂相提並論的頂尖高手。」

劉裕道：「機會永遠存在，燕飛是個能人所不能的人，他會爲自己製造機會。別人或許猜不到他的計畫，但我卻清楚有一個人，可以助他完成這近乎不可能的救人壯舉，此人就是拓跋族之主拓跋珪。我曾和他並肩作戰，明白他的能耐。」

宋悲風舒出緊壓心頭的一口氣，點頭道：「聽你這麼說，我有點像在絕對的黑暗裏看到一點光明，心裏舒服多了。」又道：「如果任青媞沒有說謊，我們將要應付安世清父女。你曾先後和安世清、孫恩交手，兩人的武功相較如何呢？」

劉裕想起奪去天地珮的鬼臉怪人便餘悸猶存，苦笑道：「依我看縱使不在伯仲之間，也相差無幾。」

宋悲風咋舌道：「安世清竟高明至此？」

劉裕道：「但願任青媞確實誇大了心珮，否則我們在邊荒集的日子絕不好過，唉！想想都教人頭痛，希望安世清無暇插手此事。」

宋悲風沉吟道：「不論是孫恩、江凌虛又或安世清，均對玉佩志在必得，究竟《太平洞極經》隱藏著甚麼驚天動地的秘密呢？」

劉裕正要答話，孔靖派人來請他們到艙廳共進晚膳，他們只好收拾心情，回艙廳去也。

慕容詳幾乎是當東城門被破的一刻，立即率眾倉皇從南門離開，助守的後燕盟幫眾登時軍心渙散，落荒而逃。不過也難怪慕容詳，皆因他一錯再錯，看不清從北面以鋪天蓋地的聲勢直逼而來的拓跋族主力大軍，只是由二百多名戰士和數千匹佯裝進貢的無鞍空騎在虛張聲勢。還由其方向誤以為駐守長城的部隊已被擊垮，故拓跋族的「主力大軍」能長驅直入，揮兵攻打平城。慕容詳且因摸不準雁門方面的形勢，率領疲軍直接逃回中山，坐失固守雁門與平城對峙，再從中山調兵來援以平反敗局的天大良機。當高彥和龐義曉得「主力大軍」的眞相，兩人都暗裏抹一把冷汗，更為拓跋珪的膽色和手段驚嘆。拓跋珪不但是等待的專家，且是冒險的高手。

拓跋珪並不以攻陷平城而稍歇戰鼓，竟立即派出長孫嵩和拓跋瓢，率領二千戰士向雁門進軍。又以數百朔方幫徒打頭陣，先一步混進雁門，散播謠言動搖民心軍心。當平城落入拓跋珪的絕對控制下，從長城來的燕國邊防軍終於在日落前到達，見到堅固如平城亦在兩日間被奪，駭然大驚，豈敢攻城送死，逕自逃返中山去。至此大局已定，攻陷平城的夢想成為現實。翌日黃昏喜訊傳來，比之平城的兵力更是不堪的雁門城守軍棄城逃走，被拓跋軍和平進佔。為拓跋珪踏足中原爭霸的鴻圖大計，展開新的一頁，勝得漂亮精采。

在這長城內的廣闊區域，經苻堅不停的把拓跋族的亡國之民遷徙到這裏來，強迫其放棄遊牧生活，改爲從事農耕生產，加上原有的烏桓雜人和雁門人，形成強大和穩定的農業經濟。數千個村落，提供了大量的糧食和牲口，登時使獲得此廣闊地區，控制平城、雁門兩大重鎮的拓跋族國力遽增。離平城東面三日馬程的代郡，規模和防禦力均遠比不上平城和雁門，守兵只有數百人，當平城陷落的消息傳到，又將入侵軍力誇大至數萬之眾，守城兵將嚇得落荒逃去，一時間附近再沒有能威脅佔領軍的力量。燕飛與拓跋珪登上平城牆頭，俯視遠近。太陽剛升離地平，溫柔地灑照大地。

拓跋珪道：「兄弟！我眞的感激你。若不是你救回小瓢，令慕容詳陣腳大亂，進退失據，此戰鹿死誰手，尙是難言之數。」

燕飛道：「你還要和我說這些話幹嘛！下一步該如何走？」

拓跋珪道：「我會派人來鞏固兩城的防守，對此區則施行德政，安撫民心。」

燕飛訝道：「你不準備留在這裏嗎？」

拓跋珪道：「我們兵力薄弱，根本不足以應付慕容垂的雄師，所以絕不會蠢得去硬撼中山。幸好即使慕容垂聞報後立即決定北返，至少仍需二至三個月的時間，我就趁這時機先全力收拾赫連勃勃，盡取黃河套之地，增加應付慕容垂的本錢。小飛，你當然會全力助我吧？」

燕飛不答反問道：「假如慕容垂拋開一切，親率大軍北返，你如何應付？」

拓跋珪苦笑道：「我只好放棄平城和雁門，逃返盛樂靜觀其變，而我的爭霸大計將會泡湯，因爲慕容垂將會駐重兵於平城，令我難以再踏入長城半步。」頹然摟上燕飛肩頭，嘆道：「你的英雄救美也要完蛋。天下沒有人，包括小飛你在內，能在正常的情況下，從慕容垂手上奪走他永帶身旁的女人，何況還有個不能不理又不懂武技嬌滴滴的小婢呢？」

燕飛沉聲道：「若慕容垂只是調兵遣將來還擊你呢？」

拓跋珪放開摟著他的手，挺直虎軀，雙目熠熠生輝地凝望地平盡處，豪氣沖天的道：「那我和你都有救了。來的肯定是慕容寶，我會教他吃一場大敗仗，更要燕人永遠不能翻身。」

燕飛不解道：「如何可令燕人永不能翻身？」

拓跋珪雙目殺氣大盛，道：「現在還不能告訴你，你等著瞧吧！」

燕飛道：「慕容寶若慘敗，慕容垂將別無選擇，必須立即放下所有事，回師揮軍與你一決勝負，你是否仍逃返盛樂呢？」

拓跋珪微笑道：「此一時也，彼一時也，我會與慕容垂周旋到底，因為屆時我羽翼已成，而慕容垂的兵力則大幅被削弱，軍心士氣更受到嚴重的挫折。我的機會來了，你的機會也來了。」接著目光往他投來，沉聲道：「當慕容垂在這樣的情況下來收復平城和雁門，你如能從邊荒集的人馬裏組織一支精銳的部隊，我可與你天衣無縫互相配合，只要把握準確，一舉救回紀美人主婢，對慕容垂的打擊將會是致命的，而我更有信心可贏得最後的勝利。」

燕飛點頭道：「你說出我心中正在思量的事。赫連勃勃是敗軍之將，不足言勇，憑你的才智可輕易收拾他，不用我幫忙。」

拓跋珪皺眉道：「你到哪裏去呢？」

燕飛道：「我立即趕回邊荒集去，設法組成一支你所說的精銳部隊。若反攻你的是慕容寶，我會由得你自己去應付，如督師的是慕容垂，我將在途中設法劫奪千千主婢，我的生死也不用你費神理會。」

拓跋珪發呆片刻，露出個苦澀的表情，道：「我很想說不論情況如何，均會全力助你，可是肩上挑著整族的榮枯，如此簡單的一句話，竟沒法說出口來。原諒我吧！」

燕飛一手搭著他肩頭，笑道：「一切須看老天爺的安排，看看慕容垂會不會作出錯誤的決定。不過我有個直覺，慕容垂仍未眞正掌握到你對他的威脅，兼之不願意放棄進軍關中的千載難逢之機，又高估了慕容寶的能力，肯定只會派兒子來對付你。」

拓跋珪道：「如此我們將復國在望，你也可以攜美回邊荒集，繼續你風流寫意的日子。」

燕飛道：「我走啦！你須事事小心，切勿得意忘形而輕敵。」

拓跋珪笑道：「我是這樣的人嗎？回邊荒集後，見到小儀時請通知他一聲，我對他在邊荒集的功績非常滿意。當我立國稱王時，他就是我的太原公。」太原是雁門南面最重要的城池，物資豐盛，又是貿易中心，在軍事和經濟上均佔據重要的地理位置。

燕飛愕然道：「你準備攻打太原嗎？」

拓跋珪呵呵大笑道：「小王怎敢呢？不過當我稱王稱霸之時，太原落入我版圖內的日子還會遠嗎？」

燕飛哈哈笑罵，瀟脫的去了。

濛濛細雨裏，劉裕步出船艙，正在甲板上指揮的老手迎上來道：「這次能再度伺侍候劉爺，是我和一眾兄弟的榮幸。」又壓低聲音帶點不滿的道：「玄帥已逝，現在我們北府兵還有多少個像劉爺般的英雄人物。」

老手是北府兵操船之技最響噹噹的人物，當日他和紀千千北上邊荒集，便是由他駕舟。這次劉裕特別向孫無終要求派出老手駕駛戰船，正是要借他的超凡技術以擺脫安玉晴的追躡。

劉裕親切地搭著他肩頭笑道：「最後這句話我當沒有聽過，你以後更不要再說，否則我會吃不完兜著走。」

老手道：「這個我當然明白，禍從口出，有誰像玄帥般有容乃大呢？不過別人或許不清楚，我老手和眾兄弟卻比任何人更明白劉爺和燕爺的交情，你們是識英雄重英雄，只有你們才有資格大搖大擺的到邊荒集去。」此時船已駛上潁水，泊於西岸處，離潁口只有數百丈，靜候江文清的芳駕。

劉裕放開手，道：「麻煩你老人家看緊一點，水陸兩路都不要放過。」

老手點頭道：「在目前的情況下，人人都會小心的！」領命去了。

宋悲風正負手站在船頭，凝望著河道遠處，神情木然。

劉裕直抵他身旁，道：「宋大哥在想甚麼呢？」

宋悲風皺眉道：「奇怪！我們到這裏足有三個時辰，爲何仍未見安玉晴追來，難道任妖后說的全是一派胡言？」

劉裕道：「你的想法令我想起以前的事。當日我在汝陰遇上任青媞，那時她該剛從安世清父女手上偷到心珮，還默認自己是安玉晴。」

宋悲風經劉裕透露此事已盡知其詳，點頭道：「對！若任妖后所言屬實，她是不可能避過安世清的追殺的。儘管有任遙爲她阻擋追兵，可是當時安世清搶得天地珮後，怎會放過任青媞？除非心珮當時並不在任妖后身上。」

劉裕沉吟道：「此事的確令人難解，不過如非心珮確可引來敵人，任青媞怎肯把千辛萬苦得到的命根子交我保管，不怕我將寶物私吞嗎？這該是沒辦法裏的唯一辦法。」

宋悲風苦笑道：「整件事令人愈想愈糊塗，會不會是任妖后盜得心珮後，把心珮交給任遙，由他引開安世清父女，而任妖后則去爭奪天地珮。豈知安世清沒有中計，反去爭奪天地珮，只由安玉晴去追蹤任遙，碰巧地助燕飛逃過一劫。」

劉裕點頭道：「還是宋大哥旁觀者清，你的說法合情合理，雖不中亦不遠矣。接著任遙把曼妙送往建康、心珮交由她保管，帶入皇宮去，如此玉佩便等於消失了，安世清父女再沒法追查。」

宋悲風接下去道：「任妖后曉得曼妙掉轉槍頭來對付司馬道子的事，遲早會被司馬道子看破，進行反擊，曼妙隨時大禍臨身，所以從她那裏取回心珮，帶到廣陵來交給你，因為你已成為她唯一可倚靠的人。」

兩人雖合力想通其中關鍵，卻沒有絲毫歡欣之意，因為只證明劉裕正背著個惹禍上身的沉重包袱，是名副其實的懷璧之罪。劉裕更想深一層，想到這次任青媞來找他，熱情挑逗，主動獻身，正是欲與他發展進一步的親密關係，使自己甘於為她所用。幸好自己把持得住，沒有失陷在她的誘人手段裏。

宋悲風又不解道：「奉善坐在你對面，怎會絲毫察覺不到你身懷心珮呢？他乃江凌虛最得意的傳人，武功身分均和安玉晴相當，他會不會是心中明白，表面卻不動聲色？」

劉裕搖頭道：「該不是如此，否則怎麼都會有沒法掩飾的神態。據我猜即使是安世清，也沒可能在一般情況下感應到心珮，而必須在施展某一種功法的情況下，方會有感應。咦！」

宋悲風道：「你想到甚麼？」

劉裕露出回憶的神情，道：「任青媞在我反覆質問，懷疑她說謊時，曾透露心珮之所以有此異能，是因天、地、心三珮是從一方奇異的寶玉一分爲三，最神妙處是三玉分離後一直在盼望復合，所以互相召喚。」

宋悲風吁出一口氣道：「眞教人難以相信，世間竟有此等異事。天下間確實無奇不有。你從這想到甚麼來呢？」

劉裕道：「我想到的是只有身懷三珮之一的人，才會對另外的兩珮生出感應，例如愈接近，玉佩便會愈抖顫諸如此類。所以只要安世清和女兒各帶一珮，便可以千里追殺任青媞，逼得她不得不把玉佩交我收藏。」

宋悲風一震道：「對！理該如此。」目光往他胸膛投去，道：「如此當他們父女任何一人追來時，你的心珮或會先作預警，所以我們並不是完全被動的。」

劉裕冷哼道：「那妖女對我說的，至少有一半是胡言，目的在嚇唬我，使我不敢離開廣陵，好爲她作保管人。那她潛去辦妥她的事後，便可回來攤大手掌取回心珮。甚麼人多氣雜致令寶玉失靈的話全是誆人的，玉珮間的感應只會在短距離內有效，不過對善於追蹤又有明確目標的高手來說，已等於妖女所說的，如在黑暗的荒原燃亮了燈火般礙眼，所以妖女不得不暫時放下寶玉。」

只聽他怒呼妖女，宋悲風曉得劉裕對被任青媞欺騙心中有氣。正要說話，在船桅望台處站崗的戰士喝下來道：「有船來了！」兩人朝潁水瞧去，三艘雙頭戰船正品字形般朝他們駛來。

燕飛、高彥和龐義策馬越過雁門，循原路往黃河方向馳去。燕飛領先馳上一個小山崗之上，勒馬停下。隨後兩人來到他左右。

龐義道：「我們不是該趁白天多趕點路嗎？爲何停下來呢？」

燕飛露出思索的神色，皺眉道：「不知爲何，我心中有不妥當的感覺，卻又不知問題出在何處。」

高彥沒好氣道：「慕容詳現在自顧不暇，哪有閒情來理會我們。如果只是些路經的毛賊，憑你老哥的身手劍法，可以順便來個替天行道，積些陰德。」

龐義爲人比高彥穩重謹愼，分析道：「唯一的威脅，或許是來自慕容垂。雖說尚有十多天馬程方抵黃河，可是過了黃河便是慕容垂落腳的滎陽，或許是他曉得我們返回邊荒集的路線，所以派出高手在前路攔截我們。」

燕飛搖頭道：「這個可能性微乎其微，應是我們在雁門露了一手，引起某方敵人的注意。所以我離開平城，行蹤已落入敵人監視裏。」

高彥不解道：「這麼說你不妥當的感覺，應是起自後方有人在跟蹤我們，而非來自前方。」

燕飛道：「不！感覺確實來自前方。他娘的！會是誰呢？」

高彥念念有辭的道：「我們的仇家太多，例如黃河幫，又或慕容垂、赫連勃勃。唉！我的娘，如何猜呢？」

龐義道：「赫連勃勃現在正力圖保命保族，該難分身來對付我們，也應該不是慕容垂。黃河幫又如何呢？在邊荒集他們嚴重受挫，根本沒有能力來對付我們。」

燕飛忽然道：「隨我來！」三人飛馬馳下山坡，接著燕飛在前領路，明顯偏離來時的路線，到奔入一座密林，燕飛方減緩馬速。

高彥嚷道：「撇掉了敵人嗎？」

燕飛點頭道：「好一點了！」

龐義在另一邊叫道：「甚麼叫好一點呢？」

前方出現一道河溪，豁然開朗，陽光灑在兩岸，大小石頭閃閃生輝，像無數嵌在林地的寶玉，煞是奪目好看。配上溪水的淙淙流響，使人精神一振。三人不約而同的跳下馬來，人馬一起享受天然的恩賜。燕飛坐在一塊大石處，默然不語。

龐義來到他身旁坐下，嘆道：「我首次感到旅遊的樂趣，柳暗花明，任何一刻均會碰到意想不到的美麗天地。如果我們不是誤打誤撞的穿林過野，怎想得到密林內有如此一個好地方呢？」

高彥正以河水洗臉，笑道：「若千千和詩詩能在我們身旁，樂趣會倍增，這河水甜美甘香，用來製雪澗香也不錯呢？」

龐義聞言容色一黯，向燕飛道：「究竟想伏擊我們的是何方神聖？」

燕飛淡淡道：「如我的感應無誤，該是彌勒教的妖孽。」

龐義和高彥聽得大吃一驚，又是面面相覷。高彥代龐義說出兩人的疑問，道：「你老哥有通玄之術，沒有人敢懷疑。你曉得有人正調兵遣將來對付我們絕不稀奇，不過卻如何知道是彌勒教的人？」

燕飛道：「有一件事我尚未有機會告訴任何人，那晚我在赴鎮荒崗與孫恩決戰途中，撞破竺法慶之妻尼惠暉與漢幫叛徒胡沛在一座密林裏會面，聽到他們的對話。」

龐義愕然道：「竟有此事？你沒有被他們發現嗎？」

燕飛道：「差點被發現，尼惠暉的魔功已臻通玄的境界，對我生出感應，幸好我懂得斂藏之法，故沒有被她發覺。」

高彥道：「江湖傳說竺法慶和尼惠暉極端恩愛，任何行動均是秤不離鉈，出雙入對，你怎會只見到尼惠暉呢？」

燕飛道：「這正是我當時心中的疑惑，所以不敢久留。」

龐義道：「你聽到甚麼秘密？」

燕飛道：「我聽到胡沛稱赫連勃勃爲大師兄，王國寶爲二師兄，他自己應是竺法慶的第三徒。」

龐義和高彥聽了爲之色變，原來彌勒教一直在算計邊荒集，而他們卻是茫不知情。胡沛既是竺法慶的徒兒，難怪有能耐害死祝老大，還使人無法肯定是有人下毒手。如非江文清到邊荒集來，胡沛大有機會取祝老大而代之，不過最後還是功虧一簣。

高彥點頭道：「我們明白了！你的猜測很有道理，彌勒教既然與赫連勃勃有密切關係，而拓跋珪卻是赫連勃勃現今最大的勁敵，彌勒教在北方勢力龐大，像平城、雁門這種重鎭必有他們的眼線，也因此我們的行蹤已落在彌勒教的眼皮子內。這回眞的是麻煩來了。」

燕飛緩緩道：「我不是憑空猜出來的。」兩人愕然盯著他。

燕飛道：「情況有點和孫恩的互生感應相似，我的腦海裏斷斷續續浮現出尼惠暉當晚的形相，從而亦可推知她功力縱使及不上孫恩，亦所差無幾。」

龐義和高彥聽得倒抽一口涼氣，如此魔功通玄的敵人，可不是一般尋常惑敵的手法能擺脫。北方是彌勒教的地盤，如對方出盡人手，全力截擊，他們幾可肯定永遠到不了黃河去。更使人驚悸的是「大活彌勒」竺法慶與尼惠暉攜手而來，就算再多來個燕飛也未必有勝算。竺法慶在北方武林的地位，便如孫恩在南方的威勢，從沒有人能擊敗他們，甚乎沒有人敢挑戰兩人。

燕飛道：「直到進入這片密林，我才感應不到尼惠暉。所以暫時我們是安全的，不過也可能只是假象，不論我們如何努力，絕難逃彌勒教的毒手。」

高彥道：「我有個上上之計，就是掉頭逃回平城，如此即使彌勒教傾巢而來，也奈何不了我們。」

燕飛道：「那我們要在平城待多久呢？」高彥被問得啞口無言。

龐義道：「我們應否立即起程，能逃多遠便逃多遠。」

燕飛道：「不！我們留在這裏，直至尼惠暉再次感覺到我的位置。」龐義和高彥你看我我看你，均瞧出對方心中的驚駭。

高彥苦笑道：「如此和等死有甚麼分別？尼惠暉絕不會是單人匹馬而來，而是有教內高手隨行。」

龐義道：「聽說彌勒教除竺法慶、尼惠暉和死鬼竺不歸外，尚有四大護法金剛，人人魔功超群，只要尼惠暉有此四人隨行，恐怕小飛你亦難對付。」

燕飛從容笑道：「當尼惠暉找到我的一刻，便是生機乍現之時，她的注意力會被我完全吸引，此時只要你們和我分頭遁走，我可以遠遠引走追殺我們的男女魔頭，屆時你們留意我指示的方向，千萬不要回頭，只要拚命逃生便成。」

龐義和高彥交換個眼色，均感無話可說。燕飛乃邊荒集第一高手，遇上任何強手都有殺出重圍的本領，而他們只會成為負累。此確為唯一可行之計。

龐義嘆道：「明白了！我們在甚麼地方會合呢？」

燕飛道：「當然是邊荒集。」

兩人同時失聲道：「邊荒集？」

燕飛道：「天下間只有邊荒集才是你們的安全之所，其他地方都是危機四伏，只有回到邊荒集，你們才算真正脫離險境。」又笑道：「你們不用擔心我，甚麼場面是我應付不來的？」

高彥道：「尼惠暉親自來追殺我們，或許更有竺法慶，可見他們對殺死你燕飛是志在必得，你要小心點，千萬不要逞強。」

龐義道：「你道敵人會不會猜到我們分散逃走？」

高彥苦笑道：「當他們發覺只有單騎的蹄印，還不知道的話就是呆子、白痴。」

燕飛道：「所以你們只能憑兩條腿逃回邊荒集去，我們在兩匹空騎的側囊放上足一個人重量的石塊，我再領兩匹空騎一道走，該可以把所有敵人引得只來追我了。」

高彥和龐義齊呼好計，忙付諸行動，不一會已弄得妥妥當當。三人耐心等待。

燕飛忽然若有所思的道：「回到邊荒集後，你們設法知會劉裕，如我沒有猜錯，彌勒教將會在短期內經邊荒集到建康去。」龐義點頭答應。

高彥則道：「我看也要警告其他人，彌勒教既然一直對邊荒集有野心，在邊荒集肯定不會安分守己，而是興風作浪，好設法在邊荒集生根，弘揚他的妖法。」

燕飛點頭道：「你的推測合情合理，以胡沛對邊荒集的熟悉，搞起陰謀詭計將非常難防。」

高彥還要說話，發覺燕飛露出專注的神色。燕飛先閉上眼睛，倏又睜開，爆出奪人的神采，沉聲道：「來了！沿溪東去，至少跑兩三里路才可以轉而南下。」

龐義趨前和他緊擁一下，與高彥毫不停留地迅速遠去。燕飛則飛身上馬，領著另兩匹馬兒，沒入密林南面深處。

〈卷五〉

第九章◆眞情對話

第九章　真情對話

三艘雙頭船沿潁水北上，目的地是邊荒內最神秘的地方、無法無天的邊荒集。艙廳內，劉裕和江文清圍坐廳心的大圓桌對話。自今早見面後，他們還是第一次有單獨傾談的機會。宋悲風知道劉裕有要緊話與江文清商量，故意避入艙房，也乘機休息，以應付任何突變。與孔靖的貿易談判在互有誠意的融洽氣氛下進行，當孔靖自己也感不好意思地提出第一宗以百車鹽貨交換五百頭上等戰馬的交易，江文清故意請示劉裕，後者點頭後，江文清即一口答應，不但給足劉裕面子，也使孔靖曉得江文清與劉裕的關係非比尋常，故她肯做賠本的生意。孔靖是老江湖，立即表示下不爲例。如劉牢之再有任何無理要求，孔靖自有方法去應付。說到底孔靖並不想作劉牢之的應聲蟲。

江文清審視劉裕，露出歡喜的神色，道：「劉兄確實是神通廣大，一下子解決了我們正在頭痛的問題。孔靖是個可以信任的生意夥伴，我們早聽過他的名字。」

劉裕赧然道：「我該謝你才對，參軍大人這次的要求實在太過分了。」

江文清美眸亮閃閃的，微笑道：「送他五百頭戰馬又如何呢？至少可看清楚他是個急功近利的人，更明白玄帥爲何選你而不選他。我們從燕人和黃河幫那裏擄獲大批戰馬，五百頭只是小數目。邊荒集仍是天下最富庶的地方，唯一缺乏的是糧貨。孔靖在這方面很有辦法，相較之下我們做一、兩宗賠本買賣根本不算什麼。」

劉裕對她的善解人意非常感激，心中同時湧起奇異的感覺。若說宋悲風和自己是同病相憐，與她便是禍福與共。任何一方的失敗，都會讓另一方也一敗塗地。所以他不怕江文清曉得他的秘密，最重要是江文清明白他爲了掙扎求存，再沒有更好的選擇。問道：「有沒有聶天還和孫恩兩方面的消息呢？」

江文清從容道：「聶天還雖然仍未從邊荒集的敗仗裏回復過來，但事實上兵員和戰船上的損失並未傷及其元氣，現在乘機韜光養晦，偃旗息鼓，只是避免桓玄派他去打頭陣，以收漁人之利罷了！他的鬼主意可以瞞過任何人，卻絕瞞不過我。」見劉裕沉吟不語，續道：「孫恩則是蠢蠢欲動，派徐道覆攻佔了東海的大島翁州作大本營，沿海郡縣的豪強紛紛響應，只要他一旦發動，建康南面沿海的地方將盡落他天師軍手上，動亂會像燎原之火直捲建康，情勢實危急至極點。而令人不知是可悲還是可笑的司馬曜，仍在和司馬道子鬥個你死我活。蠢材如王恭者更茫不知大禍將至，竟透過殷仲堪去勾結桓玄，眞是不知死活。」

劉裕心中湧起絕妙的感覺，江文清對南方形勢的掌握，比起南方各大政治勢力，是有過之而無不及。大江幫損失的是前幫主和大批戰船，可是其影響力早深入民間，處處有眼線，所以江文清對南方情況瞭如指掌。忽然間他有點像是長期出門的丈夫，回家後聆聽嬌妻的娓娓細訴，雖然江文清仍是「宋孟齊」的翩翩佳公子模樣，談的更是國家大事，可是她對著自己眉黛含春，不經意從輕談淺笑透出的風情，令他飽受摧殘和重壓的心，似暫時得到躲避外間風風雨雨的機會。噢！自己是怎麼啦！

「劉兄在想甚麼呢？」劉裕嚇了一跳，慌忙道：「嘿！沒有甚麼！只是想到建康形勢險要，即使孫恩盡得南面郡縣，要攻陷建康仍不容易，不過卻會嚴重破壞建康的經濟和穩定。」

江文清美眸不眨地盯著他道：「那你爲何會臉紅呢？」說出這句話時，她似乎意識到情況有點不尋常，自己臉蛋兒亦左右各飛上一朵紅霞，令她更是嬌俏迷人，加上男性裝扮，別有一股動人的誘惑力。

劉裕見她仍沒有躲避自己的目光，心中一蕩，嚇得忙把綺念硬壓下去，尷尬道：「我臉紅嗎？眞古怪！」

江文清白他一眼道：「劉兄！」

劉裕心慌意亂的岔開道：「我和宋大哥這次到邊荒集來，是有非常要緊的事情。唉！不要那麼看著我好嗎？我坦白招供如何？小姐你今天特別漂亮迷人。」

江文清俏臉紅霞散退，露出個原來如此的無可無不可的表情，回復一貫的冷靜，輕輕道：「不和你胡扯了！劉兄這次到來，是否要對付彌勒教呢？」

劉裕錯愕道：「小姐猜得很準。」

江文清道：「我是從彌勒教的死敵太乙教的近況推測出來的，尼惠暉親率座下四大金剛和過千名彌勒教徒，偷襲太乙教位於太原附近的總壇，幾乎將太乙教連根拔起，江凌虛亦不敵尼惠暉，負傷逃亡，不知所蹤。奇怪的是竺法慶並沒有參與此次行動，若有他在，江凌虛肯定無法脫逃。」

劉裕道：「因爲竺法慶正閉關修練『十住大乘功』最高一重的功法，而尼惠暉要肅清北方的反對勢力，是爲到南方鋪路，免得竺法慶和她離開北方後，太乙教會對付他們的彌勒教徒，此爲先發制人之計。」

江文清訝道：「劉兄身在廣陵，怎會對北方發生的事如此清楚？」

劉裕遂把見過奉善的事全盤說出。江文清皺眉道：「楚無暇？」

劉裕道：「小姐聽過她嗎？」

江文清點頭道：「千嬌美人嘛！當然聽過，她是最得尼惠暉眞傳的女弟子，又是竺法慶寵幸的女人，武功高強不在話下，最厲害是迷惑男人的功夫，敗在她媚功之下的英雄豪傑不知凡幾，聽說她和徐道覆也有一手，內情便只他兩人清楚。她到建康去，又是應王國寶之邀，說不定是司馬道子針對那昏君的一個行動。」

劉裕對她敏捷的思考大感佩服，道：「她是要和司馬曜現在最寵幸的張貴人爭寵。」

江文清色變道：「這次糟糕了！」

劉裕很想多聽點她的意見，問道：「張貴人肯定是媚惑男人的高手，否則不會甫入宮便迷得司馬曜神魂顚倒，言聽計從。小姐可知張貴人也是由司馬道子一方獻入宮的嗎？」

江文清道：「此正是令人百思不得其解的事，司馬曜對司馬道子從信任變成疑心其謀朝篡位，據傳是因張貴人在枕邊告狀，經查證後司馬曜意漸不平，遂有任命王恭出掌揚州之舉，形成保皇黨與司馬道子爲首的政治集團日趨激烈的鬥爭。」

劉裕沉聲道：「若小姐曉得張貴人的眞正身分是任遙的愛妃曼妙夫人，且是妖后任青媞的親姊，當明白任遙之死，已把司馬道子和張貴人的聯盟關係改變過來。」

江文清動容道：「竟有此事？劉兄是如何知道的呢？」

劉裕深吸一口氣，他是不得不讓江文清知悉秘密，否則如江文清將來發覺劉裕在此事上瞞著她，他們密切的關係會陷入嚴重的危機。更重要是他信任江文清。苦笑道：「此事說來話長，應從任遙被孫恩所殺說起。」

江文清鼓勵地微笑道：「我們有的是時間，而不論劉兄說出來的事如何驚天動地，文清也早有心理準備，否則玄帥也不會挑你出來作繼承人。對嗎？」

燕飛一人三騎，馳出密林，朝南疾奔。他對這一帶的地理環境頗爲熟悉，前方百里內有四座城池，最接近的是定襄和新興，稍遠的是太原和樂平，論規模當然以太原居首，在戰略上和經濟上均爲此區域最重要的城市。他不知道尼惠暉使的是甚麼妖術，不過她擁有類似傳說中的「搜魂大法」的異術，與孫恩的道門正宗玄功明顯有分別，極爲邪門。人馬在疏林區內飛馳。令燕飛難解者，是這類在遙距搜尋目標的異術，施術者必須與被搜尋者有一定的心靈聯繫，例如曾接觸過，方可成爲施術的對象。可是燕飛自問只是在暗處窺看過尼惠暉一陣子，何解她卻能對自己施展「妖法」呢？他和孫恩的心靈接觸是雙向的，這或許因大家同屬道門功法的緣故。可是尼惠暉對他的「搜魂術」卻是單向的，只有當尼惠暉的邪心鎖緊他時，燕飛方能生出感應。現在尼惠暉已被拋至右後方，卻是不住接近。

燕飛勒停馬兒，翻身下馬。三匹馬兒均告力盡筋疲，再跑不了多遠。他把鞍甲負囊從馬兒背上卸下來，取回自己的小包袱，分別與馬兒擁抱後，道：「回家去吧！」這三匹均是精選戰馬，只要不是離開平城太遠，該懂得找路回去。一拍坐騎馬臀，馬兒像懂人性般長嘶一聲，領著另兩匹乖馬兒朝密林奔回去。燕飛隻影孤劍，繼續上路去了。

江文清聽罷，久久說不出話來。

劉裕艱澀的道：「燕飛和玄帥均不曉得我和任妖后的事。」

江文清美目深注朝他看著，輕輕道：「你現在和任青媞是甚麼關係？」

劉裕心忖她對任青媞所說的「最後一步棋」似毫不在意，對他被迫代任青媞保管心珮也不放在心上，反倒關注起自己與任青媞的關係。女兒家的心事，確實難解。難道她眞的看上了自己？想到這裏，心中一熱道：「我和她純粹是互相利用，妖女終是妖女，我絕對不會完全放心地信任她。」

江文清平靜的道：「若曼妙確如你所料的殺死司馬曜，任青媞於你還有甚麼足供利用的價値呢？」

劉裕一呆道：「我沒有想過這問題。不過我既曾答應她對付孫恩，而孫恩又是我的敵人，所以若我有此能力，當會玉成她的心願。」

江文清道：「這是男子漢的承諾，我爹的慘死孫恩需負上一半的責任，所以我不會反對一起對付孫恩。不過劉兄對任青媞不可沒有提防之心，她可以助你，也可以害你身敗名裂，你務必要小心，不要被她以旁門左道的手段迷惑。」又低聲道：「劉兄如此信任文清，文清眞的很開心。」

聽到「男子漢的承諾」這句話，劉裕心中一陣刺痛，他曾對王淡眞許下承諾，卻沒有付諸行動。幸好江文清對他的諒解和支持，起了點補償的作用，令他好過了些。發自眞心的道：「謝謝！」

江文清雙目精光倏閃，道：「對付彌勒教是爹答應過安公卻沒有爲他辦妥的事，便由我這個女兒爲他贖罪吧。」

劉裕嘆道：「竺法慶等於另一個孫恩，要殺他絕不容易，何況更有個尼惠暉和大批彌勒教的妖人妖女。」

江文清道：「卓狂生該清楚你和任青媞的關係，所以他對我大江幫分外照顧，有他幫忙，說不定我們可盡起邊荒集的力量來對付他，如此將大增勝算。」

劉裕皺眉道：「除非竺法慶威脅到邊荒集的盛衰存亡，否則除卓狂生外，恐怕沒有人願樹立如此勁敵。」

江文清道：「如燕飛仍在，我們整個形勢會改變過來。眞可惜！」

劉裕心中苦笑，假如燕飛眞的仍在邊荒集，自己眞不知該怎麼辦。

敵。」

燕飛終於成功將心靈關閉。一直以來，他的心靈都是開放的，思緒漫遊於周遭的環境，不住接受外界環境予他的感受。有時甚至是漫無節制的，任由思想馳騁，一念剛起，又被另一念代替。然而在尼惠暉妖術的龐大壓力下，他不得不爲生存殫精竭慮，思考把自己的心靈隱藏起來的可能性。當他把精神集中於腦內的泥丸宮時，他清楚感到他的心靈是外向的，通過眉心間的祖竅穴朝外搜索和接收任何心靈的信息。這個發現令他驚喜莫名，因爲大增他與紀千千以心傳心的能力。一邊思索《參同契》的要義，一邊逐一測試身內各大竅穴的功能。到他把精神集中於丹田的位置，他清晰無誤地掌握到自己已成功將精神密藏起來。

尼惠暉的「搜魂術」立即被切斷。燕飛登時整個人輕鬆起來，一邊意守丹田，同時展開種種惑敵的手段，擺脫敵人跟蹤全速南逸。在太陽開始落往西山之際，地勢忽變，一列山脈橫亙前方，阻著去路。燕飛心忖早晚要和彌勒教硬拚一場，現在既有妙法躲避敵人神乎其技的追蹤術，何不在暗中摸清敵人的底子，打不過頂多是落荒而逃。如此妖人，能殺一個等於積陰德，多殺幾個更是功德無量，且可削弱彌勒教的實力，減少其對邊荒集的威脅。想到這裏，決意直闖深山。以寡敵眾下，當然以地勢環境千變萬化的深山幽谷較爲適合。想到這裏，再不猶豫，加速掠去，朝其中最高的山頂前進。乍看似是轉眼即至，豈知到日沉西山後，天色轉黑，方來至山腳。出乎燕飛意料之外，入山處竟豎起一座山門，後面是登山的小徑，也不知是通往山中何處？山門並不是完整的，只剩下左右兩根圓石柱，上面本該刻有山門名稱的石碑被人以重物硬生生砸碎，變成散在石柱旁的碎石殘片，景象詭異古怪。

不可能憑空想通的事，燕飛從不費神去想，逕自踏足小徑，繼續行程。小徑蜿蜒往上，似要直登顚峰。半闕明月升上灰藍色的夜空，星光點點，尤添小徑的秘異莫測。開鑿這樣一道山中小徑並不容易，險要處旁臨百丈深淵，有時繞山而去，有時貫穿古樹高林。半個時辰後，燕飛已可見到峰頂，不過小徑如何把他帶到那裏去，仍難說盡。經過一座奇樹密布的古樹林後，忽然嘩啦水響，只見左方一道在十多丈高處的瀑布直瀉而下近百丈，形成下方層層往下的水瀑，而在前方一道長吊橋跨瀑而過，接通另一邊的小徑，吊橋虛懸在半空，在山風下搖搖晃晃的，膽小者肯定看著都雙足發軟，遑論踏足其上。燕飛好奇心大起，忘掉尼惠暉的威脅，朝吊橋大步走去。

步過吊橋。燕飛一震止步，出現眼前的是完全出乎他意料外的情景。本應是殿落重重的宏偉道觀，現在已變成劫後的災場，只餘大火後的頹垣敗瓦和木炭。可是於此災場的最後方，一座大麻石磚砌出來方形怪屋，高寬均近兩丈，孤零零地矗立不倒，成爲道觀諸建築物中唯一的倖存者。整個道觀建築在一方天然的巨岩上，成半圓形的後方就是縱深萬丈的危崖峭壁，從燕飛的角度望去，星空像在怪石房的背後飄浮著，其嘆爲觀止處，只有親眼目睹方肯相信。燕飛呼吸頓止，心忖這比得上邊荒四景任何一景，有機會定要帶千千前來一看。同時也曉得自己正陷身絕地，除非跳崖，否則後面的吊橋將是唯一生路。

燕飛淡然一笑，心忖如能與竺法慶於此決一生死，肯定是非常痛快的事。自慕容垂後，他已沒碰過較像樣的對手。在此一刻，因受眼前景物的刺激啓發，燕飛曉得自己已在精神修養上精進一層，更從因失去了紀千千而來的頹唐失意中振作起來，此時有十足的信心可以擊敗任何頑強的對手，成功救回紀千千主婢。所以他不再逃避尼惠暉，反認爲這是他練劍的好機會。燕飛穿過火場，朝怪屋走去。隨著他的接近，似嵌入了星夜裏的怪屋正門處上刻著的「丹房」兩字，逐漸清晰起來。丹房！燕飛不由想起建康，他曾在獨叟那座丹房險死還生。就在這一刻，他感應到懸崖邊有個人。丹房的大門亦被砸個稀爛，燕飛直抵門外，朝內瞧去，入目的情景令他看呆了眼，丹房內沒有一件東西是完整的。丹爐固是被搗個稀爛，銅鼎四分五裂散布地面，四壁全被鑿破，似是有人要搜遍每一寸地方，以搜尋某一目的物。一路走過火場，他沒有見到任何燒焦的殘骸。照他的推測，當時有某方勢力大舉進犯此觀，盡殲廟內道眾，然後把屍體全拋進百丈深淵去，再對整座道觀進行鉅細靡遺的大搜索，直至翻開每一方磚。可是在一無所得下，惱羞成怒，放火將之燒個精光。如此凶殘的手段，令人髮指。

燕飛繞過丹房，視野不受任何物體約束阻礙，呈現在他眼前的是弧狀的孤崖，虛懸山巔之上，崖外是廣袤深邃的星夜，四周下方處的峰巒盡向孤崖俯首臣服。而在此弧形高崖的圓拱位置，一人正背負兩手，仰首觀天，神態優閒。他身量高頎，寬袍大袖，頭結道髻，一襲青衣在狂烈的高山狂風裏拂舞飛揚，頗有似欲乘風而去的仙姿妙態。燕飛的衣衫亦被吹得鼓脹起來，獵獵作響，山風鑽入衣衫深處，冰寒刺骨，使燕飛大感快意。會不會是此人殺盡觀內之人呢？燕飛移至此人身後兩丈許處，心中想到的卻是紀千千。他定要設法潛入滎陽，竭力營救千千主婢，不成的話，再依與拓跋珪約定的計畫進行。蜂鳴峽前的潁水之戰後，他尚是首次回復信心，感到必可救得美人歸。

那人倏地旋風般轉過身來，面對燕飛，嘿嘿冷笑道：「我道是誰，原來是邊荒的燕飛。」

燕飛爲之瞿然。他敢肯定是首次與此人見面，不過卻有似曾相識的感覺，早在看到他背影時，已有點眼熟。對方臉容清癯，手足俱長，鷹勾鼻上的雙目深陷下去，顴骨高聳，唇片極薄，下頷兜出，形相怪異。年紀該在六十以上。一對眼睛射出奇異的靛藍色，彷如鬼火。

燕飛有一種對方不但性情古怪，且是薄情之人的深刻印象。淡淡道：「敢問前輩高姓大名？」

那人正深深打量燕飛，不答反問道：「燕飛你來幹甚麼呢？」一股寒氣直指燕飛而去，把燕飛籠罩鎖緊。

燕飛心中一顫，終於猜到對方是誰。他就是在汝陰外偷襲他和劉裕，硬把天地珮奪走的鬼面怪人安世清！難怪似曾相識，因為安玉晴的花容有著他幾分的影子。微笑道：「原來是安先生，這道觀被焚一事該與先生沒有關係。」

安世清面露訝色，顯示因燕飛功力大進，完全沒有被他的氣勢眞勁壓倒而驚異。冷然道：「錯了！我只是來遲一步，否則我會趁勢一把火燒掉老江的邪穴。哼！你是如何認出安某人來的？」

燕飛聳肩道：「我曾見過令千金。」忽然心中一震，猜到安世清說的「老江」是何方神聖。老江便是江凌虛，而這座道觀正是江凌虛的太乙觀。何人有此實力，可以殺得實力強橫的太乙教一個不留，太乙觀變成廢瓦殘片呢？

安世清跨前三步，離燕飛只有丈許的近距離，如牆如堵的強大氣勁緊壓燕飛，換過是別人，恐怕早噴血跌退，燕飛卻仍是從容自若，眉頭沒皺半下。安世清皺眉道：「玉晴竟沒有殺你？」

燕飛一呆道：「她為何要殺我？」

安世清嘆道：「唉！女兒大了！你長得這麼英偉瀟灑，難怪玉晴下不了手，看來只好由我這老爹代勞。」

「鏘！」蝶戀花出鞘。安世清已雙手盤抱，一股強大集中的眞勁渦旋而起，直捲燕飛。「蓬！」燕飛人劍合一破入他攻來的氣柱去，劍鋒直指氣柱的核心，氣柱像水花般向四外激濺，一時勁氣橫流。安世清迎上燕飛，左右兩袖似是狂揮亂舞，可是極度紊亂中卻隱含玄妙的法度，袖袍鼓盪著驚人的氣勁，比任何神兵利器更厲害處是可軟可硬，千變萬化，軟如鞭索，硬似刀槍，無隙不入地狂攻而來。剎那間，燕飛已和他交手了十多招。兩人換了個位置。燕飛移至崖邊，橫劍卓立；安世清則來到他剛才的位置，成對峙之局。

燕飛吐出一口鮮血，神態從容道：「安先生果然高明，燕飛領教了！」安世清臉泛紅霞，旋又消去，顯然像燕飛般負了內傷。

安世清雙目殺氣遽盛，語調卻寒如冰雪，狠狠道：「高明？你是在諷刺我。」

燕飛已有點摸清楚他的情性，他不但孤僻怪傲，且是心胸狹窄，冷酷無情的人。只看他向自己二度施毒手，可知他視人命如草芥，一切事均以自己爲中心，不理他人的死活。安玉晴竟有這樣的一位親爹，實教人意想不到。相比起來，孫恩便遠較他有道門高手的風範。論武功道術，他們兩人雖相差不遠，但孫恩的修行肯定在安世清之上。燕飛也是心中欣慰。自己確實大有精進，與上次和安世清交手的情況相比，實不可同日而語。

燕飛淡淡道：「安先生不要動氣，你既然殺不了我，大家不如就此和氣收場。若安先生爲求一時快意，不肯罷休，可能會便宜了別人。」

安世清道：「只會便宜了你吧！」話未說完，滿天袖影，又向燕飛攻來。

燕飛手上的蝶戀花在胸前爆起一團光影芒點，接著以驚人的高速擴散，像一把由虛實難分的傘般往安世清的袖影迎上去。如此劍法，已把「有形」和「無形」的威力合而爲一，尖銳的劍氣，完全抵銷了安世清曾令燕飛和劉裕吃盡苦頭的勁氣狂飆。安世清哪想到燕飛又比剛才更厲害，高手相爭不容相讓，他主動挑釁，燕飛在被動下全力反攻，大家都騎上了虎背，只能以一方受重挫，又或兩敗俱傷收場。他不知道燕飛正處於突破的緊要關口。攻陷平城，拯救紀千千主婢一事首次出現曙光，燕飛遂從低沉的狀態逐漸回復過來。與尼惠暉精神捕獵的鬥爭裏，燕飛進一步認識自己通玄的異能，信心大增。至剛才受太乙觀壯麗異象的觸發，令他臻至天人合一的境界，劍術自然水漲船高，安世清的攻擊，正好予他完成整個過程的最佳磨練。

劍袖交擊前的刹那，安世清一對修長的手從袍袖伸出來，指掌並用的強攻入燕飛的劍影裏去。「叮叮噹噹」不絕於耳。在瞬息之間，安世清或指或掌，十多次命中蝶戀花。兩人錯身而過，燕飛左手撮指成刀，狠狠劈中安世清以極端玄奧和刁鑽角度轟來的一拳。兩人同時劇震，雙方的後著均無以爲繼。燕飛打著轉飛開去，噴出大口鮮血，傷上加傷。安世清亦打橫踉蹌跌退，差點仆倒地上，力圖站穩時，再控制不住「嘩」的一聲噴出鮮血。兩人同告受傷。「砰！」燕飛發覺自己後背撞在丹房的石牆處，貼著牆壁滑坐地上。安世清則在六、七丈外搖搖晃晃的站著，滿臉通紅，像喝醉了酒的模樣。燕飛一邊運功療傷，一邊暗嘆一口氣，蝶戀花順勢插在膝前地上。他的內傷頗爲嚴重，沒有幾天工夫休想復元，而在如此吃緊的時刻，他根本負擔不起負傷的後果，還如何去應付尼惠暉或竺法慶呢？他極少痛恨一個人，但此刻眞想把安世清這不近人情、一意孤行的老頭子斬成數段。事實上他已處處留手，看的是安玉晴分上，而安世清竟不知好歹，逼得他不得不全力自保。論功力他仍遜上有一甲子火候的安世清一籌，故成了好聽點是平分秋色，難聽點是兩敗俱傷之劣局。

安世清終於立定，雙目凶光閃閃的一步一步朝他走來。來到燕飛前兩丈許處，安世清厲叱道：「你又在使甚麼詐術，神情變得如此古怪？」

燕飛從地上站起來，淡淡道：「尼惠暉又找到我了！」

安世清一震道：「你在說甚麼？」

燕飛拔起蝶戀花，遙指安世清，登時劍氣大盛。安世清想不到他仍有頑強抗力，駭然後撤一步，道：「甚麼尼惠暉？」聽他的語氣，便知他對尼惠暉忌憚非常，也或許怕的是與尼惠暉秤不離鉈的竺法慶。

燕飛還劍入鞘，心中苦笑，他因與安世清交手，再不能保持關閉心靈的特殊狀態，致被尼惠暉感應到他所在。最頭痛的是，即使他再次封鎖精神，不使外洩，可是因傷所累，在此絕地內根本無路可逃，就算逃也逃不了多遠，這回眞要被這可恨的老頭兒害死。道：「你現在該曉得便宜了誰吧！尼惠暉從雁門一直追到這裏來，希望你和她是老好友，否則前輩你也劫數難逃。」

安世清終於色變，沉聲道：「你剛才是感覺到她的『搜精追神術』，對嗎？」

燕飛道：「正是如此，如我燕飛有一字虛言，教我永不超生。」

安世清狂嘶一聲，朝吊橋方向奔去。燕飛心叫不好，追在他身後，叫道：「快回來！你這樣會與尼惠暉碰個正著。」安世清猛然止步，立在吊橋之前。

燕飛趕到他身旁，拔出蝶戀花。長達三百步的吊橋在山風中搖曳不休，不住發出索木摩擦的異響，混合在飛瀑沖奔的聲音裏。

安世清駭然道：「你想幹甚麼？」

燕飛若無其事道：「當然是斬斷吊橋，還有甚麼可以做的？」

安世清色變道：「你可知此崖名爲孤絕崖，崖壁陡峭直下，任你武功如何高強也難以攀爬。」

燕飛俯頭下望，笑道：「跳下去又如何，水力還可抵消急墜的衝力。」

安世清像是初次認識他般仔細打量他，好一會道：「下面亂石處處，只要落點是任何一塊巨石，你將難逃粉身碎骨的命運。」

燕飛淡然道：「至少有五成機會是落到水裏去，總勝過被彌勒教妖人百般凌辱好吧？動手要快，然後我們躲到丹房後，讓敵人疑神疑鬼，豈不快哉？」

安世清啞然失笑道：「好小子！」接著喝道：「動手！」

兩人撲往吊橋，劍起掌切，片刻間這端的橋段往下急墜，重重拍擊在另一邊的山壁上，登時索斷木破，殘片直落入下方水瀑去。孤絕崖眞的變成孤絕於世。破風聲從前路傳來。兩人交換個眼色，盡全力掉頭奔往丹房，當兩人分別在丹房背靠壁坐下，均有疲不能興的感覺。兩人對視苦笑，不住喘息。

安世清嘆道：「是我不好！唉！四十多年來，我還是首次向人說對不起。」

燕飛對他惡感稍減，道：「老哥你的火氣眞大，事實上我們無冤無仇，你卻先後兩次想取我的小命。」

安世清道：「我喜歡你喚我作老哥，以後就這麼叫吧！第一次我要殺你們，因爲誤把你們當作老江或老孫的人，這次想殺你，則因爲找不到想找的東西，所以找人來出氣。現在氣消了！發覺你這小子原來相當有趣，難怪玉晴沒有幹掉你。」

燕飛道：「找甚麼東西呢？天地珮不是在你手上嗎？」

安世清正要回答，驀地尼惠暉動人的聲音不疾不徐地從斷橋的方向遠遠傳過來，又有點似在耳邊喁喁細語般道：「燕飛你是聰明反被聰明誤，如此斬斷吊橋，只是讓自己陷於絕地。人家怎捨得殺你呢？你的小命還是奴家從孫恩手底下救出來的。冤家呵！走過來讓奴家看看你的俊俏模樣好嗎？有甚麼事都可以商量嘛！」

安世清駭然道：「這騷娘子的魔功又有精進，難怪老江架不住她。你千萬不要信她任何話，她的年紀足可當你的娘。」

燕飛則聽得背脊涼颼颼的，難道眞的是她把自己帶離戰場，又把自己埋於土下？究竟是怎麼一回事呢？

燕飛和安世清靜候片刻，尼惠暉沒有再傳話過來。

安世清忍不住探頭一看，訝道：「竟不見半個人影。」轉向燕飛道：「妖婦該是故意擺出莫測高深的姿態，試探我們的反應。另一方面卻派人設法取來長索，只要鉤上這邊的一棵大樹，便可以輕易飛渡。」

燕飛道：「她要試探的只是我，因爲她並不曉得老哥你的存在。莫測高深的是我而非她。例如我爲何自己走到這絕地來？又斬斷吊橋陷自己於絕地？究竟燕飛在故弄甚麼玄虛呢？」

安世清笑道：「對！你爲何明知尼惠暉追在你後面，仍敢到只有一條出路的孤絕崖來呢？」

燕飛開始發覺他有著孩兒的脾性，縱然在眼前的絕境裏，仍可以開心得像個玩遊戲的頑童。微笑道：「因爲我根本不知道這裏是孤絕崖。」

安世清微一錯愕，接著忍不住的捧腹狂笑，笑得流出眼淚來，又怕笑聲驚動敵人，更可能牽動內傷，忍笑得有多辛苦就多辛苦。不住點頭道：「這答案很精采。」又咳嗽起來，好一會方回復過來，道：「我很清楚尼妖婦，生性多疑，即使取得長索，仍不會魯莽地闖過來。」朝燕飛瞧來道：「你可以應付嗎？」

燕飛道：「該勉強可以大戰十個回合。」

安世清苦忍著笑，投降道：「不要逗我笑了，否則我五個回合都捱不住。唉！你是否準備跳崖呢？賭賭掉進水裏去還是撞石自盡。」

燕飛從容道：「以我們目前的傷勢，跳進水裏和撞上石頭根本沒有分別，肯定內傷一發不可收拾，結局不是淹死就是被水流帶得撞到亂石。」心中生出荒謬的感覺，他們從敵對變爲必須同舟共濟固然荒謬，如他們跳崖而死更是荒謬絕倫，說出去肯定沒有人肯相信。

安世清奇道：「既然如此，爲何你仍是一副優哉游哉的模樣，似在欣賞孤崖夜景的神態。」燕飛瞥他一眼，道：「老哥不也是開心得像個小夥子嗎？」

安世清道：「我怎麼同呢？我今年六十五歲，人生的悲歡離合全經歷過，早死晚死都不覺抱憾。你小燕飛正值盛年，大好人生正等著你去嘗試和享受。」

燕飛沒好氣道：「我根本沒想過自己會命絕於此。趁有點時間，我可否問老哥你幾個問題？」

安世清坦然道：「只要是和逃命有關，老哥我爲了自己，當然是知無不言，言無不盡。其他的就不用問了！」又嘆道：「我安世清英雄一世，想不到竟有落難之時，燕飛你確實了得，而我則只能怪自己糊塗。」

燕飛問道：「老哥你爲何事到孤絕崖來？」

安世清皺眉道：「這與逃生有何關係？」

燕飛道：「時間無多，答了又於你何損？如逃不了只好跳崖，逃得了的話你還要好好謝我呢！」

安世清點頭道：「對！死到臨頭還有甚麼好隱瞞的。我是聽到消息，彌勒教大舉進攻孤絕崖的太乙觀，江凌虛負傷隻身逃出，不知所蹤，而太乙觀則被夷爲平地。所以立即拋開一切，從建康趕到這裏來，希望可以尋得我師門的異寶，至於那是甚麼東西，你最好不要知道。」

燕飛直覺感到安世清尋找的是「丹劫」，當然是勞而無功，因爲「丹劫」已成他腹中之物，被他消化掉了。續問道：「丹房內被人搜得天翻地覆，是否你所爲呢？」

安世清道：「這個我眞的不知道，我來時已是這個樣子。」

燕飛道：「江凌虛是怎樣的一個人？」

安世清露出不屑的神色，道：「他最懂討老頭子歡心，嘿！即是他師傅的歡心，仗著有點小聰明，終日在轉歪念頭，給我提鞋都不配。」

燕飛道：「你對他倒非常熟悉。」

安世清冷笑道：「我和他朝夕相處了二十多年，怎會不清楚他的爲人和心性？」

燕飛愕然瞧著他。安世清不耐煩的道：「我不想提起他，還有其他的問題嗎？」

燕飛道：「仍是關於他的，如彌勒教傾巢而來，尼惠暉武功又不在江凌虛之下，在這樣的絕地，江凌虛如何可突圍逃走？」

安世清劇震道：「對！以他的爲人，肯定不會自陷於絕地，該有絕處逃生之路。」

燕飛和安世清不約而同朝靠著的丹房望去，然後你看我我看你。

安世清頹然道：「如有秘道，早給我發現了，至於其他地方全壓在頹垣敗瓦之下，一時間如何尋找？」

燕飛道：「我猜到是誰把丹房逐磚逐石的翻開來看，就是彌勒教的妖人，因爲他們發覺江凌虛逃進丹房後失去蹤影，認爲丹房內必有秘道，所以徹底搜查，最後無功而退。」

安世清沉吟道：「你的推測合情合理，不過丹房內確實沒有秘道。」

燕飛道：「丹房內的確沒有秘道，他從正門進入丹房，關上鐵門，再從活壁逃走，掠往懸崖去。嘿！他可能已跳崖自盡。」拍拍身後牆壁道：「此壁某處肯定有活門，不過我們不用費神尋找，因爲找到也只是出入方便點。」

安世清凝望三丈許外的崖邊，喃喃道：「我明白了！並沒有逃生的秘道，卻有藏身的秘穴，是我們少年時大家玩捉迷藏時無意發現的。我記起來了！唉！四十年了！我差些兒忘掉呢！」接著彈起來，朝前奔去，雀躍道：「快來！遲則不及！這回我們有救了！」

安世清在崖邊止步，脫下寬大的外袍，道：「換了平時，我可以運功以掌吸壁，下攀半丈，可抵達深只丈許的凹洞。現在卻不行，如此運勁，恐怕立即引致內傷發作，所以只好借助工具。」

燕飛正朝崖壁瞧下去，正是夜臨深淵，縱深莫測，最使人脊生寒意是崖壁往內傾斜，孤崖懸空在廣闊的虛空處，看不到崖壁的情況。可以想像當年於此立觀的道家高人，以此作爲修身之所，自有一番情懷。看著安世清把寬袍捲成一束，像一條粗索，懷疑的道：「我該沒有能力勁貫你的袍索，你的袍子可靠嗎？」

安世清將另一端送入燕飛手裏，笑道：「我此袍並非普通之物，而是以冰蠶絲織成，堅韌無比，不怕刀劍，放心吧！」又深吸一口氣道：「你先助我下降到凹穴內，然後往下躍來，我會把你扯進凹穴裏去。」

燕飛沉腰坐馬，勉力運轉眞氣，兩手抓著袍索點頭道：「去吧！」

安世清抓緊另一端，深深望他一眼，似是有點猶豫，然後輕輕躍離崖邊，倏忽間消沒在崖下。袍索猛地扯直。燕飛全身一震，幾乎抓不緊袍索，難過得五臟翻騰，想不到拉扯力如此狂猛。他感到另一端的安世清在搖蕩著，接著手上一輕，顯然安世清已成功入穴。燕飛抹掉額上汗珠，心忖內傷的嚴重，恐怕超乎自己估計。

安世清在下面低喝道：「快跳下來！」

燕飛心忖這眞是賭命，如安世清一個抓不穩袍索，自己便要掉往百丈深淵，摔個粉身碎骨。不過即使摔死，怎麼都勝過落入尼惠暉手上，猛一咬牙，先盡力提氣輕身，始往下跳去。耳際生風，倏忽間已下沉近丈，安世清出現眼前，正立足於一凹洞內，雙目奇光閃閃。袍索再次扯個筆直，燕飛虛懸凹洞下方半丈許處，山風拂至，更添搖蕩虛空的險境。燕飛頭仰望，剛好安世清從凹穴探頭出來，兩人四目交投。

在星月的微光下，安世清露出個詭異的笑容，道：「如不是我捨不得放棄隨我縱橫天下數十年的冰蠶衣，我就這麼放開雙手，小子你便要一命嗚呼。哈！我安世清略要點手段，便把你騙得服服貼貼，也不想想我豈能容見過天地珮合璧的人活在世上？小子你去吧！」一手扯著袍索，另一手往燕飛面門拍下來。

燕飛哪想得到他會忽然翻臉，乘人之危，人急智生下急叫道：「丹劫！」

袍索猛顫，安世清拍來的一掌迅即收回去，抓著袍索，雙目亮了起來，道：「你在說甚麼？」

燕飛體內血氣翻騰，眼冒金星，抓得非常吃力，忙道：「丹劫在我身上，若有半字虛言，教我不得好死。」他說的確非虛言。

安世清難以置信的道：「不要騙我，這是不可能的，丹劫怎會在你手上？」

燕飛心中大罵，口上卻道：「你要找的是否一個刻上丹劫兩字的密封小銅壺呢？」

縱使在寒風呼呼聲裏，燕飛仍感到全身冒熱汗，奇怪的是體內眞氣反有復甦之象，開始於丹田內結聚。燕飛忙施拖延之計，苦笑道：「不過現在我哪來的手去取壺給你看呢？」

安世清大怒道：「不要搞鬼，否則我索性放手，讓你掉下去，過幾天養好傷再設法到下面去尋回寶衣銅壺。」

燕飛待要說話。上方異響傳至，似是衣服拂動之聲。安世清雙目立現凶光，燕飛心叫不好，知他想放手害死自己，忙騰出一手指指嘴巴。安世清雙目凶光消散，變成呆瞪著他，額角滲出汗珠，顯示他再支持不了多久。燕飛打出要他往上拉的手勢，又二度指著嘴巴，表示如不答應，會張口狂呼。

上面忽然傳來男人的聲音道：「啓稟佛娘，找不到半個人影。」

尼惠暉的聲音道：「不可能的，我清楚感覺到他正在孤絕崖上。」

燕飛心忖幸好自己正意守丹田，封閉了心靈，使心神不外洩。

尼惠暉道：「你們四人給我護法，我要立即施術，看這小子逃到哪裏去？」

燕飛開始逐寸上升，顯示安世清終於屈服。燕飛心中好笑，故意加重拉力，盡量消耗安世清所餘無幾的眞氣。他並不是要拿自己的小命開玩笑，而是因傷勢大有起色，即使安世清抓不住袍索，他也有把握撲附崖壁，以吸盤之勁攀往石穴。燕飛的頭先到達洞穴邊緣，見到扯得滿頭大汗、臉紅如火的安世清。忽然鬆手，正用盡力氣把他扯上來的安世清哪收得住拉勢，登時變作滾地葫蘆，連人帶袍直滾到洞穴另一邊，「砰」的一聲撞在盡端的岩壁處。燕飛兩手早抓著穴邊，運力升起身體，翻入洞內去。外面山風呼呼，把洞內所有噪音掩蓋，不虞會驚動敵人。

燕飛長身而起，瞧著安世清灰頭土臉的從洞內的暗黑處狼狽的爬起來，笑道：「老哥別來無恙啊！」

安世清也是了得，一副沒事人的模樣，拍拍身上的塵土，笑道：「老弟不要誤會，我只是想試試老弟你在生死存亡之際的應變之才吧！你過關啦！」倏地衝前，一手揮袍迎頭照臉的向燕飛捲來，惑其耳目，另一手探出中指，點往他胸口要穴。

燕飛也不知好氣還是好笑，此刻的安世清只是個恬不知恥的小人，哪來半點高手風範，誰想得到清麗如仙的安玉晴竟有這麼一位親爹。此時他使出的招式架勢十足，卻沒有他先前的半成功力。從容矮身坐馬，避過冰蠶衣，以指對指，命中他指尖。

安世清慘哼一聲，斷線風箏似的拋開去，二度撞上洞壁。這次他再爬不起來，駭然道：「你的內傷好了嗎？」

燕飛踏前兩步，低頭俯視，微笑道：「只是好了點兒，幸好已足夠收拾你這無情無義的老頭子。」

安世清挨著洞壁發呆，不住喘息，艱難的道：「丹劫是否眞的在你身上？」

燕飛訝道：「人死了便一了百了，知不知道有何分別？」

安世清毫無愧色的道：「正因我快要死了，方有資格問你。有種的就動手吧！」

燕飛怒道：「殺你還須有種或沒種嗎？讓開好嗎？給我到洞口處去。」

安世清懷疑的道：「你是想逼我跳崖嗎？不要忘記只要我大喝一聲，驚動尼妖婦，黃泉路上你便要與我作伴。」

燕飛沒好氣道：「念在你找到秘道的入口，這次便放過你。」

安世清一震下別頭朝背靠洞壁瞧去，又伸手撫摸，大喜道：「還是老弟你了得，這後壁竟變得平滑了。」

燕飛道：「你想討好我，立即讓路。」

安世清忙從地上爬起來，燕飛移往一邊，讓他移離洞口處。燕飛來到石穴盡端，雙手開始探索。當第一次安世清撞上石壁，他仍未覺察，可是安世清二度撞上壁端時，他終於聽到回聲空空洞洞的，壁後顯然是空的。「找到了！」

安世清大喜趨前，似沒和他發生任何過節的樣子，道：「在哪裏？」

燕飛右手按著壁邊，笑道：「這叫天無絕人之路，看著吧！」用力一按，半尺見方的石壁凹陷下去，發出「得」的一聲。

安世清哈哈笑道：「老江這兔崽子眞想得到，把逃生秘道設在這裏，難怪能避過尼妖婦的毒手。」

燕飛知道死壁已變成活門，運力一推，石壁洞開，內裏暗黑得以兩人的目力仍看不到其中情況。安世清從懷裏掏出火摺子，說了聲「看我的」，把火摺子燃亮。洞內大放光明。一道往下延伸至無盡暗黑處的石階梯，出現眼前。

安世清嘆道：「眞令人不敢相信，卻又是眼前的事實。」

燕飛淡淡道：「這條秘道不可能太長，若直通往山腳，恐怕數百年也開鑿不出來。」

安世清朝他望來，低聲道：「我們仍是朋友，對嗎？」

燕飛哈哈笑道：「我們不是朋友是甚麼呢？」領先步下石階。

燕飛睜開雙目，漫空雨絲從天上灑下，把山區轉化爲煙雨迷濛的天地，遠處隱見山巒南面起伏的丘陵平野。如不是他生出感應，曉得安世清從冥坐裏醒過來，他可以如此多坐上一天，直至完全復元。不過出乎他意料之外地，經過半晚靜修，他的傷勢已好了十之八九。果然不出他所料，秘道石階往下二十多級後，往橫延展百丈，穿過孤絕崖下的泥層區，把他們帶到此刻置身的巨岩來。岩石嵌在山坡處，林海欒然殺亂，雖仍是無路可通，但當然難不倒像他們這般的高手。兩人身負重傷，不敢在深夜下山，於是盤膝打坐，直至此刻。

燕飛朝在岩石另一邊打坐，距他只有丈許的安世清瞧去，後者正把目光投向遠方，臉上露出失意傷感的神情。他的傷勢顯然也大有好轉，對燕飛的注視生出反應，嘆道：「我完了！安世清完了！竟鬥不過你這毛頭小子，天下再沒有我的分兒，再沒有人把放我在眼裏。」

燕飛心忖他心裏不知又在轉甚麼鬼念頭，然而不論他裝出任何姿態模樣，都不會再輕易信他。道：「爲何要殺我呢？」

安世清仍沒有朝他瞧來，心灰意冷的道：「我不是說過嗎？因爲你看過天地珮合璧的情況。」

燕飛不解道：「可是我未見過心珮，看過又如何呢？難道在缺少心珮的情況下，我仍可尋到《太平洞極經》嗎？」

安世清淡淡道：「因爲你不明白心珮只是一片平滑如鏡，沒有任何紋樣的玉石，所以天地珮大有可能是尋寶全圖。」

燕飛愕然道：「爲何肯告訴我這個秘密？」

安世清終於朝他瞧來，眼中射出說不盡的落魄無奈，語氣卻平靜得似在說別人的事，道：「因爲我已失去雄心壯志，又見你不念舊惡，所以感到和你說甚麼都沒有問題。唉！我已十多年沒有機會和別人談心事。」

燕飛領教過他的反覆無常，對他深具戒心，忍不住截其破綻道：「令千金呢？你難道從來不和她談心事嗎？」

安世清露出苦澀的表情，道：「玉晴自六歲便隨她娘離開我，到近幾年才不時來看我，雖只是一峰之隔，可是我已十多年沒見過她的娘。」

燕飛一呆道：「你們之間發生了何事？爲何弄成這樣子？嘿！我只是順口一問，荒人本不該理別人的私隱的。」

安世清目光移回細雨漫空的林濤，無限欷歔的道：「是我不好！終日沉迷丹道，終於闖出禍來，中了丹毒，不但性情大變，行爲思想更變得離奇古怪，時生惡念，道功也因而大幅減退，不論她如何勸我，我仍是死性不改，她遂一怒帶玉晴離我而去，搬到另一山頭結廬而居，還放話如我敢踏足她的山頭半步，立即自盡。唉！我安世清這輩子，只有她能令我動心，只恨我不懂珍惜，白白錯過上天對我的恩賜。」

燕飛心忖這才合理，安世清之所以如此「名不副實」，皆因煉丹煉出岔子，他的話亦解釋了爲何安玉晴的氣質才情與他有著天南地北的分別。乘機問道：「老哥的心珮怎會落在逍遙教的妖后手上呢？」

安世清愧然道：「是我不好，中了妖女之計，見她昏迷在山腳處，竟對她起了色心，被她耍得團團轉，致失去心珮。我不是要爲自己脫罪，一切全是身上丹毒累事，令道心失守，箇中情況，我不想再提。亦因爲此事激發我解除丹毒的決心，所以到這裏來尋丹劫。自老頭子死後，丹劫便不知所蹤，我總懷疑丹劫是收藏在孤絕崖上。」又往他望來，道：「你怎會曉得丹劫呢？是否眞的藏在你身上。唉！不要以爲我在耍手段，我現在對任何事都心如死灰，縱使得到丹劫又如何？老頭子辦不到的事，我恐怕更不行，根本沒有人能馴服丹劫。」

燕飛聳肩道：「丹劫被我吞服了！」

安世清劇震失聲叫道：「甚麼？」

燕飛遂把事情說出來，不忍瞞他。聽罷後安世清露出哀莫大於心死的神色，點頭道：「現在我可以死了這條心，回雲霧山終老，從此不踏入江湖半步，以免丟人現眼。」又道：「老弟若有事要辦，請便，我還想在這裏坐一會兒，想點東西。」

燕飛微笑道：「我有一個古怪的主意，老兄找著我，不等於也找著丹劫嗎？且是不用馴服的活丹劫。」

安世清二度劇震，朝他呆瞪。燕飛道：「要不要試試看？」

燕飛雙掌按在安世清背上，問道：「何謂丹毒？」

安世清答道：「丹有內丹和外丹之分，我之所以被人稱為丹王，正因把內丹外丹合而為一，相輔相成。而不論爐鼎藥石、煉丹修眞，說到底仍是『水火之道』，火之極為『劫』，水之極為『毒』。丹劫丹毒，實為煉丹失調的兩個極端，這樣說老弟明白了些兒嗎？」

燕飛恍然道：「老哥要找尋丹劫，正是要以劫制毒，對嗎？」

安世清嘆道：「比起丹劫，我體內的丹毒根本微不足道，所以不存在誰能制伏誰的問題。最大可能是我服下丹劫後，立即化作飛灰。不過若你是我，嘗過多年被丹毒戕害的滋味，也寧願痛快地被天火焚身而亡。」

燕飛的眞氣已在他體內經脈周遊一遍，發覺此老道功深厚，卻沒有絲毫異樣處，訝道：「老哥體內情況很正常啊！」

安世清苦笑道：「因為我施展了鎖毒的秘技，把改變了我一生的丹毒密封於丹田之內，也分去了我至少三成功力，令我有些最得意壓箱底的本事無法隨心所欲。」

燕飛道：「老哥須解封才成。」

安世清嘆道：「待我交代後事再說吧！」

燕飛嚇了一跳道：「不會這般嚴重吧？」

安世清道：「比我說的更嚴重，每到一段時間，丹毒會破禁而出，在我成功再次把它密封起來前，折磨得我死去活來。如此情況近兩年來愈趨頻密。在過去的六個月，丹毒曾三次破掉我的禁制，最接近的一次我僅可險勝，所以如現在自行解封，而你又幫不了我，我肯定再沒有能力且沒有鬥志去對付它。

所以當你發覺我的頭臉開始冰化結霜，千萬不要猶豫，立即將我了結，免得我白受十多天活罪。」

燕飛心中喚娘，雖說安世清面對的是另一種極端，但也可從自身焚經的痛苦去體會他的苦況。正因丹毒的威脅，不但使堂堂丹王變成反覆自私的小人，更令他部分功力因要分去壓抑丹毒而大幅減退。忙道：「且慢！」

安世清道：「遲和早還不是一樣嗎？是好是歹都要試一次。」

燕飛道：「我有個直覺，如你就那麼解開禁制，讓丹毒洪水缺堤般湧出來，不但你會喪命，我恐怕也難逃毒劫之災。」

安世清道：「怕甚麼，你見情勢不對，便運勁把我震下岩石，保證你全然無損。別忘了你是活的丹劫，對丹毒有比任何高手更強的抗力。」

燕飛道：「我如是這種人，根本不會冒險為你驅除丹毒。所以現在我們是命運與共，不論是生是死，我會堅持到底，不成功誓不休。老哥明白嗎？」

安世清默然片刻，道：「若我可以為玉晴作主，我會把玉晴許給你，不但因玉晴是我安世清最大的驕傲，更因你這種人舉世難求。哈！當然她只會聽她娘的話，而不會聽我的。哈哈！你有甚麼好提議？」

燕飛道：「你禁制約束丹毒，便如堤壩規限狂暴的洪流，如若能只開一道水閘，我大有機會引導有節制的丹毒寒流，遊遍你全身經脈後，再轉入我的體內去。丹毒洩出之時，你我合力化寒為熱，然後渾融在本身的眞氣內。這叫以劫馴毒之法，老哥認為行得通嗎？」

安世清沉吟道：「你的辦法不但有創意，且是匪夷所思。只恨我仍沒有開水閘的本領，只有堤壩全面崩潰的後果。」

燕飛笑道：「只要你有能力護堤便成，我的眞氣會深入你丹田之內，找到堤壩，再開閘導水。嘿！準備啦！」

安世清忙嚴陣以待，道：「來吧！」

劉裕呆立艙窗前，看著潁水西岸在日落下迷人的美景。

叩門聲響。劉裕道：「請進！」

宋悲風來到他身後，道：「心情如何？」

劉裕道：「好多了！」請宋悲風坐好後，在小几另一邊坐下來。

宋悲風道：「我爲你設身處地把所有事情想了一遍，認爲你最好把與妖后的關係，向燕飛說個清楚。如你發覺很難開口，我可以代你向他解釋。」

劉裕苦笑道：「見著他時再說吧。」

宋悲風道：「你和淡眞小姐仍有聯絡嗎？」劉裕心頭立即湧起百般滋味，頹然搖首。

宋悲風嘆道：「我明白你的心情，高門寒族之隔已持續近百年，不是任何人力可在短期內改變的傳統。王恭更是高門裏的高門！唉！」

劉裕低聲道：「宋大哥放心，我曉得自己是甚麼料子。」

宋悲風低聲道：「小裕可知大少爺曾在此事上爲你出力？」

劉裕一呆道：「玄帥？」

宋悲風道：「玄帥曾親口警告王恭，要他取消淡眞小姐與殷仲堪之子的婚約，理由當然不是因淡眞小姐的心向著你，而是因殷仲堪與桓玄關係密切，一旦桓玄造反，王恭將會因女兒的婚事處於很不利的位置。」

劉裕心中充滿對謝玄感激之情。由此亦可以看出家世比王恭更顯赫的謝玄，並沒有高門寒族的偏見。劉裕道：「爲何宋大哥要和我談論淡眞小姐呢？」

宋悲風淡淡道：「你坐穩了，因爲我立即要告訴你，玄帥爲你想出來明媒正娶淡眞小姐的唯一方法，且沒人敢有異議。」

劉裕猛震一下，說不出半句話來，只知呆瞪著宋悲風。

燕飛睜開雙目，已是日落西山的時刻。此時他功力盡復，心境一片寧和，清明自在。只一夜光景，他已歷經數劫，精神功力自有突破，救回千千主婢的信念更是堅定不移。安世清不知去向。在岩石前的大樹上，被這有丹王之稱的前輩高手撕掉一片樹皮，刻上留言，書道：「劫盡毒去，重獲新生。」燕飛湧起歡悅的感覺。昨夜之前卑鄙無恥的安世清已消逝，以前威懾天下的丹王安世清再次復活過來，所以留字留得瀟灑，去更去得瀟灑，讓燕飛能好好消化從他那裏吸取過來的丹毒，像吃補品般助長他來自丹劫的先天眞氣。昨晚以火劫去水毒的換天之法並不是毫無困難，單憑燕飛的經驗和功力實不足以應付，幸好當安世清愈不用分神壓抑丹毒，他的靈覺天機愈回復過來，兩人攜手合力、竭盡心智，終於成功將水火渾融。在此險死還生的過程裏，等於丹王全無保留地授了他一課丹術，實在得益極大。

燕飛從岩石上站起來，山風拂至，衣袂飄揚，順手拿起身旁的蝶戀花掛到背上去，仰天深吸一口氣。星星開始在天上現身，暗黑的光線對他的視力全無影響。他隱隱感到安世清不待他回醒便飄然而去，是急返道山去尋他的妻子，把失去了的找回來。燕飛有信心安世清會爭取到圓滿的結果，因爲他已變回他愛妻以前深愛過的那一個人。安玉晴將會爲她爹娘的破鏡重圓欣悅。那對美麗神秘的美眸又再浮現心湖。她對世情的冷漠，是否因安世清受丹毒影響至性情大變而起的呢？她曾說過不把天地珮放在心上，卻不肯放過任青媞，大有可能是因任青媞顯露出安世清醜陋的一面而痛心，故怎麼都要爲此向任青媞討回公道。安玉晴曾從任遙劍下救過自己一命，現在他已向她作出該是最佳的回報。他們間微妙的關係亦可告一段落。安玉晴雖是曾令他動心的女子，不過現在他的愛已全傾注到紀千千身上，再不能容納其他人。他決定立即起程到滎陽去。他自知不可能憑一己之力，從慕容垂手上救回千千主婢，但至少他要見她一面，不單是要慰藉相思之苦，更要面對面證實紀千千對他的愛沒有任何改變。他要弄清楚紀千千的眞正情況，弄清楚她爲何不傳來隻言片語。假如紀千千已移情慕容垂，他會悄然引退，返回邊荒集度過餘生，任由生命多添一道永不能磨滅的傷痕，繼續他孤獨寂寞的生涯。

颼的一聲。燕飛從岩石騰躍而起，投往岩下七、八丈遠的一棵大樹橫伸出來的枝幹上，再借力彈起，輕如飄羽的逢樹過樹，遇林穿林的朝下方山腳掠去。天地像爲他歡呼詠頌。他進入了武道的全新天地裏，每一個動作均出乎天然，沒有半絲斧鑿之痕，不用凝神思索，體內眞氣便會自然運作，而身體偏可作出天衣無縫的配合，使他每一個念頭都能隨心之所指地實行不悖。那種感覺不單是前所未有的，且是動人至極。自被孫恩擊敗，埋土破土復出後，他曾有過類似的感覺，大戰慕容垂，他的境界更直攀上當時能達到的顚峰。可是功敗垂成，只以一瞬之差眼睜睜瞧著紀千千重陷慕容垂的魔掌，他的境界便一直在走下坡。到拓跋珪攻陷平城，大家擬出拯救紀千千主婢的大計，他便從頹唐失意裏振作起來，生出強大的鬥志。現在吸收了丹毒，把火劫水毒兩種極端相反的道家修眞之寶融合歸一，他終臻至圓滿的境界。他再沒有絲毫畏懼，包括茫不可測的未來。

事實上劉裕早猜到宋悲風要說的話。最後一次見謝玄，是在與王淡眞私奔告吹之夜，那晚謝玄親口告訴他，會設法拖延王淡眞和殷士維的婚約，讓他有一、二年的時間，登上北府兵大統領之位，如此他將有機會成爲南方最有權勢的人，或有得到王淡眞的機會。他內心震盪的原因是對謝玄言出必行的感激，謝玄對他眞的確是情至義盡。

宋悲風微笑道：「你是否已猜到玄帥的錦囊妙計？」

劉裕點頭道：「只有我當上北府兵的統帥，事情或許會有轉機。」

宋悲風淡淡道：「你所想的還差一點點，成爲北府兵的統領雖然有權有勢，但仍沒有辦法打破高門寒族對立分隔的情況。你可以把王恭殺掉，可是你亦將失去南方高門的支持，那時你要保持權勢已不容易，遑論奪得美人歸。」

劉裕忽然急速地喘了幾口氣，有點難以相信艱澀的道：「玄帥是想我成爲……」

宋悲風點頭道：「對！在南方只有一個人可以超然於任何權貴之上，不受高門寒族分隔的影響，就是成爲南方之主。」

劉裕臉色轉爲青白，囁嚅道：「這是不可能的。」

宋悲風道：「大少爺對司馬氏已徹底失望，半邊天下在他們手上淪喪於外族，可是最力圖阻撓北伐的也是他們。只有一個方法可以改變這種情況，就是建立新朝，當上皇帝。」

劉裕仍在搖頭，道：「這是不可能的。如我有此心，將遭南方高門群起而攻，因為即使我功業蓋世，仍沒法改變寒門身分的宿命。」

宋悲風微笑道：「人事並沒有不能改變的道理。你當然沒法一步登天，且還須歷盡艱困激烈的鬥爭，可是只要北府兵軍權落入你手上，你便可以效法桓溫，先行北伐，不論成敗，均可把你的聲譽推上巔峰，那時哪輪得到南方高門說個『不』字？」

劉裕嘆道：「以我目前的情況，要坐上北府兵大統領之位，比想當皇帝更要困難。」

宋悲風搖頭道：「你仍看不到自己的優勢，北府兵現在掌權的人，或許是劉牢之，也許是何謙，可是能得到北府士兵們的心者，只有你劉裕一人。因為你不單是人所共知玄帥挑選的繼承人，更是他們心中的英雄。如是太平盛世，你會受盡排擠悒鬱而不得志，但在大亂之時，只要你能保命不死，便大有機會。」

劉裕苦笑道：「我的心很亂。」

宋悲風沉聲道：「司馬曜也命不久矣，你還有甚麼是想不通的？」

劉裕深吸一口氣，道：「眞的只有這個方法可以得到王淡眞嗎？」

宋悲風冷然道：「為了我大漢族的存亡，為了你自己，更為謝家的榮枯，這是你無法逃避的命運。」

劉裕嘆道：「我們是否說得太遠了？」

宋悲風道：「一點不遠，你正在這條路上走著，我宋悲風將會全力助你，這並不是大少爺的遺命。」

劉裕道：「宋大哥為何這麼看得起我呢？」

宋悲風長身而起，移到他身前，伸手抓著他兩邊寬肩，一字一句的緩緩道：「因為我和你處於同一情況，只有你成為新朝之主，我宋悲風才有生路。否則縱然躲到邊荒集去，或能偷生一時，終有一天難逃敵人毒手。」

劉裕道：「宋大哥大可以逃到北方去。」

宋悲風道：「我可以坐看謝家遭到凌辱和迫害嗎？」劉裕啞口無言。

宋悲風放開抓著他的手，目光投往艙窗外降臨大地的黑夜，道：「司馬王朝氣數已盡，有志者須奮然而起，取而代之，否則終有一天胡騎南下，我們縱能保命，仍難逃亡國奴的命運，那時空自後悔又有何用？」

劉裕深吸一口氣道：「小裕受教了。」

邊荒集。振荊會小建康新總壇的大堂內，屠奉三看畢手上密函，遞給身旁的陰奇。陰奇受寵若驚，跟隨屠奉三已有五、六年，可是屠奉三尚是首次和他分享桓玄寫給屠奉三的手諭，可見他不但當自己為頭號親信，還視他為戰友。陰奇迅快閱讀密函，看畢後駭然望向屠奉三。

屠奉三沉聲道：「你怎麼看？」

陰奇低聲道：「南郡公在懷疑你，所以逼你在一年之期內殲滅大江幫，以表示對他的忠誠。」

屠奉三沉默片刻，道：「我對桓玄僅有的一點情義，隨著這封信已雲散煙消。」

陰奇無言以對，屠奉三直呼桓玄之名，正表示出他心中的憤怒。

屠奉三道：「我早向他解釋清楚，想在邊荒集立足，必須依邊荒集的規矩辦事。除非你要和整個邊荒集作對，而當日的祝老大便是好例子。」

陰奇道：「不論老大你有任何決定，我陰奇誓死追隨。」

屠奉三道：「聽說劉裕在前天回來了，是否確有此事？」

陰奇點頭應是，補充道：「隨他回來的尚有宋悲風，奇怪的是兩人進入大江幫總壇後，沒有再踏出半步。」

屠奉三笑道：「此正顯示劉裕是個人才，現在邊荒集已回復盛況，每天不知多少人來來往往，其中肯定混有各方探子，如劉裕到處招呼，會惹人懷疑，說到底他仍只是北府兵的一個小將。」

陰奇沉聲道：「劉裕可靠嗎？」

屠奉三淡淡道：「我只從利益角度出發去看一個人，如我們和桓玄反目，劉裕對我們會有很大的利用價值。」

陰奇道：「老大有興趣見他嗎？」

屠奉三不答反問道：「你曾和江文清並肩作戰，對她有甚麼看法呢？」

陰奇道：「她是女中豪傑，我相信她有振興大江幫的能耐。她更是有情有義的人，當我和她並肩作戰之時，我真的完全信任她。坦白說，我已很久沒有這種感覺。」

屠奉三失笑道：「是否包括我在內呢？」

陰奇不答反問道：「老大覺不覺得來到邊荒集後，有很大的改變呢？」

屠奉三欣然道：「不是改變，只是把以前密藏的想法和感情釋放出來。邊荒集得而復失、失而復得的整個過程，是我屠奉三生平最精采的一段遭遇，最動人的不是沙場上的一決勝負，而是戰友們不顧生死的互相扶持，在最艱苦的情況下爭取最後的勝利。一切是如此有血有肉，即使最鐵石心腸的人也會受到感染。」

陰奇點頭道：「老大的形容非常貼切，我們現在活得光明磊落，轟轟烈烈，令我生出以邊荒集為家的古怪想法。」

屠奉三道：「沒有這樣的想法才古怪。邊荒集已成天下唯一的樂土，在這裏生命掌握在每一個人手中，只要你肯尊重鐘樓議會的決定，依足邊荒集的規矩行事，你會享有最大的自由。」

陰奇深吸一口氣道：「老大是不是以後再不聽南郡公的命令？」

屠奉三柔聲道：「現在尚未是時候，至少我們有一年的時間，說長不長，說短不短，可是於南北兩邊來說，已可以發生無數的變化。」

陰奇道：「明白了！」屠奉三還要說話，手下來報，慕容戰求見。

燕飛站在黃河北岸，看著滔滔流過大地的廣闊河道，三艘裝滿貨物的商船正揚帆駛過，益顯黃河君臨北方疆域的氣勢。渡過黃河，滎陽在一天腳程之內。他仍有勇氣去找紀千千嗎？他根本沒有選擇，只有弄清楚紀千千的心意，方可以決定他的命運是朝哪個方向走。燕飛一聲長嘯，縱身一跳投入冰寒的河水裏。雨雪從天上灑下來，為寒冬的來臨揭開序幕。

邊荒傳說〈卷五〉終

新人間叢書148

邊荒傳說〈卷五〉

作　者—黃　易
副總編輯—葉美瑤
編　輯—邱淑鈴
美術設計—翁翁・不倒翁視覺創意
執行企畫—黃千芳
校　對—余淑宜、陳錦生、黃易
董事長
發行人—孫思照
總經理—莫昭平
總編輯—陳蕙慧
出版者—時報文化出版企業股份有限公司
10803台北市和平西路三段二四〇號三樓
發行專線—（〇二）二三〇六—六八四二
讀者服務專線—〇八〇〇—二三一—七〇五・（〇二）二三〇四—七一〇三
讀者服務傳眞—（〇二）二三〇四—六八五八
郵撥—一九三四四七二四時報文化出版公司
信箱—台北郵政七九～九九信箱
時報悅讀網—http://www.readingtimes.com.tw
電子郵件信箱—liter@readingtimes.com.tw
法律顧問—理律法律事務所陳長文律師、李念祖律師
印　刷—盈昌印刷有限公司
初版一刷—二〇〇七年三月五日
初版四刷—二〇一三年二月八日
定　價—新台幣三〇〇元
⊙行政院新聞局局版北市業字第八〇號

ISBN 978-957-13-4603-8
Printed in Taiwan

國家圖書館出版品預行編目資料

邊荒傳說〈卷五〉／黃易著. --初版. --臺北
市：時報文化, 2007〔民96〕
冊； 公分. --（新人間叢書；148）

ISBN 978-957-13-4603-8（卷5；平裝）

857.9 95025861

入會訂購證

我決定加入時報悅讀俱樂部				以下是我選擇的卡別，選書書目於下列選書單中
勾選	入會卡別	定價	入會費	額度
	悅讀樂活卡	$1,000	$300	任選5本時報出版好書(定價600元以下本版書籍)
	悅讀輕鬆卡	$2,000	$300	任選10本時報出版好書(定價600元以下本版書籍)
	悅讀尊榮卡	$6,000	$300	任選30本時報出版好書(定價600元以下本版書籍)

特別說明：

1、 外版書不列入選書範圍。2、單筆訂單須選書兩本額度以上。3、一次會員資格內，相同書籍限選兩冊。

以下是我的選書單

書碼	書名	額度	數量

◎ 我的資料

姓名：__________ E-mail ：__________(必填)

身分證字號：__________(必填) 生日：西元_____年___月___日 (必填)

寄書地址：□□□__________

連絡電話：(O)__________ (H)__________

手機：__________ 統一編號：__________

付款方式：

□劃撥付款　劃撥帳號19344724 戶名：時報文化出版公司

(請親至郵局劃撥，無須傳真或寄回，劃撥單註明卡別、身分證字號、生日、e-mail、書名、數量)

□信用卡付款　信用卡別 □VISA □MASTER □JCB □聯合信用卡

信用卡卡號：__________ 有效期限西元_____年_____月

持卡人簽名：__________ (須與信用卡簽名同字樣)

◎ 歡迎網路下單 Readingtimes Club 時報悅讀俱樂部 http://www.readingtimes.com.tw/club/

24小時傳真專線：02-2304-6858 為確保您的權益，傳真後請來電確認

時報客服專線：02-2304-7103 週一至週五(AM9：00~12：00，PM1：30~5：00)

時報出版 台北市和平西路三段240號2樓

時報悅讀俱樂部入會特惠案

閱讀，心靈最美麗的角落

悅讀，分享最精采的感動

悅讀樂活卡：

自在，簡單無負擔的悅讀成長，
在快樂的氛圍中綻放。
任選5本好書只要1,000元，
以書妝點生活的樂趣。

悅讀輕鬆卡：

閱讀，讓生活充滿質感，
隨處都是心靈的桃花源。
任選10本好書只要2,000元，
輕鬆徜徉在書的世界裡。

悅讀尊榮卡：

分享，豐富閱讀的多元深度，
用最幸福的方式悅讀。
任選30本好書只要6,000元，
全家一起以悅讀迎向未來。

最新入會方案，歡迎上網查詢

時報悅讀俱樂部網站 Readingtimes Club 時報悅讀俱樂部 ：www.readingtimes.com.tw/club

●特別說明：此會員卡為虛擬卡片，不影響會員權益，入會後將不另寄發會員卡。

編號：AK0148	書名：邊荒傳說 卷五
姓名：	性別：________ 1.男 2.女
出生日期： 年 月 日	e-mail：

________ 學歷：1.小學 2.國中 3.高中 4.大專 5.研究所（含以上）

________ 職業：1.學生 2.公務（含軍警） 3.家管 4.服務 5.金融 6.製造 7.資訊 8.大眾傳播 9.自由業 10.農漁牧 11.退休 12.其他

地址：________縣（市）________鄉鎮區________村________里

________鄰________路（街）____段____巷____弄____號____樓

郵遞區號________

（下列資料請以數字填在每題前之空格處）

________ **您從哪裡得知本書／**
1.書店 2.報紙廣告 3.報紙專欄 4.雜誌廣告 5.親友介紹
6.DM廣告傳單 7.其他 ________

________ **您希望我們爲您出版哪一類的作品／**
1.長篇小說 2.中、短篇小說 3.詩 4.戲劇 5.其他 ________

您對本書的意見／

________ 內　容／1.滿意 2.尚可 3.應改進
________ 編　輯／1.滿意 2.尚可 3.應改進
________ 封面設計／1.滿意 2.尚可 3.應改進
________ 校　對／1.滿意 2.尚可 3.應改進
________ 翻　譯／1.滿意 2.尚可 3.應改進
________ 定　價／1.偏低 2.適中 3.偏高

您的建議／

請沿虛線撕下後對折裝訂寄回，謝謝！

請沿虛線摺下裝訂，謝謝！

廣告回信
台北郵局登記證
台北廣字第2218號

時報出版
CHINA TIMES PUBLISHING COMPANY
尊重智慧與創意的文化事業

地址：10803台北市和平西路三段240號3樓
讀者服務專線：0800-231-705・(02)2304-7103
讀者服務傳真：(02)2304-6858
郵撥：19344724 時報文化出版公司

請寄回這張服務卡（免貼郵票），您可以——
●隨時收到最新消息。
●參加專為您設計的各項回饋優惠活動。

新感覺・新人間・文學的新版圖

新人間

寄回本卡，掌握新人間系列的最新訊息